suhrkamp taschenbuch 1096

Franz Rottensteiner studierte Publizistik und englische Philologie in Wien, wo er promovierte. Er war Herausgeber der *Science-fiction der Welt* im Insel Verlag sowie des Almanachs *Polaris 1–3* in den *insel taschenbüchern; Polaris* erscheint ab Nummer 4 als *suhrkamp taschenbuch*. Er ediert die Zeitschrift *Quarber Merkur*. Als Mitglied des Redaktionsbeirats arbeitet er an der amerikanischen Zeitschrift *Science-Fiction Studies* mit.

Die Spannweite des Inhalts reicht von liebenswürdigen Erzählungen und besinnlichen Parabeln bis zu düsteren, anti-utopisch gefärbten Geschichten. Zwei Arbeiten von Stanisław Lem – ein autobiographischer Text »Mein Leben« und »Vom Nutzen des Drachen«, eine bislang unbekannte Forschungsreise Ijon Tichys – eröffnen den Band. Neue deutsche Texte gibt es von der Autorin der *Gläsernen Kugel,* Marianne Gruber, und Berthold Karl Schlüter, Brigitte Pixner, Darina Vejvoda und Bernard Richter. Die skurril-unehrerbietige Seite der Science-fiction zeigen zwei kurze Satiren des führenden norwegischen SF-Autors Tor Åge Bringsvaerd.

Es finden sich zwei Aufsätze über den französischen Populärastronomen und klassischen SF-Autor Camille Flammarion, Kurd Laßwitz' utopische Parabel »Apoikis« nebst einer ausführlichen Interpretation durch Rudi Schweikert und ein Aufsatz Dagmar Barnouws über Ursula Le Guin.

Polaris 8

Ein Science-fiction-Almanach

Herausgegeben
von Franz Rottensteiner
Phantastische Bibliothek
Band 143

Suhrkamp

Redaktion und Beratung: Franz Rottensteiner
Umschlagzeichnung von Tom Breuer

suhrkamp taschenbuch 1096
Erste Auflage 1985

Satz: Philipp Hümmer, Waldbüttelbrunn
Druck: Nomos Verlagsgesellschaft, Baden-Baden
Printed in Germany
Umschlag nach Entwürfen von
Willy Fleckhaus und Rolf Staudt

1 2 3 4 5 6 – 90 89 88 87 86 85

Inhalt

Vorwort

Diese achte Ausgabe von *Polaris* ist keinem speziellen Thema oder Gegenstand gewidmet, sondern vereint Erzählungen und Aufsätze verschiedenster Provenienz. So steht Stanislaw Lems autobiographischer Essay, der auch dem gewiegten Lem-Kenner Neues verraten wird (Lem schrieb ihn im Auftrag eines amerikanischen Verlages für ein Nachschlagewerk, und er wurde zuerst in der *Neuen Rundschau* des Fischer-Verlages veröffentlicht, wird also vielen Lesern phantastischer Literatur entgangen sein), neben einem Aufsatz zu einem der interessantesten Werke in der neueren SF, Ursula K. Le Guins *The Dispossessed,* zwei Beiträgen zu dem kaum mehr gelesenen und auch nicht mehr lesbaren Camille Flammarion und Rudi Schweikerts profunder Studie der Erzählung »Apoikis« des deutschen SF-Vorläufers Kurd Laßwitz; dieser wird nun in der Tat immer noch gelesen und auch immer wieder neuaufgelegt.

Wer die deutsche Science-fiction-Szene verfolgt, wird bemerken, daß in der letzten Zeit immer mehr von der deutschen Science-fiction gesprochen wird, der manche ein Aufblühen vorhersagen, gegen die es aber bei vielen Lesern mannigfaltige Widerstände gibt, und die sich neben dem Überangebot an angloamerikanischer Science-fiction schwer behaupten kann – gerade auf dem Gebiet gängiger Massenware. Augenscheinlich ist, daß sich so mancher als Förderer, wenn nicht Entdecker oder Erfinder deutscher SF gebärdet, oft, vermutet man, aus schierer Verzweiflung darüber, daß das Erhoffte nicht und nicht eintreten will, und sich das Interesse der Leser an deutschen Autoren in Grenzen hält. Für *Polaris* oder allgemein die »Phantastische Bibliothek« stellt sich dieses Problem nicht, denn die geographische Herkunft oder Sprachzugehörigkeit eines Autors begründet weder ein Anrecht auf besondere literarische Förderung noch ist sie ein Grund zur Diskriminierung. Ohne daß von diesem Umstand besonderes Aufheben gemacht worden wäre, sind in der »Phantastischen Bibliothek«[1] wohl schon immer mehr deutschsprachige Autoren verlegt worden als in den SF- oder Phantastikreihen anderer Verlage, und auch der »Name« und Bekanntheitsgrad eines Autors spielt keine besondere Rolle. Von den in diesem Band mit Geschichten vertretenen Autoren haben z. B. Bernard Richter, Berthold Karl Schlüter und Darina Vejvoda bislang noch kaum etwas veröffentlicht, beziehungsweise handelt es sich überhaupt um Erstveröffentlichungen, während Brigitte Pixner und Marianne Gruber schwerlich mit der Science-fiction identifiziert werden. Zwar läßt sich nicht leugnen, daß die meisten unverlangt eingesandten Manuskripte, die im Verlag eintreffen (bei Suhrkamp sind es vermutlich weit weniger als bei anderen SF-Reihen), von sehr bescheidener Schreibfertigkeit zeugen, aber zuweilen ist doch etwas Publikationswürdiges, ja echt Interessantes darunter, und aus diesem Grunde lohnt es sich, alle Einsendungen genau zu prüfen, um jene Autoren herauszufinden, die etwas für die Zukunft erwarten lassen und die einer Förderung wert erscheinen. Denn weniger als um einzelne Erzählungen – die kann man immer ohne Schwierigkeiten finden – geht es doch um Autoren, die auch für die Zukunft etwas erwarten lassen. Jene, die heute in SF-Kreisen als die – ziemlich kleinen – Stars der deutschen SF herumgereicht werden, gehören aber meiner Ansicht nach kaum dazu, und die meisten könnten an handwerklichen Fertigkeiten auch von ganz durchschnittlichen amerikanischen SF-Autoren noch eine ganze Menge lernen. Nichtsdestoweniger gibt es einige Ansätze, gerade auf dem Gebiet der Kurzgeschichte. *Polaris* ist so durchaus auch ein Forum für neue Autoren.

Abseits vom Massenangebot der Science-fiction stehen auch die zwei kurzen Grotesken des Norwegers Tor Åge Bringsvaerd, der auf ein umfangreiches, in Norwegen sehr populäres Werk verweisen kann, von dem aber noch kaum etwas übersetzt ist. Auf die neue Ijon-Tichy-Geschichte Lems, die von höchster Aktualität ist, muß man wohl kaum besonders hinweisen.

Ich kann nur hoffen, daß die Mischung aus Geschichten und Essays gelungen ist; die zwei nächsten Ausgaben von *Polaris* werden sich wieder mit speziellen Themenkreisen befassen.

Franz Rottensteiner

Anmerkung

1 prozentual aufs Gesamtprogramm bezogen

Stanisław Lem

Mein Leben

Beim Niederschreiben dieser Biographie bin ich mir der beiden entgegengesetzten Pole bewußt, die meine schreibende Hand anziehen. Das eine Extrem ist der Zufall, das andere die das Leben gestaltende Ordnung. Ist alles, wodurch ich auf die Welt kam und, wiewohl unzählige Male vom Tode bedroht, dennoch heil davonkam, um schließlich Schriftsteller zu werden – darüber hinaus noch einer, der sich immerfort bemüht, widersprüchlichste Elemente des Realismus und der Phantastik zu verbinden –, nur die Resultante langer Zufallsreihen? Oder war doch auch eine bestimmte Vorherbestimmung am Werk, nicht in Gestalt irgendeiner übernatürlichen *Moira,* nicht gleich über meiner Wiege zum Schicksal erstarrt, aber doch irgendwie in mir keimend – sagen wir in meinem Erbgut, wie es sich für einen Agnostiker und Empiriker gehört.

Das Zufällige kann ich in meinem Leben bestimmt nicht von der Hand weisen. Als im Jahre 1915 die Festung Przemyśl fiel, wurde mein Vater als Arzt der Österreichisch-Ungarischen Armee von den Russen gefangengenommen. Nach fast fünf Jahren ist er durch das Chaos der russischen Revolution in seine Heimatstadt Lemberg (Lwów) zurückgekehrt, und ich weiß aus seinen Erzählungen, daß er zumindest einmal von den Roten als Offizier, also als Klassenfeind, auf der Stelle erschossen werden sollte und nur deswegen mit dem Leben davonkam, weil ihn, als er bereits zur Erschießung geführt wurde, vom Gehsteig einer ukrainischen Kleinstadt ein Mann bemerkte und erkannte – ein jüdischer Friseur aus Lemberg, der den Stadtkommandanten höchstpersönlich rasierte, so daß er freien Zutritt zu ihm hatte. Deswegen hat man meinen Vater, der ja damals noch nicht mein Vater war, freigelassen, und er kehrte nach Lemberg zu seiner Verlobten zurück. Diese Geschichte kann man, ästhetisch lediglich verwickelt, in einer fiktiven Rezension (»De Impossibilitate Vitae« von Cezar Kouska) meiner *Vollkommenen Leere* finden. Dort war der Zufall das Schicksal in Person, denn wäre dieser Friseur nur eine Minute später durch diese Gasse gegangen, hätte es für meinen Vater keine Rettung gegeben. Ich habe das als Kind von ihm gehört, und sicher vermochte ich damals, ich mochte zehn Jahre alt gewesen sein, mich keinen abstrakten Erwägungen hinzugeben, um die Kategorien des Zufalls und des Schicksals einander gegenüberzustellen. Mein Vater ist dann ein angesehener und recht vermögender Arzt (Laryngologe) in Lwów geworden. In dem doch recht armen Land, das dieses Vorkriegspolen war, fehlte es mir an nichts. Ich hatte ja eine französische Gouvernante, Unmengen an Spielzeug, und ich habe die Welt, in der ich heranwuchs, für etwas endgültig Stabiles gehalten. Warum aber, vorausgesetzt, daß dem so war, habe ich dann, als die Einsamkeit liebendes Kind, mir dieses skurril-merkwürdige Spiel ausgedacht, das ich in einem anderen Buch, nämlich *Das Hohe Schloß*, beschrieben habe?

Ich habe mich in fiktive Welten versetzt, die ich mir aber nicht sozusagen *direkt* ausgedacht oder vorgestellt habe. Als Schüler habe ich »gewichtige Papiere« in großer Anzahl fabriziert: Dokumente, Ausweise, Diplome, die mir Reichtum, hohe Würden und geheime Macht zuerkannten – oder auch unbeschränkte »Vollmachten«, »Passierscheine«, verschlüsselte und chiffrierte Beweise der höchsten Position – irgendwo, in einem Land, das auf keiner Karte zu finden war. Fühlte ich mich denn irgendwie verunsichert? Bedroht? Ist dieses Spiel einem solchen, vielleicht unbewußten Zustand entsprungen? Ich weiß es nicht. Ich war ein guter Schüler. Einige Jahre nach dem Zweiten Weltkrieg habe ich von einem älteren Mann, der im Vorkriegspolen irgendeine Stelle im Schulwesen innehatte, erfahren, daß, es war um 1936 oder 1937, als die Intelligenzquotienten aller Schüler der Oberschulen getestet wurden, mein I.Q. über 180 betrug, und ich war damals angeblich – nach den Worten dieses Mannes – das intelligenteste Kind in ganz Südpolen. Wovon ich aber damals keine Ahnung hatte, weil uns die Ergebnisse dieser Tests nicht mitgeteilt wurden. Also zumindest in diesem Sinne, unter diesem Gesichtspunkt, bildete ich schon eine Ausnahme von der Regel des Durchschnitts. Doch konnte mir diese Ausnahme bestimmt nicht dazu verhelfen, daß ich im deutschen Generalgouvernement die Besatzungszeit überlebte. Damals habe ich auf eine sehr unmittelbare, »praktische« Art erfahren, daß ich kein »Arier« bin. Meine Vorfahren waren Juden. Ich wußte vom mosaischen Glauben nichts, und auch von der jüdischen Kultur leider gar nichts; ich verdanke eigentlich erst der Nazi-Gesetzgebung die Erleuchtung, daß in meinen Adern jüdisches Blut fließt. Wir ließen uns aber nicht im Ghetto einschließen. Mit falschen

Papieren habe ich zusammen mit meinen Eltern diese Zeit überlebt.

Ich will aber noch auf meine Vorkriegskindheit zurückkommen. Meine erste Lektüre war von einer recht sonderlichen Natur. Es waren anatomische Atlanten und medizinische Fachbücher meines Vaters, die ich durchblätterte, als ich noch kaum lesen konnte – und ich vermochte um so weniger etwas davon zu verstehen, als die Fachbibliothek meines Vaters zum Teil in deutscher, zum Teil in französischer Sprache war. Nur die Belletristik war polnisch. Der Anblick von Skeletten, sauber geöffneten Menschenschädeln, von Gehirnen, die präzise und vielfarbig gezeichnet waren, von Eingeweiden, die, herauspräpariert, mit magisch klingenden lateinischen Namen geschmückt waren, ist mit meinen frühesten Kontakten mit der Bücherwelt verbunden. Dieses Herumstöbern in der Bibliothek meines Vaters war mir selbstverständlich streng verboten, und eben deswegen, als etwas Verbotenes und Geheimnisvolles, hat es mich gelockt. Die menschlichen Knochen muß ich wohl auch noch dazuzählen. Auf einem Regal meines Vaters, hinter der verglasten Tür des Bücherschrankes, lag ein Schädelknochen – *os temporis* – nach durchgeführter Trepanation, vielleicht ein Relikt aus der Zeit, als er Medizin studierte. Ich habe diesen Knochen, ohne mir dabei etwas Besonderes zu denken, mehrmals in der Hand gehabt (ich mußte dazu meinem Vater erst seinen Schlüssel für eine Zeitlang entwenden). Ich wußte, *was* das war, doch hat mich der Knochen nicht geängstigt, nur irgendwie verwundert. Seine Nachbarschaft – die Reihen dicker Bände medizinischer Werke – hielt ich für durchaus natürlich: ein Kind kann ja das Banal-Gewöhnliche nicht vom Ungewöhnlichen unterscheiden, weil es dazu ja aller erforderlichen Maßstäbe entbehrt. Diesen Knochen – oder vielmehr sein belletristisches Abbild – kann man in einem anderen Roman von mir (*Memoiren, gefunden in der Badewanne*) finden. Und zwar als einen sauber aus einer Leiche herauspräparierten Schädel. Einen ganzen Schädel, wie er in diesem Roman beschrieben ist, und der eine bestimmte, obwohl mir selbst nicht völlig klare Rolle spielt, besaß mein Onkel, der Bruder meiner Mutter, der ebenfalls Arzt war: Er wurde etwa zwei Tage nach dem Einmarsch der Wehrmacht in Lemberg ermordet. (Damals wurden auch mehrere Polen – zumeist Universitätsprofessoren und Boy-Żeleński, einer der bekanntesten polnischen Schriftsteller – nachts aus ihren Wohnungen geholt und erschossen.)

Nun aber – was für eine objektive, d.h. nicht von mir erdachte, nicht allein aus Assoziationen bestehende Verbindung kann es zwischen diesen Teilen des menschlichen Skeletts und der Zeit des Völkermordes geben? Beruht dieser Zusammenhang allein auf Zufallsserien, auf Koinzidenzen? Ich glaube schon, daß es sich um reine Koinzidenzen gehandelt hat: Ich glaube nicht an Vorsehung oder Prädetermination. Ich könnte mir höchstens an Stelle der prädeterminierten Harmonie eine prädeterminierte Disharmonie denken (meiner Lebenserfahrung entsprechend) – die in Chaos und Wahnsinn mündet. Meine Kindheit war zweifellos friedlich und arkadisch – insbesondere im Vergleich mit den folgenden Jahren.

Ich war ein Bücherwurm. Ich habe alles gelesen, was mir nur in die Hände fiel: die bedeutenden Werke der nationalen Dichtkunst, Romane und populärwissenschaftliche Bücher (ich weiß noch heute, daß ein Buch jener Art, wie sie mir mein Vater schenkte, 70 Złoty gekostet hat – der Preis stand drinnen – und das war damals ein Vermögen, weil man für 70 Złoty einen ganzen Anzug bekam). Mein Vater verwöhnte mich wahrlich. Ich habe mir auch – daran kann ich mich ebenfalls noch erinnern – in den anatomischen Atlanten meines Vaters die weiblichen und die männlichen Genitalien genau betrachtet – besonders »die weibliche Scham« erschien mit als etwas Spinnenhaftes, zwar nicht gleich Ekelerregendes, aber bestimmt als etwas, das mit Erotik nichts gemein haben konnte. Ich glaube später, in meinen Reifejahren, sexuell durchaus normal gewesen zu sein. Da ich aber als Medizinstudent unter anderem auch Gynäkologie studierte und sogar einen Monat lang als Geburtshelfer an einer Klinik tätig war, assoziiere ich die Pornographie von heute nicht mit sexueller Begierde, mit kopulativer Wollust, sondern mit den anatomischen Bildern in den Atlanten meines Vaters und mit meinen eigenen gynäkologischen Untersuchungen. Allein der Gedanke, daß ein Mann vom Anblick weiblicher Genitalien stark erregt werden kann, ist mir recht merkwürdig. Ich verstehe wohl, daß es sich dabei um *libido* handelt, um die in unsere Sinne eingebauten und von der Evolution vorprogrammierten Sinne: aber ohne Liebe ist mir Sex etwas, das dem unwiderstehlichen Drang eines Menschen ähnelt, Salz und Pfeffer allein löffelweise zu essen, weil ungesalzene und ungepfefferte Gerichte nicht schmackhaft genug sind. Keine Abstoßung, aber auch keine Anziehung, solange es sich nicht um einen ausgesprochenen *eroti-*

schen Kontakt, um das handelt, was Liebe genannt wird. Als achtjähriger Knabe war ich in einen Backfisch verliebt. Das Mädchen, zu dem ich niemals ein Wort gesagt habe – ich habe es nur öfters in dem Garten gesehen, der sich unweit unseres Hauses befand –, hatte davon natürlich gar keine Ahnung und hat mich wahrscheinlich niemals bemerkt. Es war eine brennende, langanhaltende Liebe, sozusagen aus jedem Konkretum herauspräpariert, etwas in der Sphäre aller möglichen Wunscherfüllungen. An ihrer Bekanntschaft war mir nicht gelegen. Ich lechzte nur danach, sie aus der Ferne sehen zu können; es gab rein gar nichts weiter. Sollen sich die Herren Psychoanalytiker mit diesem Zustand eines kleinen Knaben befassen. Ich kommentiere ihn nicht, weil ich der Meinung bin, daß man eine solche Episode auf jede beliebige Weise auslegen kann.

Ich habe am Anfang von dem Gegensatz »Zufall–Ordnung« oder »Koinzidenz–Prädetermination« gesprochen. Erst als ich das Buch *Das Hohe Schloß* verfaßte, sind in mir Vermutungen aufgetaucht, daß mein Los – mein schriftstellerischer Beruf – bereits in mir keimte, als ich mir Skelette, Galaxien in astrophysikalischen Atlanten, Rekonstruktionen von monströsen Ursauriern des Mesozoikums und farbige Menschengehirne in anatomischen Handbüchern angesehen habe. Das waren vielleicht die äußeren Ursachen oder, besser gesagt, die Impulse und Reize, die meine Empfindsamkeit mitgestaltet haben. Was natürlich nur eine Vermutung ist.

Ich habe mir nicht nur phantastische Königreiche und Würden entworfen, sondern auch Erfindungen gemacht und vorsintflutliche Tiere »projektiert«, an denen es in der Paläontologie mangelte. Ich habe mir z. B. ein Flugzeug in Form eines gewaltigen Hohlspiegels ausgedacht: der Dampfkessel sollte sich im Brennpunkt befinden, am Kranz des Spiegels sollte es wie bei einem Hubschrauber vertikal angebrachte Turbinen geben, deren Rotoren den Schub lieferten, und die Energie für das alles sollte aus den Sonnenstrahlen gewonnen werden. Dieses Unding sollte immer ganz hoch fliegen, damit es über den Wolken (und natürlich nur am Tage) flöge. Auch habe ich erfunden, was es bereits längst gab, nur wußte ich nichts davon: z. B. das Differentialgetriebe. In meinen dicken Heften habe ich auch recht Komisches gezeichnet, darunter ein Fahrrad, auf dem man hoch- und niedergehend fahren sollte, wie ein Reiter auf dem Pferd. Etwas Ähnliches habe ich vor einiger Zeit irgendwo gesehen – vielleicht im englischen *New Scientist*, aber ich bin mir nicht ganz sicher, ob es diese Zeitschrift war.

Für interessant halte ich den Umstand, daß ich meine Zeichnungen niemanden zu zeigen versuchte: ja, ich habe sie alle geheimgehalten, sowohl vor meinen Schulkameraden wie vor meinen Eltern, aber ich habe keine Ahnung, warum ich mich so verhielt: vielleicht aus einem kindischen Hang zur Geheimniskrämerei. Doch das war eher *nicht* der Fall bei meinem Spiel mit dem Ausstellen von »Ausweisen« und »Durchlaßscheinen«, die es einem ermöglichten, in unterirdische Schatzkammern einzudringen. Ich stelle mir vor, daß ich fürchtete, ausgelacht zu werden: denn obzwar ich ja wußte, daß dies nur ein Spiel war, war in meinen Augen damit ein großer Ernst verbunden. Ich habe wohl *etwas* davon in meinem bereits erwähnten Buch *Das Hohe Schloß* enthüllt, doch das war nur ein Bruchteil meiner Erinnerungen. Warum? Also zumindest zum Teil kann ich eine solche Frage beantworten. Erstens wollte ich mich im *Hohen Schloß* in das Kind zurückversetzen, das ich gewesen bin, und lieber so wenig wie nur möglich kommentieren (vom Standpunkt des vernünftigen Erwachsenen, meine ich). Zweitens hat das Buch im Verlauf seines Entstehens eine ihm eigentümliche »normative Ästhetik« (wie bei einem Selbstorganisationsprozeß) hervorgebracht: es hat also manches an Erinnerungen gegeben, die in diesem Kanon irgendwie zu Dissonanzen werden konnten. Nicht, daß ich etwas aus Schuldgefühl oder aus Scham verbergen wollte: es hat nun einmal etwas gegeben, das sich mit dem schlecht reimte, was ich als meine Kindheit beschrieben habe. An erster Stelle wollte ich – ein doch unverwirklichbares Vorhaben – meine Kindheit in ihrem »reinen Zustand« aus meinem ganzen Leben herauspräparieren, herausschälen, so, als ob es die sie nachher bedeckenden Schichten des Krieges, des Massenmords, der Ausrottung, der Nächte im Keller bei Luftangriffen, der falschen Identität, des Versteckspiels, der Gefahren, niemals gegeben hätte. Denn zweifellos hat es ja das alles nicht gegeben, als ich ein Kind beziehungsweise ein sechzehnjähriger Oberschüler war. Ich habe aber ein Zeichen im Text gesetzt, ich weiß nur nicht genau wo, das signalisieren sollte, was ich nicht alles zu verschweigen habe beziehungsweise verschweigen wollte – indem ich, so ganz nebenbei, die Bemerkung fallen ließ, daß jeder Mensch mehrere, untereinander stark differierende, Autobiographien zu verfassen imstande ist – je nach dem ausgewählten Blickpunkt und Auswahlprinzip.

Die Bedeutung der Kategorien »Ordnung« und »Zufall« für das Menschenleben habe ich in den Kriegsjahren auf eine sozusagen rein praktische, instinktive Weise erlernt, wie ein gehetztes, verfolgtes Tier und nicht wie ein denkender Mensch. Ich habe praktisch erfassen können, daß der Unterschied zwischen Leben und Tod von winzigen, belanglosen, allerkleinsten Entscheidungen abhing: ob man sich auf diesem oder jenem Weg zur Arbeit begab, ob man einen Bekannten um ein Uhr oder zwanzig Minuten später besuchte; ob man eine offenstehende oder eine geschlossene Haustür auf der Straße antraf. Zugleich aber kann ich nicht behaupten, daß ich (um jetzt eine rein empirische Ausdrucksweise zu benutzen), dem Selbsterhaltungstrieb folgend, eine Minimax-Strategie, eine Strategie höchster Vorsicht angewendet hätte. Nein, ich habe des öfteren Gefahren herausgefordert. Einige Male, weil ich das für nötig hielt, aber auch dann, wenn es totaler Leichtsinn, ja Unsinn war. So daß ich heute, wenn ich mich an derartig waghalsige und idiotische Verhaltensweisen erinnere, Angst verspüre, vermischt mit Verwunderung, warum und wozu ich das getan habe. Denn Munition aus dem sogenannten »Beutepark der Luftwaffe« heimlich zu klauen und irgendeinem Unbekannten zu übergeben, von dem ich nur wußte, daß er in der Widerstandsbewegung tätig war (was mir möglich war, da ich als Arbeiter einer deutschen Firma Zugang zu diesem »Beutepark« hatte), hielt ich für meine Pflicht. Wenn ich aber etwas – sagen wir, eine Waffe – knapp vor der Polizeistunde irgendwohin bringen sollte und mir zugleich strengstens verboten war, die Straßenbahn zu benutzen (ich sollte zu Fuß gehen), habe ich das dennoch nicht gemacht. Einmal sprang ein sogenannter »Schwarzer«, ein ukrainischer Polizist, von hinten auf dasselbe Trittbrett und umarmte mich, um sich an den Türgriffen festzuhalten, was für mich ein schlechtes Ende hätte bedeuten können. Das war Insubordination, Leichtsinn und Dummheit. Und dennoch habe ich so gehandelt. War das eine Herausforderung des Schicksals oder nur meine Dummheit? Ich weiß es bis heute nicht.

Schon besser kann ich verstehen, warum ich einige Male das Ghetto besuchte, solange es noch offenstand. Ich hatte dort ja Bekannte, die – soweit ich weiß – im Herbst 1942 alle oder fast alle in die Gaskammern von Bełżec verschleppt wurden.

Wohl hier kommt bereits die Frage auf, ob das, was ich bisher erzählt habe, insofern relevant ist, als es in einer bewirkend-kausalen Beziehung zu meinem Beruf als Schriftsteller steht, ja mehr, zu dem, was ich als Schriftsteller geleistet habe (wobei natürlich Autobiographisches wie *Das Hohe Schloß* aus der Fragestellung und der Antwort ausgeklammert werden muß).

Ich glaube, daß dem so war – daß es kein Zufall ist, welche Rolle ich dem Zufall als Gestalter des Schicksals in meinem Werk beigemessen habe. Ich habe ja in grundsätzlich verschiedenen gesellschaftlichen Systemen gelebt. Ich habe nicht nur die gewaltigen Unterschiede zwischen ihnen kennengelernt: das arme, aber unabhängige, kapitalistische (wenn man es so nennen muß) Vorkriegspolen, die Pax Sovietica in den Jahren 1939–1941, die deutsche Besatzung, das zweite Kommen der Roten Armee, die Nachkriegsjahre in einem völlig anderen Polen. Zugleich habe ich erfahren, wie brüchig gesellschaftliche Systeme sind; wie sich die Menschen unter extremen Bedingungen verhalten; wie unberechenbar diese Menschen unter enormem Druck werden, so daß man ihre Entscheidungen nie oder fast nie vorhersehen kann. Ich erinnere mich gut an meine Gefühle bei der Lektüre des Romans *Mr. Sammlers Planet* von Saul Bellow. Das Buch fand ich sehr gut – so sehr, daß ich es etliche Male gelesen habe. Das schon. Aber das meiste von dem, was Bellow seinem Helden Mr. Sammler als Erlebnisse in dem von den Deutschen besetzten Polen zugeschrieben hat, wollte nun einmal nicht richtig klingen. Der erfahrene Romancier hatte vorher bestimmt entsprechendes Material gesammelt. Er hat z. B. nur einen einzigen deutlichen Fehler gemacht, als er einem angeblich polnischen Stubenmädchen einen Namen gegeben hat, den es in Polen eben nicht gibt. Diese Kleinigkeit könnte jedoch mit einem Federstrich ausgebessert werden. Was nicht stimmte, war die »Aura«, das unbeschreibliche Etwas, das man *vielleicht* sprachlich zum Ausdruck bringen kann, *wenn* man die gegebene Lage, das abzubildende Los persönlich erlebt hat. Es geht nicht um die Wahrscheinlichkeit einzelner Ereignisse. Damals konnte das Unwahrscheinlichste und Unglaublichste passieren. Es ist der Gesamteindruck, der in mir die Empfindung weckt, daß Bellow das alles nur vom Hörensagen erfahren hat und sich in der Lage eines Forschers befand, der die einzelnen Bestandteile eines Ganzen separat verpackt erhielt und nun versucht, sie zusammenzufügen. Sie so zu vermischen, daß z. B. aus Sauerstoff, Stickstoff,

Wasserdampf sowie dem Duft von Blumen die Atmosphäre eines bestimmten Waldstücks zu einer bestimmten Morgenstunde entsteht. Ob so etwas völlig unmöglich ist, kann ich nicht sagen: verteufelt schwer ist es auf jeden Fall. Da ist etwas Falsches, etwas winzig Falsches in der Mischung vorhanden. Diese Zeit hat alle bisherigen literarisch erprobten narrativen Konventionen zermalmt und zersprengt. Die unfaßbare Nichtigkeit menschlichen Lebens im Schoß des Massenmords läßt sich nicht mittels Erzählweisen vermitteln, die Einzelpersonen oder kleine Gruppen zum Kern der Handlung machen. Es ist etwa so, als ob jemand versuchen wollte, mittels genauester Beschreibung der Moleküle, aus denen der Leib von Marilyn Monroe bestand, sie selbst zu schildern. Das läßt sich nicht machen. Ich weiß wirklich nicht, ob ich deswegen den SF-Weg eingeschlagen habe, ich vermute aber, und das ist schon sehr gewagt, daß ich deswegen SF zu schreiben anfing, weil sie sich mit der Gattung Mensch (oder gar: mit den möglichen Gattungen vernünftiger Wesen, von denen eine der Mensch ist) befaßt oder: befassen *soll*, und nicht mit irgendwelchen Einzelpersonen, seien es Heilige oder Ungeheuer.

Wahrscheinlich aus demselben Grund habe ich auch nach einigen ersten Versuchen (also meinen ersten SF-Romanen) gegen die Paradigmatik der Gattung, wie sie sich in den USA entwickelt hat und erstarrt ist, revoltiert. Solange ich diese Science-fiction nicht kannte, und ich kannte sie ja lange genug nicht (etwa bis zum Jahre 1956 oder 1957 war es Polen so gut wie unmöglich, an Bücher aus dem Ausland heranzukommen), daß sie eine Weiterentwicklung derjenigen Ausgangspositionen sein müßte, die H. G. Wells mit seinem *The War of the Worlds* errichtet hatte. Er ist ja diesen ersten Feldherrnhügel hinaufgestiegen, von dem aus man die Gattung in einer Extremlage beobachten kann. Er hat ein Katastrophengebiet vorausgesehen, und zwar richtig: ich habe das im Kriege feststellen können, als ich den Roman etliche Male las.

Meinen ersten SF-Romanen spreche ich heute jeden Wert ab (unbeachtet des Umstandes, daß sie überall sehr große Auflagen hatten und mich weltbekannt gemacht haben). Ich habe diese ersten Romane wie z. B. *Die Astronauten* aus Beweggründen geschrieben, die ich auch heute gut begreife, obzwar sie allen meinen damaligen Lebenserfahrungen zuwiderliefen – in ihrem Handlungsverlauf und in der in ihnen geschilderten Welt. Die »böse« Welt sollte sich in eine »gute« verwandeln.

In der Nachkriegszeit hat es eigentlich nur diesen Scheideweg gegeben: zwischen Hoffnung und Verzweiflung, zwischem einem historisch unbegründeten Optimismus und einem wohlbegründeten Skeptizismus, der dazu neigt, leicht in den Nihilismus abzugleiten. Natürlich habe ich mich dem Optimismus und der Hoffnung hingeben wollen! Ich habe zwar als Erstling einen realistischen Roman verfaßt, um mich gewissermaßen auf diese Weise (das ist wiederum nur meine Vermutung) von dem Gewicht der Erinnerung zu befreien – damit sie, wie Eiter ausgesondert, zum Gerinnsel werde und mich auf diese Weise von ihrem Druck und ihrer Last befreie (aber vielleicht doch auch, um nicht zu vergessen: das eine konnte ja durchaus mit dem anderen einhergehen). Der Roman heißt *Das Hospital der Verklärung*. Ein deutscher Kritiker hat ihn für eine Art Fortsetzung des *Zauberbergs* von Thomas Mann gehalten: was bei Mann nur ein Anzeichen, nur das Grollen eines noch unsichtbaren, weil hinter dem Zeithorizont verborgenen Gewitters war, das hat sich, eben als der letzte Kreis der Hölle, als Schlußfolgerung aus dem vorausgesagten »Untergang des Abendlandes« in der Massenausrottung verwirklicht. Die Ortschaft, das Hospital für Geisteskranke, das ärztliche Personal, alle dargestellten Personen hat es nie gegeben: ich habe sie alle erfunden. Aber zu jener Zeit wurden im besetzten Polen tatsächlich Geisteskranke – und nicht nur sie – massenhaft ermordet.

Diesen Roman habe ich 1948 geschrieben, in meinem letzten Studienjahr. Er ist aber erst 1955 erschienen, da er den Normen des bereits herrschenden sozialistischen Realismus nicht entsprach. In der Zwischenzeit war ich, das kann ich ohne Übertreibung sagen, vielbeschäftigt.

Wir sind aus Lwów nach Kraków gezogen, wobei wir im Kriege unsere ganze Habe verloren. Mein damals einundsiebzigjähriger Vater mußte also weiter im Krankenhaus als Arzt arbeiten; an eine Privatpraxis war nicht zu denken. Wir wohnten in Kraków in einem einzigen Zimmer, und mein Vater besaß ja nicht die Mittel, um sich wieder eine ärztliche Ordination einzurichten. Zufällig fand ich heraus, wie ich uns finanziell helfen konnte. Ich habe einige längere Erzählungen für eine Romanheftreihe geschrieben. Als Thriller waren sie nicht einmal schlecht. Daneben schrieb ich auch Gedichte, die in *Tygodnik Powszechny*, der »Katholischen Wochenschrift«, in Krakau erschienen. Dort erschienen auch zwei Novellen – eigentlich keine SF, aber am Rande zur Phantastik gehörend. Und das eine oder andere da und dort. Doch nahm ich diese Schreibereien noch immer nicht ganz ernst. Ich wurde ein jüngerer wissenschaftlicher Mitarbeiter an einem sogenannten »Zirkel für die Wissenschaft von der Wissenschaft« (Konwersatorium Naukoznawcze), gegründet von Dr. Mieczysław Choynowski. Ihm habe ich meine kostbarsten Texte vorgelegt: eine von mir erdachte »Theorie der Gehirnfunktionen« und eine philosophische Abhandlung. Er hat beides als Unsinn gerügt und mich unter seine Fittiche genommen. Ich mußte also Handbücher der Logik lesen, der wissenschaftlichen Methodologie, der Psychologie und Psychotechnik (Theorie des psychologischen Testens), der Geschichte der Naturwissenschaft und vieles mehr. Als sich zeigte, daß ich kein Englisch konnte, mußte ich dennoch auch englische Titel verkraften: ohne Sprachunterricht. Sie waren so interessant, daß ich sie mit dem Wörterbuch in der Hand zu »knacken« hatte, wie Champollion seine Hieroglyphen. Da ich Latein, Französisch und Deutsch sowie Russisch gelernt hatte, ging das irgendwie. Aber ich kann bis heute nur das englisch Gelesene verstehen. Ich kann Englisch weder sprechen noch das Gesprochene begreifen. Sonst machte ich in der Monatsschrift »Życie Nauki« (Das Leben der Wissenschaft) Presseübersichten – vom Standpunkt der Wissenschaft von den Wissenschaften. Dadurch wurde ich in die unselige Lyssenko-Affäre verwickelt, weil ich in der Presseübersicht die Berichte über die Kontroverse zwischen diesem Mann und den ihn widersprechenden sowjetischen Genetikern »tendenziös« zurechtgestutzt habe. Ich hielt die Doktrin von Lyssenko für Humbug, was sich zwar nach einigen Jahren bestätigt hat, was aber für unsere Monatsschrift sofort peinliche Konsequenzen hatte. Etwas Ähnliches ist uns auch etwas später zugestoßen, weil ich in der Wienerschen und Shannonschen Kybernetik eine neue Epoche nicht nur von technischem, sondern zivilisatorischem Ausmaß vorausahnte, damals aber galt die Kybernetik bei uns als »falsche Pseudowissenschaft«. Ich war in jener Zeit über den neuesten Stand der Wissenschaft besonders gut informiert. Der Krakauer Zirkel war nämlich eine Art Verteilungsstelle für die Fachliteratur, die für alle polnischen Universitäten aus den USA und auch aus Kanada kam. Beim Auspacken dieser Bücherkisten konnte ich mir also die Werke »ausleihen«, die mein Interesse erregten, u. a. auch *The Human Use of Human Beings* von Wiener. Ich habe alles in den Nächten verschlungen, um die Bücher so bald wie möglich den eigentlichen Adressaten zukommen zu lassen. So belesen, habe ich in einigen Jahren diejenigen meiner Romane verfaßt, zu denen zu bekennen ich mich auch heute nicht schäme, also z. B. *Solaris, Eden, Der Unbesiegbare* usw. Gegen Ende der fünfziger Jahre, als mein Vater nicht mehr lebte, konnte ich uns – also mir und meiner Frau – ein Häuschen am südlichen Stadtrand von Krakau einrichten, in dem wir noch heute wohnen (dicht daneben befindet sich jetzt ein weit größeres Haus, in einem ebenfalls weit größeren Garten, jetzt, da ich diese Worte niederschreibe, im Endstadium des Baues).

Das war auch die Zeit, in der ich meinen zukünftigen literarischen Agenten und seelenverwandte Natur Franz Rottensteiner aus Wien kennengelernt habe. Wir haben damals beide ziemlich viele kritische, manchmal pamphletartige Aufsätze in anglo-amerikanischen Fanzeitschriften, meistens in dem australischen *SF Commentary*, veröffentlicht, was uns beiden eine gewisse Popularität mit eindeutigem Minus-Zeichen im SF-Ghetto eingetragen hat. Heute bin ich der Meinung, daß wir unsere Kräfte vergeudet haben. Es war mir anfänglich völlig unverständlich, wieso eine solche Menge von Autoren viribus unitis einen solchen gemeinsamen Kerker für die Science-fiction errichtet hat. Ich glaubte, daß allein schon aufgrund des Gesetzes der großen Zahl es unter so vielen Autoren beider Geschlechter unbedingt recht viele geben müsse, die sowohl schriftstellerisch wie auch wissenschaftlich höchst qualifiziert seien. Ich hielt die mich stutzig machende wissenschaftliche Ignoranz der meisten amerikanischen Autoren für unerklärlich, ebenso das peinliche literarische Niveau des SF-Ausstoßes.

Ich befand mich im Irrtum, und es hat lange gedauert, bis ich das eingesehen habe. Als Leser der SF erwartete ich das, was in evolutionären Abläufen der Natur eine neue Tiergattungen schöpfende, fächerartig divergierende Radiation (Speziation) genannt wird. In meiner Ignoranz hielt ich die Ära eines Verne, Wells und Stapledon für den Aufgang, nicht für den Untergang des souveränen Individualismus des Autors. Jeder von ihnen hat nicht nur etwas grundsätzlich Neues, sondern auch etwas völlig anderes geschaffen als seine Zeitgenossen. Jeder von ihnen besaß eine ungeheure Manövrierfreiheit im Raume der Spekulation, weil sich dieser menschen- und bücherleere Raum erst auftat. Jeder von ihnen betrat das Niemandsland von einer anderen Seite, und jeder hat sich eine spezifische Provinz dieser terra incognita angeeignet. Die Nachfolger mußten sich einander in diesem Gedränge hingegen immer mehr angleichen. Sie mußten zu Ameisen in einem Ameisenhaufen werden, zu fleißigen Bienen, von denen jede zwar an einer anderen Zelle der Honigwabe baut, doch ähneln einander alle solchen Zellen im Bienenstock. Das ist eine Gesetzmäßigkeit der Massenproduktion. Die Entfernung zwischen den einzelnen Werken ist nicht weiter gewachsen, wie ich das irrtümlich erwartet habe, sondern hat sich verkleinert. Allein der Gedanke, daß Wells oder Stapledon abwechselnd visionäre Phantastik und typische Kriminalromane hätten schreiben können, ist ja unsinnig. Für die nächste Generation der Autoren war das aber etwas durchaus Normales! Wells oder Stapledon waren wie diejenigen, die das Schach- oder Damespiel erfunden haben. Sie haben neue Spielregeln entdeckt, die Nachfolger haben lediglich diese Regeln mit kleineren oder größeren Variationen angewandt. Das Quellgebiet der Innovation wurde allmählich ausgeschöpft. Die Themenkreise erstarrten. Es kam zur Hybridbildung (Science Fantasy) und zur mechanischen Befolgung fertiger Muster und Schemata im literarischen Spiel. Um etwas grundsätzlich Neues zu erschaffen, bedurfte es eines Vorstoßes in einen anderen Raum der Möglichkeiten. Ich glaube, in der ersten Phase meiner Laufbahn ausschließlich Sekundäres geschrieben zu haben. In der zweiten (*Solaris, Der Unbesiegbare*) bin ich an die Grenzen des Raumes angelangt, der als Ganzes bereits fast erforscht war. In der dritten, als ich z. B. Rezensionen fiktiver Bücher schrieb und Einleitungen zu Werken, die »irgendeinmal« erscheinen werden, oder (wie jetzt) Zusammenfassungen von Büchern, die »längst erschienen sein sollten, die es aber nicht gibt«, habe ich den bereits ausgebeuteten Raum verlassen.

Am einfachsten kann ich das mit einem konkreten Beispiel veranschaulichen. Ich habe vor zwei Jahren ein kleines Büchlein verfaßt, das sich *Provokation* betitelt. Das ist die fiktive Rezension eines angeblich zweibändigen Werkes, zugeschrieben einem nichtexistierenden deutschen Historiker und Anthropologen (von mir »Aspernicus« genannt). Der erste Band heißt »Endlösung als Erlösung«, der zweite »Fremdkörper Tod«. Das Ganze ist eine bisher nie dagewesene historiosophische Hypothese über die verkannten Wurzeln des Völkermords und der Rolle, die der Tod, insbesondere der Massentod, in der menschlichen Kultur aller Zeitalter bis zum heutigen Tag gespielt hat. Die literarische Qualität meiner fiktiven Kritik (die recht umfangreich ist, sonst würde sie sich ja nicht zu einem Büchlein auswachsen können) ist hier völlig belanglos. Was zählt, ist der Umstand, daß es Fachhistoriker gegeben hat, die meine Phantasie für die Kritik eines echten Werkes gehalten haben, was von einigen Versuchen bewiesen wurde, sich dieses von mir »nur besprochene« Buch anzuschaffen, es zu bestellen. In meinen Augen ist *Provokation* auch Science-fiction, da ich den Sinn dieser Gattungskategorie nicht zu definieren, sondern zu erweitern suche.

Das alles weiß ich heute so ungefähr. Alles jedoch, was ich von Anfang an geschrieben habe, war niemals von vornherein in abstracto durchdacht und nachher in literarischer Form verkörpert. Auch habe ich keine »anderen Entwicklungsräume« für die Vorstellungskraft gesucht, im Bewußtsein, daß ich sie suche. Es ist zwar nicht so, daß ich gar nichts über die Empfängnis, die Schwangerschaft, die Geburtswehen berichten könnte; aber auch durchaus nicht so, daß ich die genetische Zusammensetzung der Frucht kennen würde und weiß, wie sie sich in einen Phänotyp – des fertigen Werkes – verwandelt. Hier, im Bereich meiner »Embryogenesen«, sind im Verlauf der Zeit, also in etwa sechsunddreißig Jahren, beträchtliche Unterschiede entstanden.

Meine ersten Romane, zu denen ich mich mit Unbehagen bekenne, habe ich geplant und nach dem ungefähr fertigen Plan konstruiert.

Die Romane der *Solaris*-Gruppe habe ich alle auf dieselbe Weise verfaßt, die ich mir selber nicht erklären kann. Sie wuchsen aus dem Nichts. Die geburtshelferische Terminologie, die ich soeben benutzt habe, mag unangebracht klingen, aber sie ist irgendwie zutreffend. Ich kann noch jetzt auf die Stellen in *Solaris* und *Transfer* zeigen, wo ich mich beim Schreiben recht eigentlich in der Lage eines Lesers befand. Als der Erzähler Kelvin in *Solaris* die Station erreicht und sie menschenleer findet; als er sich auf die Suche nach den Insassen macht und Snaut trifft, der ihn irgendwie erschrocken anblickt, hatte ich keine Ahnung, warum niemand den Ankömmling erwartet hat, noch, warum sich Snaut so benommen hat. Ja, ich wußte gar nichts von irgendeinem »lebenden Ozean«, der den Planeten bedeckt. Das hat sich mir alles nachher auf eine Weise enthüllt, wie das dem Leser im Verlauf der Lektüre bekannt wird, nur daß ich es war, der dies alles zustandegebracht hat. Und in *Transfer* stand ich vor einer Wand, als der Astronaut das erste Mädchen erschreckt, das er trifft, und dann fällt das Wort »Betrisation«. Ich wußte noch nicht, was dieses Wort eigentlich bedeutet, ich wußte aber doch etwas: und zwar, daß es irgendeine unüberbrückbare Differenz geben muß zwischen der Kultur, die der Mann verlassen hat, als er zu den Sternen flog, und derjenigen, die er nach seiner Rückkehr kennenlernen muß. Das Gleichnis, das sich aus dem Wörterbuch der Embryologie die idiographischen Termini entlehnt, ist demnach kein Unsinn, denn eine Schwangere weiß zwar, daß sie eine Frucht trägt, doch hat sie keine Ahnung, wie sich die Frucht aus dem Ei in ein Kind verwandelt. Ich liebe derartige Bekenntnisse nicht, weil ich mich für einen Rationalisten halte, und es wäre mir lieber, sagen zu können, daß ich alles oder zumindest sehr viel im voraus gewußt, geplant und gestaltet habe, aber amicus Plato, sed magis amica veritas. Und dennoch läßt sich über meine kreative Methodik etwas aussagen.

Erstens gibt es keine positive Korrelation zwischen der Spontaneität des Schreibens und der Güte der Resultate. Beide erwähnte Bücher habe ich auf ähnliche Art und Weise »ausgetragen«, doch halte ich *Solaris* für einen gelungenen und *Transfer* für einen mißlungenen Roman (weil es die ihm zugrundeliegende Problematik des gesellschaftlichen Bösen und seiner Ausmerzung auf eine allzu primitive, unwahrscheinliche, ja verlogene Weise behandelt. Wenn gar das den anderen mit Absicht zugefügte Böse sich »pharmakologisch« drosseln ließe, könnte doch keine chemische oder sonstige Einwirkung auf das Hirn zum Nichtentstehen jener gesellschaftlichen Abhängigkeiten, Konflikte und Widersprüche führen, daß das von niemandem beabsichtigte Böse aus der Welt verschwinden würde; so, wie ein Insektizid Pflanzenschädlinge zum Verschwinden bringt).

Zweitens garantiert kreative Spontaneität nicht einmal das gewisse Entstehen eines Ganzen, d.h. einer Fabel, die sich nicht nur par force abschließen läßt: ich habe weit mehr derart begonnener Texte ad acta legen müssen, respektive in den Papierkorb werfen, als ich den Verlegern überreichen konnte.

Drittens hat es in diesem Prozeß, der deutliche Züge einer Kreation nach der Methode von trial and error aufweist, immer Stockungen gegeben, falsche Routen, die mich des öfteren zum Rückzug aus einer Sackgasse genötigt haben, oder gar ein »Ausbrennen« des irgendwo im Kopf gespeicherten »Rohstoffes« (der dem Weiterwachsen dienenden Mannigfaltigkeit). *Solaris* vermochte ich ein Jahr lang nicht zu Ende zu schreiben, bis ich plötzlich – von mir selber – erfuhr, wie das letzte Kapitel lauten müsse. (Dann staunte ich nur darüber, daß ich das nicht gleich gewußt habe.)

Und schließlich und viertens bekam auch das spontan Verfaßte niemals in diesem ersten Arbeitsschub seine endgültige Form. Ausschließlich »linear« habe ich kein größeres Werk (mit Kurzgeschichten ist es anders) in einem Zuge bis zum Ende verfaßt, sondern in den notwendigen Pausen (aus rein physiologischen Gründen kann man ja nicht ohne Unterbrechung am Schreibtisch sitzen) kamen mir neue Einfälle, die das bereits Fertige oder das bald zu Gestaltende bereichert, abgeändert und mit irgendeiner neuen Entwicklung oder Komplexität bereichert haben.

Die aus diesem jahrelangen Ringen mit den Texten gewonnene Erfahrung riet mir, das eben Geschriebene niemals zu forcieren, wenn es nicht irgendwie zumindest zum Teil »ausgereift« ist, sondern mich eine gute Weile – was manchmal Monate oder Jahre bedeutet hat – mit dem neuen Ding im Kopf herumzuschlagen. Oder sich wie eine Schwangere zu verhalten, die ja weiß, daß eine Frühgeburt nichts Gutes für sie zu bedeuten hat. Was aber auch zum Dilemma wurde, denn wie praktisch alle Schriftsteller versuche ich oft, mir Ausreden auszudenken, um nicht zu schreiben. Bekanntlich ist die Faulheit einer der Hauptfaktoren, die einen bei der Arbeit aufhalten. Würde ich warten, bis ich etwas »garantiert Fertiges« im Kopf herumtrage, so könnte ich nimmermehr etwas schaffen.

Meine Schaffensmethode (die ich aber lieber mein Verhalten als Autor nennen möchte) hat sich im Verlauf der Jahre, wenn auch sehr langsam, verändert. Die reine Spontaneität der Anfänge, die mich ein Etwas auch dann schreiben ließ, wenn ich keine blasse Ahnung vom Ganzen, von der Fabel, der Problematik, von den handelnden Personen usw. hatte, habe ich zu vermeiden gelernt, weil sich die Fälle, in denen ich das Angefangene nicht weiterführen konnte, gemehrt haben. Vielleicht wurde der mir gegebene Vorstellungsraum allmählich ausgeschöpft, und es war mit ihm etwa wie mit einem erdölreichen Gebiet, in dem anfänglich das schwarze Gold überall in Geysiren hochspritzt, wo man auch bohrt, aber dann muß man immer kompliziertere Tricks, »Geburtshilfen«, Druckmittel anwenden, um die verbliebenen Reste an die Oberfläche zu fördern. Der Schwerpunkt der Arbeit hat sich also langsam in Richtung des Erreichens einer Uridee, einer Konzeption, eines Einfalls verlagert und verschoben. Ich habe aufgehört, mich sofort mit einem winzigen, mir fertig gegebenen Anfang an die Schreibmaschine zu setzen, sondern ich habe mir immer mehr Notizen, fiktive Wörterbücher, kleine zusätzliche Einfälle niedergeschrieben, was schließlich zu dem geführt hat, was ich jetzt tue: Ich versuche mir die zu kreierende Welt dadurch vertraut zu machen, daß ich das ihr eigentümliche Schrifttum »verfasse«. Jedoch nicht komplette Handbücher oder Soziologie oder Kosmologie irgendeines XXX. Jahrhunderts; nicht die fiktiven Protokolle der Forschungsreisen oder sonstigen Typen von Literatur, in der der »Zeitgeist« einer uns fremden Welt Ausdruck findet: das wäre ja sowieso ein in einem kurzen Menschenleben unverwirklichbares Vorhaben. Nein: die zunächst eher scherzartig ausgedachte Idee vom Schreiben der Kritiken und Rezensionen nichtexistierender Bücher oder von Vorworten zu ihnen (*Die vollkommene Leere* und *Imaginäre Größe*) verwende ich jetzt an erster Stelle nicht dazu, um solche Texte zu veröffentlichen, sondern um mein eigenes, nur mir dienendes Wissen über eine Welt zu erschaffen, in ersten Zügen zu skizzieren und nachträglich zur Reifung zu bringen. Ich umgebe mich gewissermaßen mit der Literatur einer Zukunft, einer anderen Welt, einer Zivilisation. Mit einer Bibliothek, die ihr Erzeugnis, ihre Abbildung und Abspiegelung ist. So schreibe ich für mich aber nur kurze Zusammenfassungen oder wiederum »kritische Rezensionen« soziologischer Traktate, naturwissenschaftlicher Werke, technischer Nachschlagwerke, beschreibe Techniken, die die Literatur selbst nach ihrem endgültigen Absterben ersetzt haben (etwa wie das Fernsehen einmal das »Bioskop« von Lumière ersetzt hat und wie das dreidimensoniale Fensehen wohl die heutigen Fernsehgeräte ersetzen wird). Aber auch »historiosophische Abhandlungen«, die Lexika fremder Zivilisationen, ihre militärischen Doktrinen (alles natürlich in Kurzschrift, denn sonst müßte ich die Langlebigkeit eines Methusalems besitzen). Es ist durchaus möglich, daß ich etwas aus dieser zu einem bestimmten Zweck verfaßten Bibliothek auch unabhängig von den Texten veröffentlichen werde, denen sie als Gerüst und als Informationsquellen zu dienen hatten. Woher nehme ich alle diese Angaben, die mit schönen Titeln versehen sind wie etwa »Dehumanization Trend in Weapon Systems of the XXI. Century«[1] oder »Komparative Kulturologie menschenähnlicher Zivilisationen« usw.? In einem Sinne »aus dem Kopf«, in einem anderen aber nicht. Ich habe mehrere anschauliche Vergleiche angestellt, mit denen ich mir selbst und auch anderen zu erklären versuche, wie mein Arbeitsstil aussieht:

1) Die Kuh gibt zwar Milch – diese stammt ja nicht aus dem Nichts, und so, wie die Kuh, damit sie gemolken werden kann, vorher Gras fressen muß, muß ich Massen der »echten«, also nicht von mir erdachten Fachliteratur aller Art verschlingen, doch ähnelt das Endprodukt dieser geistigen Nahrung so wenig, wie das Gras der Milch ähnelt.

2) Wie der Affe in den psychologischen Experimenten von Köhler, der nicht an eine hoch hängende Banane heranreichte, und sich aus Gerümpel, aus chaotisch herumliegenden Kisten ein Gerüst bauen mußte, um zur Banane emporklettern zu können, so muß auch ich mir in aufeinanderfolgenden Zügen und Versuchen ein »informationelles Gerüst« aufbauen, an dem ich emporzuklettern habe, um zu meiner »Banane« zu gelangen.

3) Das dritte und letzte Gleichnis ist zwar drastisch und wirkt sehr primitiv, hat aber dennoch etwas Wahres an sich. Bekanntlich gibt es im Klosett einen Wasserbehälter, der sich zuerst füllen muß, und wird dann ein Knopf gedrückt, fließt das ganze Wasser in einem Zuge hinunter. Nachher ist der Behälter eine Weile leer und kein auch noch so ungeduldiges Drücken des Knopfes oder Hebels läßt den kleinen Niagara sofort von neuem fließen. Bei mir entspricht diesem Bild der Umstand, daß ich, wenn ich mit der immer weiteren Anreicherung meiner fiktiven Bibliothek nicht aufhören wollte, es zu einem »Sättigungszustand« kommt, und nachher kann ich nichts mehr meinem Kopf – dem Informationsspeicher – abgewinnen. *Die vollkommene Leere* habe ich als Sammlung von 15 fiktiven Buchrezensionen fast in einem Zug verfaßt, und nachher »war schon der Behälter leer«. Ja, der Vergleich läßt sich an den Haaren noch ein Stück weiter ziehen. Wie auch beim zu frühen Betätigen des Knopfes nur »abortive Niagaras« hinunterfließen, so kann ich doch am Schluß eines solchen Buches wie *Die vollkommene Leere* noch etwas herauspressen, aber die Qualität des so gewonnenen Stoffes stellt mich nicht zufrieden und ich lege diese Reste ad acta.

Meine Arbeitsmethode ist aber noch dadurch kompliziert und angereichert, daß ich ja von Zeit zu Zeit quasi-wissenschaftliche Werke verfaßt habe, die keine gerüstartigen Hilfsmittel der Belletristik sein sollten, sondern durchaus ernst, als selbständige Bücher über die Theorie der Literatur (aber eine mit empirischen Mitteln aufgebaute, die den Humanisten fremd sind) oder als ein Werk wie *Phantastik und Futurologie*, oder als eine »skeptische Futurologie«, wie sie die *Summa technologiae* ist, oder als *Dialoge* (über die letzten Entwicklungschancen der Kybernetik, die latent in ihr stekken), oder als Essays verschiedener Thematik (»Biologie und Werte«, »Pathologie des Sozialismus« usw.) angelegt sind.[2]

Später hat sich herausgestellt, daß sich verschiedene Einfälle, die mich beim Verfassen derartiger »Wälzer« erleuchtet haben, die ich als Hypothesen, als Beispiele benutzte, also sehr viel von dem, was ich beim Schreiben auf dem gewählten intellektuellen Weg sozusagen angetroffen habe, auch belletristisch verwerten ließen: was zunächst auf eine völlig unbewußte Weise zustandekam, weil mir erst von dritter Seite gesagt wurde, d. h. meine Kritiker haben es einfach bemerkt und geglaubt, meine Absichten und mein mit Vorbedacht anhaltendes »Pendeln« zwischen dem seriösen Diskurs und der phantastischen Literatur dort erkannt zu haben, wo ich selber von einem solchen Hin- und Herspringen keine Ahnung hatte. Nachher aber, auf dieses Phänomen aufmerksam gemacht, habe ich manchmal eigene »Wälzer« eben unter dem »exploitativen«, »befruchtenden« Aspekt durchgeblättert.

Im Rückblick bemerke ich, daß ich mich in der Mittelperiode meines schriftstellerischen Schaffens um das Bestehen irgendeiner Kontinuität zwischen den geschaffenen Welten und unserer Welt eigentlich kaum gekümmert habe. Es gibt zwischen der Welt von *Solaris*, von *Eden* oder auch *Transfer* keine auf Anhieb feststellbaren Übergänge, die diese »anderen zivilisatorischen Zustände« mit dem heutigen (fatalen) Stand der irdischen Dinge verbinden könnten. Mein späteres Schaffen jedoch hat deutliche Züge einer Hinwendung zu unserer Welt: d. h. es sind Versuche, eben eine solche Verbindung herzustellen. Ich nenne das manchmal meinen »Hang zum Realismus in der SF«. Wahrscheinlich – aber das ist auch nur eine Vermutung von mir und mit dem Rücken zur Wand wüßte ich sie nicht zu beweisen – entspringen derartige Versuche, die zum Teil einen klaren »Rückzugcharakter« haben (als Verzicht auf Utopie wie auch zugleich Dystopie, als Extreme, die mich entweder abstoßen oder kalt lassen: wie der Fall eines unheilbar Kranken den Arzt), dem Bewußtsein, daß ich ja bald sterben muß, und dem daraus folgenden Wunsch, meine unersättliche Neugier in bezug auf die ferne Zukunft des Menschen und des Alls zumindest mit Vermutungen zu stillen.

Um seinen Lebensabriß ersucht, hat Einstein einmal nicht seine Lebensumstände beschrieben, sondern seine liebsten, weil geistigen Kinder: seine Theorien. Ich bin zwar kein Einstein, ähnle ihm aber in diesem Punkte doch: denn ich habe für den gewichtigsten Teil meiner Biographie die geistigen Schwerarbeiten gehalten. Der unberührt gebliebene Rest hat rein anekdotischen Charakter.

Ich habe meine Frau im Jahre 1953 als junge Medizinstudentin geheiratet. Wir haben einen fünfzehnjährigen Sohn, der meine Romane durchaus gut mag, aber die moderne Musik, Pop, Rock 'n' Roll, die Beatles, sein Motorrad und Automotoren vielleicht gar noch ein klein wenig mehr.

Seit vielen Jahren bin ich nicht mehr Eigentümer meiner Bücher und meiner Arbeit, vielmehr ist das eine und das andere zum Eigentümer meiner Person geworden. Ich stehe meist vor fünf Uhr morgens auf, um zu schreiben: diese Worte tippe ich um sechs. Ich kann jetzt nicht mehr als fünf bis sechs Stunden pro Tag ohne Unterbrechung arbeiten: früher konnte ich so lange schreiben, bis mich die Kraft des Sitzfleisches, nicht die des Geistes, als erste verließ. Ich schreibe immer langsamer, was aber nur zu bedeuten hat, daß ich zwar sehr viel weiterschreibe (das merke ich am Tempo, mit dem ich verbrauchte Schreibmaschinenbänder wegwerfen muß), doch ist mein Selbstkritizismus (die Forderungen, die ich an mich stelle) immer weiter gewachsen: immer weniger von dem, was mir in den Kopf kommt, halte ich für gut genug, um es als einen verwertbaren Stoff, wenn auch nur per trial and error »auszuprobieren«. Die Stelle, die Art und Weise, wo und wie meine Einfälle geboren werden, kenne ich ebensowenig wie alle anderen Leute. Auch halte ich mich nicht für den besten Kenner meiner Texte, das heißt, der ihnen eigentümlichen Problematik. Ich habe viele Bücher verfaßt, von denen ich hier kein Wort gesagt habe: z. B. *Die Kyberiade*, die *Robotermärchen* oder die *Sterntagebücher*, die auf der genologischen Karte der Literatur in den Provinzen der Groteske, der Satire, der Ironie, der Humoristik vom Schlage eines Swiftschen und trockenen Voltaireschen boshaften Gefühls der Misanthropie einzuordnen sind: bekanntlich waren die großen Humoristen Leute, die das Verhalten der Menschheit zu Verzweiflung und Wut getrieben hat. Ich bin einer von ihnen.

Ich bin (wahrscheinlich) zugleich unzufrieden mit allem, was ich verfaßt habe, und auch stolz darauf: ich muß gar vom Hochmut gezeichnet sein. Ich fühle rein gar nichts davon. Ich kann das nur

»behavioristisch« daran feststellen, daß ich alle meine Manuskripte zu vernichten pflege, alle mißlungenen Versuche, ungeachtet aller Bitten und Pläne, dieses kolossale Material irgendwelchen Institutionen zur Aufbewahrung übergeben zu wollen. Dazu habe ich mir ebenfalls eine anschauliche Erklärung ausgedacht. Die Pyramiden waren eines der Weltwunder so lange, bis man schließlich zur Erklärung gelangte, wie sie aufgetürmt wurden. Sehr lange, schiefe Ebenen, auf denen Scharen von Sklaven die gewaltigen Felsblöcke auf Holzwalzen hinaufrollten, wurden nachher abgetragen, und deswegen erheben sich die Pyramiden geheimnisvoll und einsam aus den flachen Sanddünen der Wüste. Ich versuche wohl ebenso, meine schiefen Ebenen, Gerüste und anderen Bauwerkzeuge abzutragen und verschwinden zu lassen, damit nur das stehenbleibt, wessen ich mich nicht zu schämen brauche. Ich weiß nicht, ob ich hier die reine Wahrheit einbekannt habe: ich habe es jedoch versucht, so gut es eben ging.

Berlin, im Februar 1983

Anmerkungen

1 Seinerzeit hat Michel Butor den Gedanken ausgesprochen, ein großes Team von SF-Autoren sollte beim Bau einer fiktiven Welt zusammenarbeiten, um ihre Geschichte, auch dort die Geschichte der mit dem Erscheinen vernünftiger Wesen gekrönten natürlichen Evolution, ihre Kultur, ihre philosophischen Systeme usw. viribus unitis zu kreieren, weil ein solches Unternehmen von keinem Einzelgänger bewältigt werden könne (was auch das miserable Niveau der existierenden Science-fiction zur Folge haben sollte). Ich habe damals, als ich diese Worte von Butor las, sie nicht ernst genommen. Und doch habe ich viele Jahre nachher, obwohl allein, versucht, den Grundriß seines Gedankens zu verwirklichen, wie ich ihn hier geschildert habe. Aber auch bei Borges kann man in »Tlön, Uqbar, Orbis Tertius« von einer geheimen Gesellschaft lesen, die eine fiktive Welt in allen ihren Einzelheiten erschafft, in der Absicht, unsere Welt in diese fiktive umzugestalten.

2 Ich will noch das autobiographische Element meines diskursiven Schrifttums dieser Aufzählung hinzufügen. In zwei Worte gefaßt, bin ich ein enttäuschter Weltverbesserer. Meine ersten Romane waren naive Utopien, weil ich eine so friedliche Welt erwarten wollte, wie ich sie in ihnen beschrieben habe (und sie sind in dem Sinne schlecht, in dem eine vergebliche und irrtümliche Erwartung dumm ist). Meine Monographie der SF

und Futurologie ist der Ausdruck meiner Enttäuschung über die belletristische und für eine Wissenschaft ausgegebene Literatur, weil beide nicht den Blick des Lesers in diejenige Richtung lenken, in der sich die Welt tatsächlich bewegt. Meine *Philosophie des Zufalls* ist ein mißlungener Versuch, eine empirisch begründete Theorie des literarischen Werkes zu formulieren, der aber insofern als Versuch gelungen ist, als ich mich mit diesem Buch selbst belehrt hatte, was für Faktoren den Aufstieg und den Untergang literarischer Werke bedingen. Meine *Summa technologiae* bezeugt jedoch, daß ich zwar ein enttäuschter, aber noch immer kein verzweifelter Weltverbesserer bin. Ich glaube nämlich *nicht*, daß die Menschheit ein »für immer hoffnungsloser und unheilbarer Fall« ist.

Stanisław Lem

Vom Nutzen des Drachen

Aus den Forschungsreisen Ijon Tichys

Bislang habe ich über meine Forschungsreise nach Abrasien im Sternbild des Walfisches Stillschweigen bewahrt. Die Wirtschaft der dortigen Zivilisation ist zur Gänze auf dem Drachen aufgebaut. Da ich kein Volkswirtschaftler bin, blieb mir die Sache leider unbegreiflich, wiewohl die Abrasier nicht mit Erklärungen geizten. Mag sein, daß jemand, dem die Spezies Drache geläufiger ist, das Problem besser als ich verstehen wird.

Das Radioteleskop in Arecibo hatte schon seit langem Signale empfangen, die niemand entziffern konnte. Dies gelang erst dem Dozenten Katzenfänger. Er zerquälte sich den Kopf so sehr darüber, daß er sogar einen Schnupfen bekam. Seine verstopfte und laufende Nase, die ihm bei der Arbeit hinderlich war, brachte ihn plötzlich auf den Gedanken, daß die Bewohner des unbekannten Planeten möglicherweise nicht wie wir Seher, sondern Riecher sind. Es stellte sich tatsächlich heraus, daß sie mittels eines Kodes signalisierten, der sich nicht aus den Buchstaben des Alphabets zusammensetzt, sondern aus Symbolen verschiedener Gerüche.

Doch enthielt die von Katzenfänger vorgenommene Übersetzung ziemlich unverständliche Sätze. Es schien daraus hervorzugehen, daß auf diesem Planeten außer Vernunftwesen ein Ungeheuer größer als ein Gebirge lebte. Ein überaus gefräßiges und wortkarges Monstrum. Nein, nicht daß dieses Phänomen der kosmischen Zoologie den Gelehrten sehr verwundert hätte; was ihn erstaunte, war vielmehr, daß das abrasische Ungeheuer mit seiner unbeschreiblichen Gefräßigkeit der dortigen Zivilisation besonderen Nutzen brachte. Es war furchterregend, und je furchtbarer es wurde, um so größerer Gewinn wurde aus ihm gezogen. Da ich eine sonderbare Schwäche für Geheimnisse habe, beschloß ich, mich auf der Stelle nach Abrasien zu begeben. Wie ich mich an Ort und Stelle überzeugen konnte, sind die Abrasier ziemlich menschenähnlich. Sie haben lediglich die Nase dort, wo wir die Ohren haben, und umgekehrt. Sie stammen wie wir von den Affen ab, doch waren bei uns die Affen schmalnasig und breitnasig, bei ihnen dagegen hatten die Uraffen nur eine Nase oder deren zwei. Die einnasigen sind Hungers gestorben.

Den Planeten umkreisen zahlreiche Monde, die überaus häufig Sonnenfinsternisse verursachen. Dann bricht eine ägyptische Finsternis herein. Wer die Nahrung lediglich mit Hilfe der Sehorgane suchte, konnte nichts finden. Wer das Riechorgan benutzte, befand sich in einer besseren Lage, am besten erging es jedoch jenen, die zwei quergestellte Nasen hatten. Erst dann konnten sie sich mit ihren Riechorganen stereoskopisch orientieren, wie wir mit zwei Augen, oder stereophonisch mit dem Gehör orten.

In der Folge erfanden die Abrasier aber die künstliche Beleuchtung, und die Zweinasigkeit war nicht mehr lebensnotwendig. Von ihren Ahnen her ist ihnen jedoch diese anachronistische Sonderbarkeit erhalten geblieben. In der winterlichen Jahreszeit tragen sie Klappmützen, damit ihnen nicht die Nase abfriert. Vielleicht irre ich mich aber auch. Ich habe den Eindruck, daß sie von diesen Nasen nicht sehr angetan sind, die sie an ihre schwierige Vergangenheit erinnern.

Das schwache Geschlecht versteckt bei ihnen diese Nase unter verschiedenerlei Schmuck, vielerorts von Tellergröße. Ich habe darauf nicht sonderlich geachtet. Meine Erfahrungen in der Weltraumfahrt haben mich gelehrt, daß die Unterschiede im Körperbau nicht wesentlich sind. Die Merkmale, die Kopfzerbrechen verursachen, liegen tiefer. Zu einem solchen Problem für die Abrasier ist der dortige Drache geworden.

Der Planet weist nur einen einzigen riesengroßen Kontinent auf, auf dem sich an die achtzig Staaten befinden. Der Erdteil wird auf allen Seiten vom Ozean umspült. Der Drache wohnt im fernen Norden. Drei Länder grenzen unmittelbar an ihn, Klaustrien, Lelipien und Laulattien. Nachdem ich mir die von den Nachrichtensatelliten aufgenommenen Fotos im Maßstab von 1:1 000 000 betrachtet hatte, mußte ich ihn für ein böses Ungeheuer halten.

Übrigens erinnerte er keineswegs an die Drachen aus den Legenden und Sagen. Ihr Drache hat keine sieben Köpfe, er hat gar keinen Kopf und auch kein Gehirn, auch keine Flügel. Was die Extremitäten anbelangt, herrscht Unklarheit, aber wahrscheinlich besitzt er auch keine Gliedmaßen. Er erinnert an einen riesigen Bergkamm, der reichlich mit geleeartigem Brunnenwasser übergossen wurde. Daß er ein lebendiges Tier ist, läßt sich erst bei einiger Geduld feststellen.

Bei seinen langen Verdauungsbewegungen berührt der Drache ziemlich oft die Grenzen Klaustriens und Lelipiens. Das Untier verschlingt pro Tag an die 1800000 Tonnen Lebensmittel. Es bevorzugt Breie, Gries und andere Getreideprodukte, ist jedoch kein Vegetarier. Die Nahrungsmittel liefern ihm die Vereinigten Staaten für Wirtschaftliche Zusammenarbeit. Der Großteil dieser Waren wird mit Zügen an die Umschlagplätze befördert, Suppen und Syrup werden in Rohrleitungen transportiert. Die Mundöffnung braucht man nicht zu suchen, denn dieses Ungeheuer ist imstande, mit jedem Zentimeter seiner Körperfläche Speise aufzunehmen.

Als ich nach Klaustrien kam und von dem Drachen erfuhr, war die erste Frage, die ich in den Mund nahm, die, warum sie dieses Untier mit so viel Mühe und Anstrengung ernährten, anstatt einfach abzuwarten, daß es an Unterernährung einginge. Ich biß mich aber auf die Zunge, als mich die Nachrichten von dem Anschlag auf den Drachen erreichten. Ein gewisser Lelipianer, von dem Wunschtraum besessen, als Erretter ganz Abrasiens zu gelten, hatte einen geheimen Kampfbund gegründet, um den gierigen Riesen umzubringen. Der Anschlag sollte durch die Vergiftung der Vitaminpräparate mit Substanzen verübt werden, die ein unbezähmbares Durstgefühl, den Drang, Ozeanwasser zu trinken, auslösen sollten, bis er zerplatzte.

Sogleich kam mir die bekannte irdische Legende von einem tapferen Helden in den Sinn, der den Jungfrauen verspeisenden Drachen seiner Heimat bekämpft hatte, und zwar, indem er ihm ein mit Schwefel gefülltes Bocksfell vorgeworfen hatte. Doch damit erschöpfte sich die Ähnlichkeit des irdischen Märchens mit der abrasischen Wirklichkeit auch schon. Der Drache genießt den Schutz des Völkerrechts. Außerdem werden die Lieferungen wohlschmeckender Speise von den Vereinbarungen über die Zusammenarbeit mit dem Drachen garantiert, die von 49 Staaten unterzeichnet wurden.

Ein Übersetzungscomputer, von dem ich mich nie trenne, ermöglichte mir das eingehende Studium der Presse. Die Nachricht von dem mißlungenen Anschlag löste in der öffentlichen Meinung einen heftigen Sturm der Entrüstung aus. Die strenge Bestrafung der Attentäter wurde gefordert. Das überraschte mich maßlos, denn kaum jemand verlor ein gutes Wort über den Drachen. Weder die Journalisten noch die Leser, die Briefe an die Redaktion schrieben, verbargen ihre Gefühle tiefsten Abscheus vor diesem entsetzlichen Ungeheuer. Ich dachte mir also sofort, daß sie ihn etwa für eine böse Gottheit hielten, eine Geißel des Himmels, und daß sie die

Opfergabe nach der ortsüblichen Sitte Export nannten. Einem Teufel darf man allerlei Schlechtes nachsagen, doch empfiehlt es sich nicht, ihn zu unterschätzen. Der Teufel führt in Versuchung, wer ihm aber die Seele verkauft, kann mit gar mancherlei diesseitigen Vergnügungen rechnen. Hingegen versprach der Drache, soweit ich erkennen konnte, gar nichts und ließ sich auch nicht durch Opfergaben gnädig stimmen.

Von Zeit zu Zeit blähte er sich auf und überschwemmte die Grenzgebiete mit den Resten der verbrauchten Artikel, und bei Schlechtwetter stank er tausend Kilometer weit. Trotzdem meinten die Abrasier, daß man ihn umhegen solle und daß der Gestank auf eine schlechte Verdauung hinweise, weshalb für die entsprechenden Medikamente zu sorgen sei. Was das Attentat selbst anging, so müßte, falls es gelänge, eine unvorstellbare Katastrophe die Folge sein.

Ich las die Zeitungen immer wieder, doch nirgends konnte ich erfahren, was das für eine Katastrophe sein sollte. Ziemlich benommen spazierte ich in die Stadtbibliothek, blätterte in den Enzyklopädien und der »Allgemeinen Geschichte Abrasiens« und suchte auch die Gesellschaft der Freunde des Drachens auf. Dort habe ich auch nichts in Erfahrung bringen können. Außer einigen Beamten traf ich dort niemanden an. Sie bemühten sich, mich zu überzeugen, mir einen Mitgliedsausweis ausstellen zu lassen, und bezahlten im voraus die Beiträge, doch nicht deswegen war ich dorthin gekommen.

Die an den Drachen angrenzenden Staaten sind liberale Demokratien, jeder darf dort verkünden, was ihm beliebt. Nach mühseligen Recherchen entdeckte ich eine dem Drachen gewidmete Publikation, doch deren Autoren waren ebenfalls der Meinung, daß im Umgang mit ihm vernünftige Kompromisse geboten seien. Hinterlist oder Gewaltanwendung könne zu nichts als Schwierigkeiten führen. Die Attentäter saßen nun in Untersuchungshaft. Sie gestanden ihr Schuld nicht ein, wiewohl sie die Absicht, den Drachen zu töten, nicht leugneten. Die Regierungspresse nannte sie verantwortungslose Terroristen, die oppositionelle hingegen gutmeinende Enthusiasten, die Läuse im Kopf hätten. Eine klaustrische Zeitschrift verstieg sich gar zu der Behauptung, es handele sich um Provokateure. Die Regierung eines Nachbarstaates hätte die Provokateure gewissermaßen angestiftet, weil man glaube, das Volumen der durch die Wirtschaftsgemeinschaft zugeteilten Exporte sei zu klein. Man wollte eine Situation schaffen, die eine Revision der Exportquoten begünstigte.

Den Reporter, der zu mir kam, um mich zu interviewen, wollte ich nach dem Drachen ausfragen. Warum säßen die Attentäter, statt daß man ihnen die Chance gebe, mit dem Ungeheuer fertig zu werden, auf der Anklagebank?

Der Journalist erklärte, daß das ein grausamer Mord gewesen wäre. Der Drache, sagte er, ist von Natur aus gutmütig, doch die schwierigen Lebensbedingungen im eisigen Norden erschwerten es ihm, die angeborene Sanftmut zu zeigen. Jeder, der ständig hungert, Drache oder nicht, wird bösartig. Man müsse ihn füttern, was zur Folge hätte, daß er nicht mehr in den Süden wolle und noch sanfter werde.

»Woher diese Gewißheit?« fragte ich. »In den letzten Tagen sammelte ich Presseausschnitte. Nur die Schlagzeilen: ›Entvölkerung weiterer Gebiete Nordlelipiens und Nordklaustriens. Massenflucht der Bewohner beginnt!‹ Oder: ›Drache vergrößert letztes Jahr sein Gebiet um 900000 Hektar.‹ Was sagen Sie dazu?«

»Dies bestätigt alles, was ich sagte«, erwiderte er. »Immer noch ist der Drache unzulänglich ernährt. Natürlich gab es mit den Touristen einige höchst unangenehme Zwischenfälle, aber man soll eben den Drachen nicht reizen. Er haßt Touristen, vor allem die fotografierenden. Besonders allergisch ist er gegen Blitzlichtgeräte. Was wollen Sie, er lebt doch drei Viertel des Jahres im Dunkeln. Übrigens, allein die Industrie produziert für den Drachen hochwertige Nahrungsmittel und sichert uns 146000 Arbeitsplätze. Zugegeben, es sind ein paar Touristen ums Leben gekommen, doch wieviel mehr müßten Hungers sterben, würden sie arbeitslos.«

»Gemach, gemach«, entgegnete ich. »Ihr liefert dem Drachen die Lebensmittel, die doch nicht umsonst erzeugt werden. Wer bezahlt dafür?«

»Unsere Parlamente beschließen zu diesem Zweck spezielle Exportkredite.«

»Also lebt der Drache aus den Taschen eurer Steuerzahler.«

»Das ist gewissermaßen so, aber es lohnt sich.«

»Wäre es nicht besser gewesen, den Drachen zu töten?«

»Sie reden wirres Zeug. In der Lebensmittelindustrie, die für den Drachen produziert, investierten wir in den letzten dreißig Jahren über vierhundert Milliarden ...«

»Wäre es nicht besser gewesen, wenn ihr diese Mittel zum eigenen Nutzen aufgewendet hättet?«

»Sie wiederholen die Argumente unserer rückständigsten Konservativen«, sagte der irritierte Reporter mit erhobener Stimme. »Sie wiegeln zum Mord auf. Sie wollen den Drachen in Konserven verwandeln. Das Leben ist heilig. Man soll niemanden töten.«

Da ich einsah, daß das Gespräch zu nichts führte, verabschiedete ich mich von dem Journalisten. Nach kurzer Überlegung begab ich mich ins Presse- und Aktenarchiv, um in den Stapeln verstaubter Jahrbände alter Zeitschriften zu stöbern, um herauszufinden, woher denn dieser Drache gekommen war. Ich bemühte mich sehr, entdeckte aber auch einen Tatbestand, der überaus zu denken gab. Vor einem halben Jahrhundert, als der Drache eine Fläche von lediglich zweieinhalb Millionen Hektar bedeckte, nahm ihn niemand ernst. Ich las zahlreiche Artikel, die entweder die Rodung des Drachens oder seine Unterwassersetzung in speziell dazu angelegten Kanälen forderten, damit er im Winter einfröre. Die Ökonomen erklärten dann jedoch, wie teuer eine solche Vorgehensweise käme. Als jedoch der Drache, der sich damals ausschließlich von Moos und Algen ernährte, seine Ausmaße verdoppelte, beschwerten sich die Einwohner der angrenzenden Gebiete über den unerträglichen Gestank, besonders im Frühling und im Sommer, wenn ein warmer Wind wehte, und die Selbsthilfeorganisationen schickten sich an, den Drachen zu parfümieren, und als das nichts nützte, begannen sie, die Sammlung von Brot zu organisieren. Zunächst spottete man über diese Aktionen, dann jedoch kam Schwung in die Sache. In späteren Jahrgängen fand sich kein Wörtchen mehr über die Beseitigung des Drachens. Immer mehr dagegen war vom Nutzen die Rede, welchen diese Hilfeleistung haben konnte. Irgendwie habe ich das alles herausbekommen, doch begab ich mich schließlich mit ungestillter Neugierde an die Universität, denn dort befand sich der Lehrstuhl für allgemeine und angewandte Drakologie. Der Institutsvorstand empfing mich überaus höflich.

»Ihre Fragen haben einen überaus anachronistischen Charakter«, sagte er mit wohlwollendem Lächeln, als er mich angehört hatte. »Der Drache ist ein objektiver Teil unserer Wirklichkeit, ein gleichsam zentraler, integraler Teil, und deshalb gehört es sich, daß man sich mit ihm als internationales Problem von höchstem Rang befaßt.«

»Ich möchte um konkrete Tatsachen bitten«, sagte ich. »Woher ist er überhaupt gekommen, dieser kleine Drache?«

»Wer weiß das?« meinte der phlegmatische Drakologe. »Archäologie, Prädragonistik sowie Drachengenetik liegen außerhalb der Grenzen meines Fachbereiches. Ich beschäftige mich nicht mit Drakogenese. Solange er klein war, war er kein Problem. So ist es mit allem, verehrter Fremdling. So ist es mit allem.«

»Jemand erklärte mir, daß er aus mutierten Schnecken entstanden sei.«

»Das glaube ich nicht. Es ist übrigens einerlei, woher er kam, wenn er schon da ist und noch dazu in dem Maße. Wenn er plötzlich verschwände, käme das einer Katastrophe gleich. Ich bezweifle, daß wir mit den Folgen fertig werden könnten.«

»Aber warum eigentlich?«

»Wir hätten als Folge der Automatisierung eine ständig wachsende Arbeitslosigkeit, auch in den akademischen Berufen.«

»Na und, hat der Drache dem vorgebeugt?«

»Selbstredend. Wir hatten damals riesige Überschüsse an Lebensmitteln, an Nudeln, Speiseöl und Zuckerprodukten. Zur Zeit exportieren wir diese Überschüsse in den Norden, und dazu muß man sie vorher entsprechend verarbeiten. Er will nicht bloß irgend etwas fressen.«

»Der Drache?«

»Genau. Um ein optimales Ernährungsprogramm aufzustellen, muß eine Reihe von Forschungsstätten geschaffen werden, z. B. das Hauptinstitut für Drachenmästung, die Hochschule für Drachenhygiene, und außerdem gibt es jetzt an jeder Universität mindestens eine Lehrkanzel für Drakologie. Wir haben gastronomische Einrichtungen, die immer neue Arten von Nahrungsmitteln und anderen landwirtschaftlichen Produkten herstellen. Die Aufklärungsministerien haben spezielle Informationsnetze eingerichtet, um der Gesellschaft den Nutzen zu erklären, den der Warenaustausch mit dem Drachen bringt.«

»Austausch? Liefert er euch irgend etwas?«

»Das darf nicht wahr sein. Natürlich liefert er. Zuvörderst das sogenannte Drachenfleisch. Es ist seine Ausscheidung.«

»Dieser leuchtende Schleim? Ich habe ihn auf den Fotos gesehen. Wozu ist er gut?«

»Aus dem verdichteten Schleim läßt sich Plastilin für Kinder erzeugen, auch wenn es dabei Probleme gibt. Der Geruch ist schwer zu ertragen.«

»Es stinkt?«

»In gewissem Sinne nicht wenig. Um ihn geruchlos zu machen, werden spezielle Deodorants beigefügt. Vorläufig ist das Drachenplastilin achtmal so teuer wie das gewöhnliche.«

»Und was sagen Sie, Herr Professor, zum Attentat auf den Drachen?«

Der Gelehrte kratzte sich am Ohr, das ihm über die Lippen hing. »Wenn dieses Attentat gelungen wäre, hätten wir zunächst eine Seuche gehabt. Stellen Sie sich die Ausdünstungen vor, die von einem solchen Kadaver ausgingen. Zweitens würden die Banken zusammenkrachen – Zusammenbruch des monetarischen Systems. Es käme zu einer schrecklichen Katastrophe, Fremdling.«

»Aber seine Anwesenheit macht sich doch auch bemerkbar, nicht wahr? Ungeschminkt gesagt, ist sie doch in höchstem Grade unangenehm?«

»Was ist das schon für eine Unannehmlichkeit?« entgegnete der Drakologe mit stoischer Ruhe. »Die postdrakologische Krise wäre noch schlimmer. Bitte bedenken Sie, daß wir ihn nicht nur ernähren, sondern daß wir außer dem Gastgewerbe auch andere Branchen beschäftigen. Wir wollen ihn besänftigen und in gewissen Schranken halten. Es handelt sich um das Programm der sogenannten Domestifikation und Pazifikation. In jüngster Zeit werden ihm riesige Mengen von Süßigkeiten verabreicht. Süßigkeiten hat er sehr gerne.«

»Ich bezweifle aber, daß er davon süß werden wird«, brummte ich.

»Doch der Export der Zuckerindustrie stieg auf das Vierfache. Ja, und nicht zu vergessen die Tätigkeit der URDSS.«

»Was ist das?«

»Das ist die Untersuchungsbehörde für die Regelung der Drachenschleime und -sekrete. Er sichert der akademischen Jugend die Arbeit. Man muß den Drachen immer wieder studieren, sich mit ihm vertraut machen, ihn erforschen, von Zeit zu Zeit behandeln. Früher hatten wir einen Überschuß an Kräften im Gesundheitswesen. Jetzt hingegen hat jeder junge Arzt einen sicheren Arbeitsplatz.«

»Na ja«, sagte ich ohne Überzeugung. »Aber all das ist ein Export von Wohltätigkeit. Warum konntet ihr nicht Wohltäter der eigenen Bürger direkt sein?«

»Wie ist das zu verstehen?«

»Na ja, Sie investieren einen Haufen Geld in den Drachen.«

»Sollte man diese Mittel etwa an die Bürger verschenken?«

»Es steht im Widerspruch zu den Prinzipien jeglicher Wirtschaftlichkeit.«

»Ich sehe, daß Sie von Wirtschaft keine Ahnung haben. Die Kredite, die für diesen Export bestimmt sind, heizen die Konjunktur an und steigern den Umsatz.«

»Aber sie vergrößern auch den Drachen selbst«, unterbrach ich ihn. »Je intensiver er gefüttert wird, um so größer wird er, und je größer er wird, um so größer wird sein Appetit. Was ist das für eine Kalkulation? Er wird euch schließlich auffressen.«

»Unsinn«, entrüstete sich der Professor. »Die Banken verbuchen die Kredite als Aktiva. Also sind das rückzahlbare Darlehen.«

»Na, und werden sie mit Plastilin zurückgezahlt?«

»Bitte nehmen Sie mich nicht beim Wort. Wenn nicht der Drache wäre, für wen hätten wir spezielle Rohrleitungen produziert, durch die der Brei gepreßt wird? Bitte bedenken Sie, Rohrleitungen, das sind auch Hütten und Stahlwerke und Walzwerke, Schweißmaschinen, Transportmittel und so weiter. Der Drache hat reale Bedürfnisse. Begreifen Sie das denn nicht? Die Nachfrage kann man sich nicht aus den Fingern saugen! Die Fabrikanten würden nichts produzieren, wenn sie ihre Erzeugnisse ins Meer kippen müßten. Ein konkreter Empfänger ist etwas ganz anderes. Der Drache ist riesig, ein riesiger, überaus aufnahmefähiger Auslandsmarkt mit einer kolossalen Nachfrage.«

»Das bezweifle ich nicht«, erklärte ich. Ich begann schon einzusehen, daß auch dieses Gespräch zu nichts führte.

»Also habe ich Sie überzeugt?«

»Nein.«

»Weil Sie aus einer ganz anderen Zivilisation kommen als der unseren. Übrigens ist der Drache seit langem nicht bloß der Importeur unserer Produkte.«

»Und was ist er geworden?«

»Zur Idee, mein Herr. Zur geschichtlichen Notwendigkeit und zu unserer Staatsräson. Ein wichtiger Faktor, der unseren vereinten Anstrengungen einen festen Sinn gibt. Betrachten Sie die Sache aus diesem Blickwinkel, und Sie werden schließlich begreifen, welch fundamentale Fragen dieses mehr oder weniger scheußliche Vieh in sich birgt, wenn es planetare Ausmaße annimmt.«

Dagmar Barnouw

Die versuchte Realität: Utopie und Science-fiction

Ursula Le Guins wohl komplexester Roman, *The Dispossessed*, beginnt mit der Beschreibung einer Mauer. Das Thema des Romans ist die Möglichkeit und die Notwendigkeit der Frage, ob diese Mauer Anfang oder Ende einer Welt signalisiert. Der Protagonist muß sich das Recht zu dieser Frage erkämpfen; der Leser hat es von vornherein, und zwar besonders deutlich deshalb, weil es sich wörtlich um Anfang oder Ende einer anderen Welt auf einem anderen Planeten handelt, weil der Roman Science-fiction ist.

»Da war eine Mauer. Sie sah nicht wichtig aus. Sie bestand aus unbehauenen, grob zusammengefügten Felsbrocken. Ein Erwachsener konnte leicht darüber sehen, und sogar ein Kind konnte darüber klettern. Wo sie die Straße schnitt, gab es statt eines Tores die geometrische Verflüchtigung in die bloße Idee einer Grenze. Aber die Idee war wirklich. Sie war wichtig. Sieben Generationen lang war nichts auf der Welt so wichtig gewesen wie diese Mauer. Wie alle Mauern war sie vieldeutig, Janus-gesichtig. Was innerhalb war und was außerhalb war, hing davon ab, auf welcher Seite man stand.«

Die Direktheit des Ansprechens geht zusammen mit der Mehrdeutigkeit der Aussage: gleichzeitig wird die Tatsache der Mauer festgestellt und geurteilt, daß sie nicht wichtig aussieht – aber für wen? Die erzählende *persona*? Die fiktionalen Figuren, auf deren Erscheinen der Leser wartet? Für den Leser, der mit der erzählenden *persona* auf die Mauer blickt? Das Präteritum rückt beide in den Hintergrund und die Mauer in den Vordergrund. Die darauffolgenden Sätze variieren nur den Mangel an eigentlicher (normaler, erwarteter) Mauer-Substanz, aber sie stauen sich an der didaktischen Emphase: die wichtige (deshalb) konkrete Idee einer Grenze, die Vieldeutigkeit der Perspektive, das Problem von Zwang, Beschränkung und Passivität oder von Freizügigkeit und Aktivität.

The Dispossessed. An Ambiguous Utopia, 1974 veröffentlicht, wurde mit mehreren der wichtigsten Science-fiction-Preise ausgezeichnet und fand sofort ein großes enthusiastisches Publikum von Science-fiction-Lesern.[1] Der bekannte Historiker literarischer Utopien Robert C. Elliott[2] beklagte in einer ausführlichen Besprechung des Romans in der *Yale Review* 1976, daß er nicht die Wirkung gehabt habe, die er verdiente – eben weil er als Science-fiction veröffentlicht und gelesen worden sei. Es ist wichtig, sich dabei vor Augen zu halten, daß diese Feststellung von einem amerikanischen Literaturkritiker gemacht wurde, denn in den USA ist Science-fiction ein sehr viel breiter akzeptiertes (akademisch respektables) und viel weiter gefaßtes »Genre«, als das normalerweise bisher in Europa der Fall ist. Auch an den anspruchsvollen Universitäten werden schon seit einigen Jahren Vorlesungen und Seminare über Science-fiction angeboten und Science-fiction-Autoren als Gastprofessoren eingeladen – wie andere bekannte Schriftsteller auch. Normalerweise, so argumentiert Elliott, sollte die Publikation eines derart ernsthaften und anregenden utopischen Romans mit breiter gestreutem und differenzierter artikuliertem Enthusiasmus begrüßt werden. Schließlich ist, worauf Elliott zu Recht verweist, ein solcher utopischer Entwurf heutzutage eine Seltenheit, eine gefährdete Spezies. Der Roman bietet in der Tat genuin radikale Lösungsversuche für soziale Probleme des 20. Jahrhunderts, interessante Provokationen für politische Orthodoxien rechts und links, vor allem aber die Möglichkeit, die Schwächen des ›guten Ortes‹ vorzuführen, kritische Fragen an das Konzept Utopie zu stellen, ohne es sogleich und zu weitgehend in Frage zu stellen.

In der Tat ist H. G. Wells wohl der letzte, der anregende utopische Fiktion geschrieben hat, und schon Wells' *A Modern Utopia* (1905) ist bewußt anti-statisch, anti-hierarchisch, auf Veränderung, auf Zukunft angelegt. Das 20. Jahrhundert hat vor allem das dystopische Genre gefordert – von Samjatins *Wir* über Huxleys *Schöne Neue Welt* zu George Orwells *1984*. Die interessante Frage – wenn auch schwer und nur vorläufig zu beantworten – ist nun, inwiefern das Genre Science-fiction verantwortlich sein konnte für das Zustandekommen einer solchen ernstzunehmenden literarischen Utopie im letzten Viertel unseres Jahrhunderts.

In den *Dispossessed* ist, wie in allen literarischen Utopien, die Figur des Besuchers von großer Bedeutung, der sich, mit Hilfe von Informanten, allmählich in der anderen (besseren) Welt zurechtfinden lernt. Ihm wie dem Leser werden die Regulativprinzipien schrittweise einsichtig: aus der fremden wird eine vertrautere Welt. Schon Mores arch-utopistischer Reisender und Berichterstatter Hythloday macht diese Erfahrung, und der Leser, unterstützt von der umsichtigen Erzähl*persona* More, mit ihm. In Hythlodays Erfahrung war das Vertrautwerden auf das »eindeutig besser, gut sein« – Utopia = Eutopia – gegründet. Das hat sich so gehalten bis zum Anfang unseres Jahrhunderts, wenn auch die eutopischen Institutionen seit dem 18. Jahrhundert mehr und mehr mit dem eutopischen Menschen ergänzt wurden. Heute scheint solche Eindeutigkeit nicht ratsam, und zwar nicht so sehr, weil eine schwierigere Situation das Herauslösen des besten Möglichen aus dem komplexen *Status quo* zu stark behinderte, sondern weil mit der zunehmenden Komplexität unserer Welt, verursacht durch rapide wissenschaftliche und technologische Entwicklungen, sich auch die Zahl der möglichen Alternativen vergrößert hat. Besonders für die besten Texte der Science-fiction der letzten 20 Jahre gilt, daß die wissenschaftliche Entwicklung, die auf immer intensiverer Spezialisierung beruht, die soziale Phantasie freigesetzt hat und daß, bei verschärfter Weltlage, gerade hier utopische Entwürfe gewagt werden, die zwar nicht an der Möglichkeit eines besten anderen, aber doch, mit aller gebotenen Vorsicht, an der eines besseren anderen festhalten.

Le Guins Roman *The Dispossessed* ist in der Tat eine wichtige zeitgenössische literarische Utopie nicht trotz, sondern wegen seiner Zugehörigkeit zum Genre Science-fiction. Utopische Energien haben zu ihrer Freisetzung schon immer die fiktionale Komprimierung großer Entfernungen gebraucht – Südsee-Inseln waren zu Mores Zeiten und lange danach weiter entfernt als Mond und Mars heute. Das kommentierende Gegenbild zur Erde, zu irdischen sozialen Organisationsnormen, kann nicht mehr auf unserem Planeten angesiedelt werden und es muß die szientifisch-technologischen Prioritäten der großen Mehrzahl unserer terrestrischen Gesellschaften kritisch widerspiegeln. Für die Dissidenten des 17. Jahrhunderts war die neue Welt Amerika, *Novus Ordor Seculorum*, für die Dissidenten des 22. Jahrhunderts, über die Le Guin schreibt, ist es der Mond der alten Erde.

Das utopische Perspektivenspiel – vom Vertrauten auf das Fremde, vom Fremden auf das Vertraute –, das der Begründer der literarischen Utopie, Sir Thomas More, in seinem *Utopia* (1516) sehr geschickt und überzeugend entwickelte, dient Le Guin als Bauprinzip ihres Romans. Die beiden Planeten Urras und Anarres, jeder des anderen Mond, sind auf gleichsam archetypische Weise voneinander verschieden. Urras, unserer Erde sehr ähnlich, ist grün und fruchtbar, in kapitalistische und kommunistische Nationalstaaten aufgeteilt. Anarres ist ein unfruchtbarer Planet, kalt und trocken, bewohnt von utopisch sozialistischen Siedlern, deren Vorfahren vor hundertfünfzig Jahren den Mutterplaneten mit der Absicht verlassen hatten, niemals zurückzukehren. Die Isolierung ist fast vollkommen; die Siedler sind vom Mutterplaneten nicht oder kaum abhängig: für Rohmaterialien tauschen sie hochentwickelte Technologie und Medikamente, aber nicht in sehr bedeutenden Mengen. Urras ist ihnen vor allem ideologisch wichtig, als Gegenbild zum guten Ort Anarres.

Der Protagonist Shevek, ein hochbegabter Physiker, ist völlig überzeugt von der Gültigkeit der Prinzipien eines kollektiven Altruismus, formuliert von einer Frau, Odo, auf denen seine anarchistisch-sozialistische Gesellschaft beruht. Er stößt sich aber in zunehmendem Maße an dem Grad der intellektuellen und emotionalen Isolierung der Anarresti und sucht mit Urras Verbindung. Diese stellt sich leicht her, da er eine Theorie der Gleichzeitigkeit aufgestellt hat, die die wissenschaftlich und technologisch sehr viel fortgeschritteneren Urrasti glauben auswerten zu können – für den ökonomisch und politisch enorm wichtigen interplanetarischen Flug.

Gegen den unerwartet aggressiven Widerstand seiner Mitbürger fliegt Shevek als erster Anarresti nach Urras, von dessen physisch vielfältiger Schönheit und dessen kulturellem Reichtum er überwältigt ist, dessen kapitalistische und kommunistische Ausbeutungspraktiken ihn aber stark verunsichern. Er hat zwar von Anfang an gewußt, daß man ihn nicht aus intellektueller Neugier oder Offenheit eingeladen hat; aber das Maß der sozialen Unvernunft übersteigt seine Toleranzschwelle. Er wird in einen Aufstand von neo-odonischen sozialistischen Anarchistengruppen hineingezogen und von der urrastischen Polizei verfolgt. In der Botschaft der Terraner, wohin er sich rettet, sagt ihm die Botschafterin, wie stark sie von seiner durch sozialistische Radiostationen ausgestrahlten Rede über die Notwendigkeit sozialer Neuordnung betroffen gewesen sei, aber sie gesteht ihm auch ihre Zweifel an der politischen Realität und Effektivität von Anarres als besseres Beispiel für Urras. Ihre Skepsis ist geschärft von der hoffnungslosen Situation ihrer alten Erde, eine ökologische Katastrophe. Für sie ist Urras das Paradies, der schöne, ja der gute Ort, an dem auch die Armen leben können, trotz und mit allen sozialen Ungerechtigkeiten. Terra ist im letzten Moment von den Hainish, einer älteren, weiseren Menschenart, vor der völligen Selbstzerstörung bewahrt worden und vegetiert nun dahin.

Für Shevek ist auch diese kritische Perspektive wichtig; unter anderem bestärkt sie ihn darin, seine Simultanitätstheorie doch dem Versuch einer Auswertung zu unterwerfen: eine drastische Verminderung der fast unüberwindbaren räumlich/zeitlichen Distanzen zwischen verschiedenen Welten – Terra zum Beispiel ist bereits elf Flugjahre, fast Lichtjahre, von Urras entfernt – könnte die Einsicht in die Möglichkeit von Hoffnung stützen, wie auch in die soziale Unzulänglichkeit von Verzweiflung. Die Theorie geht an die Hainish, deren sehr viel ältere, komplexere, aus diesen Gründen dem Austausch offenere Kultur die ökologischen Bedingungen der Verwertung von wissenschaftlichen Ideen ernster nimmt. Es handelt sich dann um die Gabe der Theorie als soziale Aufgabe eher denn technisch machbare Lösung. Auf Urras hat Shevek gelernt, daß auch Teilen und Mitteilen auf seine soziale Funktion hin befragt werden muß, daß es nicht schon an sich ein soziales Gutes ist, sondern auf Gegenseitigkeit beruhen muß. Auf Anarres wird Teilen zu selbstverständlich genommen und Mitteilen, wenn es die Grenze des eigenen Planeten überschreitet, zu stark unterbunden.

Der Roman beginnt mit Sheveks Flug von Anarres nach Urras und endet mit seinem Flug zurück; die dazwischenliegenden Kapitel wechseln regelmäßig zwischen Anarres und Urras. Kommunikation als Problem wird in der Romanstruktur graphisch deutlich. Mit Urras ist sie, das sieht Shevek ein, zu diesem Zeitpunkt nicht möglich; aus dieser Richtung wird die Mauer nicht überwunden werden. Nichts, keine Idee, kein Ding, kein Bewohner von Urras wird in der natürlich-sozialen Umwelt von Anarres gedeihen, und deshalb ist Austausch nicht möglich. Die urrastischen Odonier müssen ihre Probleme allein, auf ihre Weise lösen. Mit Shevek fliegt ein Hainish zurück, der von Anarres gehört hat und es als andere, ihm noch unbekannte Möglichkeit erfahren will. Shevek läßt das zu, obwohl es seinen eigenen ungewissen Empfang auf Anarres noch ungewisser macht. Nicht, weil er sich hat überzeugen lassen, daß dem Hainish diese Konfrontation mit dem anderen nützlich sein wird, sondern weil er aus Erfahrung weiß, daß solche Konfrontationen immer nützlich sind, auch seine mit Urras, die zu nichts geführt hat. Das Ende des Romans ist offen; die Gesellschaft, in die Shevek zurückkehrt, ist die bessere nur insofern sie seinen Entschluß zur Rückkehr bestimmt hat. Deutlich ist allein das Mögliche: ein »vieldeutiges Utopia«, wie der Untertitel sagt.

Le Guin kehrt die herkömmliche Erzählperspektive des Utopisten um: Shevek ist der Reisende im Anti-Utopia Urras, und wir sehen es durch ihn. Utopia, auch das ambivalent, mehrdeutig zu Verstehende, ist der vertraute, reale Ort für ihn, und die Leser-Perspektive wird direkt durch die erzählende *persona* bestimmt. Die Genese von Utopia wird zugänglich durch den für den Fortgang der Erzählung funktional selektiven Vergleich mit Anti-Utopia: die persönlich-fragmentarische Erinnerung an die Herkunft, die kontrollierte Information über die alte Welt. Die Utopier haben keine Gelegenheit, sich als Informanten zu betätigen, und nur die von einigen wenigen zögernd gewagte Befragung einiger Einrichtungen ihrer besseren Welt schließt Spekulationen über deren Gründe ein. Der Leser hat nicht die Distanz des Anthropologen zu Anarres – die hat er, wenn er durch Shevek sieht, zu seiner eigenen Gesellschaft, wie sie sich in Urras darstellt. Die Dissidenten-Siedler sind nicht nach Anarres gekommen, um die gute Gesellschaft zu analysieren, sondern um besser zu leben, das heißt, vor allem auch Konflikte durchzustehen, schließlich Toleranz für Ambivalenz und Vieldeutigkeit zu lernen. Und das gilt auch für den Leser, der von Anarres aus auf Urras blickt. Die bi-polare Struktur des Romans, der Wechsel zwischen Anarres und Urras von Kapitel zu Kapitel, der nicht ganz unproblematisch ist, weil sich die Fronten gelegentlich zu klar abzeichnen, will vor allem dem Leser die Nähe zur anderen, die Ferne zur eigenen Welt ermöglichen. Das der Science-fiction und der literarischen Utopie eigentümliche Spiel mit Distanzen ist in *The Dispossessed* strukturell besonders deutlich angelegt und durchgeführt.

Wie abhängig die Bedeutung einer Welt von der Verschränkung von Ferne und Nähe ist, hat Le Guin früh erfahren: ihr Vater, Alfred Louis Kroeber, einer der bekanntesten amerikanischen Ethnologen und Anthropologen, leitete lange Zeit das Völkerkundemuseum der Universität Berkeley und war der Mitbegründer der American Anthropological Association (1917). Mit seinen Arbeiten über die Indianerkulturen Nordamerikas trug er zu einer pluralistischeren Auffassung von Kultur und Stil bei, die sich im allgemeinen in den USA, gerade wegen der Heterogenität der Bevölkerung, schwer durchsetzt. Ihre Mutter, Theodora Kroeber, wurde bekannt mit *Ishi in Two Worlds* (1961), der Geschichte des letzten ›wilden‹ nordkalifornischen Indianers, der nach dem Auslöschen seines Bergstammes sich ›freiwillig‹ in die Hände der Weißen begab und seine letzten Lebensjahre im Völkerkundemuseum in Berkeley zubrachte. Er begann sich dort für eine Anzahl anderer Kulturen zu interessieren, deren Gegenstände er hütete und pflegte, wie die von ihm hergestellten Objekte gehütet und geachtet wurden. *Ishi in Two Worlds*, schnell eine Art von Klassiker geworden, ist mit großem Verständnis für kulturelle Distanzen, für das Trauma der Fremde, aber auch für die Bereicherungsmöglichkeiten geschrieben, die aus der Überbrückung der Distanzen, der Überwindung des Traumas zu ziehen sind. Ishi muß ein besonders sanfter und liebenswürdiger Mann gewesen sein, der mit großer Würde unter vielen Schwierigkeiten zwischen seiner und der weißen Kultur hin und her ging und in seiner Bereitwilligkeit zu verstehen die anderen verstehen lehrte, ein Prozeß, den Theodora Kroeber subtil und klar verzeichnete.[3]

Es ist nicht nur die Offenheit für das andere, (noch) nicht Vertraute, die Le Guin aus dem frühen Umgang mit anderen Kultur-Konstrukten lernte, sondern auch eine geschärfte Empfänglichkeit für die spezifische Abhängigkeit des Individuums von seiner natürlich-sozialen Umwelt. Marxistische Kritiker haben sich an dieser anthropologischen Perspektive gestoßen und unter anderem auch die starke Betonung der physischen Unterschiede zwischen den beiden Planeten bemängelt.[4] Die Dürftigkeit, Magerkeit, grautrockene Unfruchtbarkeit ihrer neuen Umwelt, die Le Guin mit anthropologisch informiertem Einfallsreichtum evoziert, ist keineswegs Selbstzweck, sondern wichtig für die Entwicklung des zeitgenössischen Utopie-Modells; den sozialistischen Siedlern wurde nur dieser wenig begehrenswerte Raum überlassen, der bisher allein für Bergbau genutzte, in fast jeder Hinsicht leere Mond von Urras. Die Dissidenten des 17. Jahrhunderts nahmen in Nordamerika die Gefahren des Unbekannten auf sich, die des 22. Jahrhunderts die des Bekannten: die für Menschen bewohnbare Welt ist fragmentarischer, kleiner und härter geworden. Aus diesem Grunde arbeitet Le Guin in vielen ihrer Entwürfe sozialer Alternativen mit besonders schwierigen Umweltverhältnissen. In *The Left Hand of Darkness* (1969) zeigt sie zum Beispiel eine androgyne Gesellschaft auf einem Planeten, dessen Jahreszeiten Variationen von Winter, von Grau, Braun, Kälte, Kargheit sind, die sie dem Leser/Betrachter nuancenreich zugänglich macht. Einerseits hat sie ein spezifisches ethisches und ästhetisches Interesse an konsequent ökologischen Kulturen, z.B. indianischen; andererseits führt sie als Erzählerin ihre Protagonisten in Konfliktsituationen, die Entscheidungen verlangen, und eine harte Umwelt – Dürre, Kälte, Stürme, Eis – unterstützt solche Konflikte metaphorisch. Außerdem kann sie in einer solchen Umwelt kollektives Verhalten konsequenter entwickeln, da die Testsituationen klarer sind, und sie kann schließlich auch die Isolierung, die bei allen länger-lebigen utopischen Gemeinschaften ein Problem war und in unserer Zeit der Ost-West-Spaltung der Erde einen hohen Gefährlichkeitsgrad erreicht hat, nachdrücklicher verständlich machen.

Es ist nicht so sehr die Frage eines zu puritanisch-grauen moralistischen Humanismus bei Le Guin[5], es ist vielmehr eine ihr eigentümliche Fähigkeit, Überlebensprobleme konkret und spezifisch zu sehen. Ideologisch-theoretisch ist der Anarchismus der Anarresti nicht sehr überzeugend. In vielen der detailliert entwickelten sozial-psychologischen und ökonomischen Situationen aber sind zumindest die Fragen, die sich von dieser Haltung aus und zu dieser Haltung stellen, von großem Interesse. Es ist eben gerade auch die Frage einer besseren Möglichkeit des Überlebens, die Shevek mit Urras Verbindung suchen läßt. Er ist sowohl der von einer (für ihn) klaren sozial-moralischen Position aus argumentierende Intellektuelle als auch konfus, unentschieden, verloren; es kommt auf die Situation an. Vor allem ist er geformt durch seine Gesellschaft, und die wird, wie Gérard Klein zu Recht hervorhebt, von Le Guin als eine Möglichkeit unter anderen beurteilt – ein Urteil jedoch, zu dem ihren Protagonisten ein langer, schwieriger Weg führt.

Es ist also in *The Dispossessed* ganz deutlich nicht Le Guins Absicht, einfach zwei Gesellschaften miteinander zu kontrastieren, eine, die stark an das heutige Amerika erinnert, die andere, die viel mit dem heutigen China gemeinsam hat oder vielleicht mit dem Israel des großen Traums, das heißt also vor der Unabhängigkeit[6], – obwohl die Sympathien der Autorin, die ihre Subjektivität innerhalb der Grenzen ihrer Schöpfung spielen läßt, deutlich genug sind –, sondern vielmehr zu zeigen, daß beide Gesellschaften gleichermaßen dem Bereich menschlicher Möglichkeiten angehören.[7]

Klein als nicht ideologisch gebundener Leser akzeptiert die Ambivalenzen und Vieldeutigkeiten, die sich aus dem ›nicht hier, aber jetzt‹ ergeben: der Überbrückung einer realen Distanz in der Imagination. Für die marxistische Kritikerin Khouri bleibt Le Guin kleben an den beiden entropischen Modellen Urras (»Überfluß, Konkurrenz, Ungleichheit, Vielwertigkeit«) und Anarres (»Mangel, Brüderlichkeit, Gleichheit, Einwertigkeit«), ohne daß ihr jemals eine Vermittlung gelänge. Das ist aber, obwohl Shevek mit leeren Händen, wie er gegangen ist, zurückkehrt, nicht der Fall. Gegeben ist die natürliche Umwelt, zumindest am Anfang, nicht aber das soziale Verhalten, das sich immer verändert, aber eben nie unabhängig von der natürlichen Umwelt, auf die es seinerseits Einfluß ausübt. Shevek ist zutiefst geprägt von beiden. Auf Urras kann er sich auf die Dauer nicht einleben, trotz der starken Faszination durch physische Fülle und Schönheit. Er ist zu sehr geformt von seiner Gesellschaft, die sich aufgund komplizierter Wechselwirkungen von sozialen Prinzipien und natürlichen (sich ändernden, zu verändernden) ›Gegebenheiten‹ entwickelt hat. Shevek ist nicht, wie er ist; er ist, wie er geworden ist. Dieser banale Sachverhalt kann im Medium der Science-fiction auf eine Weise wörtlich dargelegt werden, die das Phänomen der sozialen Evolution erstaunlich konkretisiert, denn dem Leser wird eine Perspektive zugänglich gemacht, mit der er das soziale Konstrukt Anarres gleichzeitig in seiner Genese und in seinem gegenwärtigen Zustand sehen, dann im prozessualen Vergleich mit Urras verstehen kann.

Die Idee der Veränderung, der Kern der Hoffnung, liegt für Shevek in der Erfahrung der individuellen und sozialen Subjektivität des anderen, einschließlich Urras, in Vergangenheit und Gegenwart. Geschichte ist nicht festgelegter Ablauf, schon gar nicht Heilsgeschichte im marxistischen Sinn, sondern Experiment, und das Sich-Abschließen seiner Gesellschaft unterbindet die Möglichkeit, soziales Verhalten zu verändern, zu erfinden, zu testen, das heißt die Möglichkeit, die Realität zu versuchen. Das vieldeutige Utopia Anarres ist angelegt als experimentelle Gesellschaft, deren ursprüngliche Basis Offenheit für Veränderung ist. Gewisse repressive Zwänge, teils durch das System kommunistischer Regeln bedingt, teils durch Personen, die vom System aktiviert sind und es aktivieren, sind ein Teil des Veränderungsprozesses und müssen eliminiert, d. h. zunächst einmal überhaupt gesehen werden. Hier haben Shevek und seine Freunde spezifische und instruktive Schwierigkeiten. Diese intellektuellen Anarresti transzendieren nicht etwa historische Widersprüche; sie entziehen sich ihnen nicht; sie durchleben sie als Individuen, die von der Erfahrung des Kollektivs geprägt sind. Shevek hat z. B. seine wissenschaftliche Isolierung als Physiker die längste Zeit als gesellschaftlich notwendig recht gelassen hingenommen. Erst als sein Freund Bedap, an wissenssoziologischen eher denn ›rein‹ wissenschaftlichen Fragen interessiert, ihn auf die sich immer ›irgendwie‹ durchsetzende Machtstruktur als generelles sozial-psychologisches Phänomen hinweist, das man sich hat über den Kopf wachsen lassen, beginnt Shevek die konditionierten Reaktionen auf die kommunalen Entscheidungen zu befragen. Er sieht dann, daß diese Entscheidungen unter Umständen sehr leicht von asozialen Individuen für ihre Zwecke gesteuert und ausgenützt werden können. So verhält sich der einflußreiche Physiker Sabul, der Sheveks Arbeiten unter seinem Namen veröffentlicht, keinesfalls generöser oder fairer als die eigensüchtigen Leiter wissenschaftlicher Institute in kapitalistischen Gesellschaften. Er hat noch dazu den Vorteil, daß er die sozial begründete Informationskontrolle zur Verstärkung seiner individuellen Machtposition ausnützen kann, denn niemand ist in der Lage zu beurteilen, inwieweit seine Ideen nicht einfach aus anderen unzugänglichen urrastischen physikalischen Texten stammen. Erst Shevek kann das übersehen, aber nur, weil Sabul ihm aufgetragen, das heißt, ermöglicht hat, die Sprache des feindlichen Planeten zu lernen. Das eigentliche Ziel der odonischen Anarchisten, eine sozial stimulierende, spontane Spannung zwischen den intellektuellen emotionalen Bedürfnissen des Individuums und der optimalen Funktionsfähigkeit der Gruppe, wird mehr und mehr als unmögliche Aufgabe, als einfach unmöglich, als nicht einmal vorstellbar angesehen. Zusammen mit der Repression individueller Fähigkeiten – außer der der Machtausübung – geht denn auch die immer intensivere Isolierung, die Abschließung vom anderen: die ausschließliche Bestimmung des eigenen Guten durch das andere Schlechte.

Diese zur Entropie führende Entwicklung wird aufgehalten von Shevek und seinen Freunden, einer Gruppe von Individuen, die sich der Schwächen und der Möglichkeiten ihres Anarchismus zunehmend bewußt werden. Le Guins Entwürfe anderer Welten sind immer geleitet von dem Zusammenspiel von individueller Veranlagung und sozial-natürlicher Umwelt. Aber der Impuls zu diesen Entwürfen kommt nicht, sagt sie, als Idee, Ereignis, Botschaft, sondern in Gestalt einer Person, und zwar meistens als Person in einer Landschaft. *The Left Hand of Darkness* zum Beispiel begann damit, daß sie in großer Entfernung zwei kleine Figuren sah, in einer enormen, überwältigenden Wüstenlandschaft von Eis und Schnee. Sie zogen zusammen einen Schlitten über das Eis. Dieser visuelle Eindruck ist ihr geblieben, lange nachdem sie das Buch mit all den provozierenden Verkehrungen und Verwischungen der gewohnten geschlechtlichen Polarität, den Bildern von Verrat, Liebe, Einsamkeit und Kälte entworfen und geschrieben hatte.

Der (visuelle) Ursprung der *Dispossessed* war ähnlich klar:

Diesmal ein Mann, ein Wissenschaftler, ein Physiker; ich sah das Gesicht klarer als üblich, ein dünnes Gesicht, große klare Augen und große Ohren – die, glaube ich, könnten von einer Kindheitserinnerung an den jungen Robert Oppenheimer stammen. Aber lebendiger noch als alles visuelle Detail war die Persönlichkeit, die außerordentlich anziehend war – ich meine anziehend wie eine Flamme für die Motte.[8]

The Left Hand of Darkness entwirft eine Gesellschaft, in der Personen nur zu bestimmten Zeiten sexuell-erotisch empfänglich und damit geschlechtlich bestimmt sind. Diese Bestimmung wechselt von einer Empfänglichkeitsperiode zur anderen: je nach dem Partner, der die sexuell-erotischen Energien freisetzt, kann man das eine Mal Frau sein und ein Kind empfangen und austragen, das andere Mal Mann sein und ein Kind zeugen. Im Zentrum des Romans stehen die physisch und psychisch intimsten Beziehungen zwischen Menschen, die sich für Le Guin in dem Bild der gemeinsamen Aufgabe des Überlebens am deutlichsten ausdrücken: zwei Menschen, in deren Gemeinsamkeit die Unterschiede nuancierter erhalten und balanciert sind, als das in unserem binarischen System möglich ist, völlig isoliert in einer menschenfeindlichen Landschaft, ziehen zusammen einen Schlitten.

In der Beschreibung solcher intersubjektiven Beziehungen hat Le Guin mit einer ihr eigentümlichen Mischung aus Distanz und Nähe, Erstaunen über das Fremde und widerstandslosem Erkennen des Vertrauten, mit einer warmen, sachten Objektivität Bemerkenswertes geleistet. Die Schwierigkeiten der Enteigneten liegen denn gerade auch in der Konzentration auf den Protagonisten als einzigartig. Er ist natürlich geformt von seiner Gesellschaft, die auf dem Prinzip des *Nicht-Habens* – in bezug auf Objekte so gut wie andere Menschen – aufgebaut ist. Er *hat* keine Frau, aber er lebt für lange Zeit, immer wieder unterbrochen durch die Erfordernisse ihrer und seiner Arbeit für die Gemeinschaft, mit einer Frau, derselben Frau, zusammen und ist Vater. Die Kernfamilie ist in dieser Gesellschaft aufgelöst; natürlich aber bestehen langwährende Loyalitäten und emotionale Bindungen zwischen Menschen des gleichen oder verschiedenen Geschlechts und Alters. Shevek jedoch ist zu sehr der über die anderen herausragende einzelne –

was sich auch in dem Verhältnis zu seiner Partnerin spiegelt. Sie ist zwar, als Odonierin, eine völlig emanzipierte intelligente Frau; ihre Rolle ist aber, sowohl in ihrer eigenen wissenschaftlichen Arbeit als Fisch-Genetikerin und in ihrer Haltung gegenüber dem größeren und auch verwundbareren wissenschaftlichen ›Genius‹ des Mannes, die stützende, nährende Rolle der terrestrischen Tradition. Es zeugt für das erzählerische Geschick und die psychologische Umsichtigkeit der Autorin, daß dieser im anti-modernen Sinne heroische Protagonist gerade noch glaubwürdig ist, daß man von seinen Problemen gefesselt sein kann, daß man ihn, mit einigem Protest, dann doch akzeptiert. Er bleibt verständlich in seiner Welt, mit der er in so tiefreichenden Konflikt gerät.

Dieser Konflikt ist nicht immer genügend deutlich motiviert. Zwar ist die Handlung von der Annahme her konzipiert, daß dieser sympathische, kluge, aufrichtige, gute (oder jedenfalls bessere) soziale Individualist diese Eigenschaften nicht einfach haben kann, sondern in seiner Gesellschaft entwickelt haben muß. Warum ist er denn einer von den ganz wenigen, die mit dieser Gesellschaft so stark kollidieren, und der einzige, der sich dem Risiko eines physischen, emotionalen und intellektuellen Kontakts mit Urras aussetzt? Le Guin sagt, sie habe ihn so und nicht anders gesehen, und ein guter Teil des Erfolgs des Romans beruht in der Tat darauf, daß sie auf ihrer persönlichen Sicht des Individuums beharrt, auf der Präsenz und Dichte, den ineinander verschobenen Motivationsschichten, einer unmittelbaren Einsichtigkeit und Schlüssigkeit der dann doch nicht völlig erklärbaren Figur. Ebenfalls darauf beruht auch ein Teil der allerdings instruktiven Problematik des Romans als Sozialutopie.

Am Beginn des Romans stehen die Mauer, ein fast tödlicher Steinwurf und der Abflug Sheveks – warum zwingt er, durch seine Handlung, die Idee der Mauer in eine nun bedrohliche Realität? Mit dieser Frage wird der Leser zurückgeführt in die Kindheit Sheveks: Die Sonne scheint ins Zimmer; ein langes, dünnes Kleinkind sitzt auf dem Boden, mitten in dem sonnigen Viereck; Vater und Kindergärtnerin stehen dabei; ein fettes Baby kommt angekrochen und schiebt das dünne Kind in den Schatten. Es protestiert: »Meine Sonne!« Die Kindergärtnerin, mit der milden Stimme völliger, fragloser Überzeugung, sagt: »Nichts gehört dir. Es ist zum Benutzen da. Es ist da, um geteilt zu werden. Wenn du es nicht teilen willst, kannst du es nicht benutzen.« Der Vater, sehr traurig, aber resigniert, versucht das untröstliche Kind zu beruhigen. Es gibt immer ein paar, die alles zu ernst nehmen, meint die Kindergärtnerin. Die gegen den Besitztrieb gerichtete Erziehung geht so weit, den Kindern auch in der Beziehung zu den Eltern das Possessivpronomen zu verbieten: es heißt immer ›der‹ Vater, ›die‹ Mutter. Und nun erst die Sonne! Die Szene erinnert an und kontrastiert mit der Konditionierung der Gammas in Huxleys *Brave New World*: Reihe um Reihe von Gamma-Säuglingen, die als Erwachsene zufrieden die niedrigen Arbeiten verrichten sollen, kriechen entzückt auf große Vasen mit Rosen zu und werden mit leichten, aber schmerzenden Elektroschocks bestraft, damit sie sich solche ästhetische Empfänglichkeit abgewöhnen. Bei den Odoniern geht es nicht um bio-chemische, sondern um sozialpsychologische Kontrolle, und das Aberziehen des Besitztriebs ist eine langwierige Angelegenheit, da es um Dinge, Ideen und um Menschen geht. Es fängt damit an, daß die Eltern dem Neugeborenen nicht selbst einen Namen geben, an den sich immer bestimmte Erwartungen, Wünsche, Hoffnungen in bezug auf die Entwicklung ihres (einzigartigen) Kindes knüpfen, sondern vom Zentral-Computer, der fast alle praktischen Probleme des gesellschaftlichen Lebens regelt, eine Kombination von Silben zugeteilt bekommen, die als Name dient und mit dem Tode der Person an den Computer zurückgeht.

Die Veränderungen, die Shevek durchmacht, werden in Episoden geschildert, die sich meist auf die Grundkonflikte des herausragenden Individuums mit einer im ganzen vernünftigen und innerhalb gewisser Grenzen auch flexiblen Gesellschaft beziehen. Le Guin ist besonders gut in der Porträtierung Heranwachsender, ihrer fluktuierenden Identität, bewegt von den Kräften ihrer natürlichen und sozialen Umwelt. Nach 150 Jahren gezielter Sozialisierung scheinen weder physische Aggression, geduldet unter Gleichstarken, noch frühe sexuelle Freizügigkeit problematisch, noch auch auf Objekte gerichteter Besitztrieb, wohl aber die für das spezifisch begabte Individuum wichtigste Frage des Zugangs zu Information, der Insularität von Anarres. Hier ergeben sich die schädlichen konkreten Verkürzungen des Individuums und Wachstumsstörungen der kommunalen Gesellschaft. Der 16jährige Shevek sieht mit seinen Freunden den Mond von Anarres an, Urras. Das Gespräch geht um die Frage: wer ist wessen Mond? Perspektivik kann in der Science-fiction derart wörtlich genommen werden.

Was ist auf Urras in den 150 Jahren geschehen, die seit dem Weggang der revolutionären Odonier verflossen sind? Sie alle wissen, daß die ihnen gezeigten Filme 150 Jahre alt sind und dazu dienen sollen, ihnen die völlige Korruption, die Krankheit dieser Gesellschaft vorzuführen. Warum, fragt der Relativist Tirin – er wird auf einer Insel für (Geistes-)Kranke enden, wie alle, die sich nicht in die Gruppe einfügen können; sein Talent als Dramatiker ist der Gesellschaft nicht nützlich –, warum sind diese auf Eigentum gegründeten Gesellschaften dann nicht schon längst zerfallen? Was ist der Zweck dieser Filme: Anarresti davon abzuhalten, nach Urras zu gehen. Aber warum sollte je jemand nach Urras gehen wollen, fragt Shevek verwundert.

Er selbst wird schließlich gehen und einsehen, daß Anarres, wie Urras auch, sich Selbstzweck geworden ist oder doch in Gefahr ist, es zu werden. Soziale Kooperation, gegenseitige Hilfe sind nicht revolutionär, wenn sie die einzige Möglichkeit sind, zu überleben. Eine außerordentlich schwierige Umwelt hat zunächst den odonischen Sozialismus unterstützt; jetzt aber droht sie ihn zu unterminieren. Noch ist das nicht geschehen. Noch hat auch Shevek, geprägt von seiner Gesellschaft, einen spezifischen Pragmatismus, Offenheit und Beweglichkeit, aus der jeweiligen Situation heraus zu handeln. Und damit unterscheidet er sich stark von seinem Physiker-Kollegen Chifoilisk, wie Shevek Gast an der urrastischen Universität, der ihn überreden will, seinem kommunistischen Land Thu die Simultantheorie zu geben. Er nennt die odonische Revolution idealistisch und kontrastiert sie mit dem realistischen Sozialismus von Thu, das einem der bittereren Ostblockländer ähnelt. Shevek ist zugleich unschuldiger und umsichtiger als der ideologische Idealist und politische Opportunist Chifoilisk. Er ist nach Urras gekommen, um über freieren Informationstausch zu verhandeln, und weiß genau, daß seine Theorie seine einzige Positionsstütze ist, denn sie hätte für Urras enorme ökonomische Vorteile. Thu wäre niemals bereit zum Informationstausch, denn es hat Angst vor der Revolution, die Anarres zurückbringen könnte. Diese Angst gibt es nicht in Urras, denn dort glaubt man nicht mehr an Revolution und ist deshalb willens zu verhandeln.

Urras – unsere alte Erde – ist schön; es hat eine reiche, relativ unzerstörte Fauna und Flora. Shevek sieht zum erstenmal die ihm bisher nur von Bildern bekannten Tiere der Erde, denn auf Anarres gibt es nur Fische, Säugetiere haben sich in der kargen Umwelt nicht entwickeln können. All seine Sinne werden auf ungewohnte, erregende Weise gereizt, und der Leser sieht durch ihn die Fülle, den Reichtum der (unserer) Erde als überwältigend und die immer existente Drohung der Zerstörung als phantastisch und absurd. Trotzdem ist die Drohung real und sie betrifft das Grundproblem aller im Roman vorgeführten Gesellschaften: die Tendenz – in verschiedenen Formen und Graden der Intensität – zur Ab- und Ausschließung. Mit Ausnahme der auch kulturell in Millionen von Jahren rechnenden Hainish sind alle Gesellschaften an klaren kulturellen Grenzen interessiert, der Unterscheidung des (besseren) Eigenen vom (schlechteren) anderen. Auf Urras sind es die technologischen Errungenschaften, auf Anarres die sozialen. Das erzähltechnisch geschickt entwickelte Paradox ist, daß Sheveks Simultaneitätstheorie eigentlich sozial verbindende Energien auslösen sollte in einer Epoche, in der Entfernungen nach Lichtjahren gemessen werden, aber faktisch Anlaß ist zu den konsequentesten Akten des Ausschließens, des sich feindlich von einander Unterscheidens, der schärfsten Grenzziehungen.

Mit all seinen Schwächen in bezug auf die Darstellung des Individuums in der Gesellschaft, mit seinen Inkonsequenzen, was viele Details der Organisationsformen dieses anarchistischen Eutopias anlangt – der Zentral-Computer ist zu gottähnlich –, mit seinem zu hoffnungsvollen Liberalismus ist der Science-fiction-Roman *The Dispossessed* einer der wichtigsten und zeitgemäßesten Romane, die in den siebziger Jahren in den USA veröffentlicht worden sind. Es ist der Entwurf einer anderen Welt als auf Zeit existierende komplexe, konfliktreiche Realität. Diese Welt ist, bei allen Vorbehalten, der Intention der Autorin nach besser als die uns bekannten Welten. Diese Parteinahme, die als narrative Naivität mißverstanden werden könnte, hat aber auch zur Folge, daß bestimmte verfilzte soziale Probleme, die jenseits aller Lösbarkeit, das heißt, oft bereits jenseits aller Sichtbarkeit scheinen, sich durch Le Guins Verfahrensweise wieder ins Blickfeld des Lesers drängen. Interplanetarisch ist der Bereich des Erkennbaren erweitert. Nahe und fern, verlockend und abstoßend, ist der Mond von Anarres so deutlich zu sehen wie der von Urras. Die Möglichkeit der für Zeitgenossen entworfenen vieldeutigen Utopie liegt in der beweglicheren Perspektive der Science-fiction, die zurückführt zur Realität unserer Erde.

Anmerkungen

1 *The Dispossessed* erschien 1976 unter dem nicht sehr glücklichen Titel *Planet der Habenichtse im* Heyne Verlag.

2 Robert C. Elliott, »A New Utopian Novel«, *Yale Review*, 65 (1976), S. 256–261, S. 256.

3 Für weitere biographische Angaben s. Joe de Bolt, Hrsg., *Ursula K. Le Guin, Voyager to Inner Lands and to Outer Space* (Port Washington, N. Y.: Kennikat Press, 1979).

4 S. z. B. Nadia Khouri, »The Dialectics of Power: Utopia in the Science Fiction of Le Guin, Jeury and Piercy«, *Science Fiction Studies*, 7 (1980), S. 49–60.

5 Khouri, S. 52 ff.

6 Für den Leser in der BRD und DDR werden sich Assoziationen zur DDR einstellen – unter verschiedener Perspektive, mit verschiedener Bewertung. S. Dagmar Barnouw, »›Partei wir danken dir!‹: auf der Universität in Utopia«, *Merkur*, 37 (1983), S. 16–28.

7 Gérard Klein, »Le Guin's Aberrant Opus: Escaping the Trap of Discontent«, *Science Fiction Studies*, 4 (1977), S. 287–295, S. 288. Klein ist im allgemeinen ein sehr strenger Kritiker der US Science-fiction, für deren (spezifisch amerikanischen) Überschwang der technologischen Erfindungen und Grenzüberschreitungen er wenig Verständnis hat. Er ist mit *Le Gambit des Étoiles* (1958) bekannt geworden, das die Probleme von menschlicher vs. Weltraum-Zeit, Machtfragen vs. Überleben behandelt und die Frage nach einem möglichen Sinn in einer Welt stellt, die menschliche Maße längst überschritten hat. An den *Dispossessed* mußten ihn die vernünftige Position und die einfallsreichen Lösungsversuche für solche Probleme beeindrucken, die fast zwanzig Jahre nach seinem Roman noch dringlicher scheinen.

8 Ursula Le Guin, »Science Fiction and Mrs. Brown«, *The Language of the Night. Essays on Fantasy and Science Fiction* (New York: Putnam's Sons, 1979), S. 101–119, S. 110 f.

Bernard Richter
Pac Man Kazu

»Notizzettel 7,5 × 7,5, mit Aufdruck (rot): PLATZ DA MAZDA! in japanischer und deutscher Sprache. Handschriftlicher Vermerk der amerikanischen Agentin Yokiko Jane Leroy: ›Deine Mitgliedsnummer bei der VEREINIGUNG GROSSREICH war 7635. Ich habe eine Kopie deiner Beitrittserklärung. Wir treffen uns in unserem Restaurant an der Straße des Großen Friedens, am 27.10. um 20 Uhr. Da staunt mein kleiner Kasuki aber, was? Yokiko.‹«

Der Bach schlängelte sich an malvenfarbenen Blumenbeeten vorbei, verschwand in kleinen Dickichten aus Schilf und Riedgras, wo er sich vor den Blicken der Menschen versteckte, um gestärkt, frischer, klarer wieder zum Vorschein zu kommen. Der Weg folgte dem Bach in ehrerbietigem Abstand und in kiesbestreuten Geraden, schnitt ihn, wenn die Geometrie es verlangte, und erschien Kasuki Meier, der ihn zum letztenmal ging, wie ein genaues Abbild des daigo tettei, das er endlich erlangt hatte. Erleuchtung, die bis zum Boden reicht, dachte er demütig und warf Takeo Inushij einen scheuen Seitenblick zu. Der Nagasaki-shij ging mit kleinen, andächtigen Schritten neben ihm her, ganz versunken in das Geräusch ihrer Schritte.

»Das Knirschen der Schuhe auf dem Kies der Wege«, sagte Meier leise, »ist reine Meditation. Ich glaube, Busho hat davon gesprochen. Spaziergänge im Nichts.«

Inushij nickte. Sein kurzes Haar schimmerte rötlich im Licht der Abendsonne. Er blickte auf und sah Meier in die Augen. Keine Operation konnte einem Weißen zu solchen unergründlichen Augen verhelfen, immer klaffte ein Abgrund zwischen der ruhigen Ausdruckslosigkeit der Pupille und dem Farbklecks der Iris. Nur japanische Augen ruhten in sich, schwarz in schwarz, schwarzer Onyx auf schwarzem Samt.

»Fast sind Sie einer der Unseren geworden«, sagte Inushij anerkennend, »Sie denken und handeln japanisch. Ich bedaure sehr, daß wir Sie verlieren. Wie konnten Sie sich nur dieser staatsfeindlichen Gruppe anschließen?«

Meier schlug die Augen nieder. Er schämte sich. Sein Geständnis hatte den Gesichtsverlust nicht wettmachen können, er würde weitergehen müssen, den ganzen Weg, bis zum Ende.

»Es ist fast 20 Jahre her, Inushij-san«, sagte er, »mein Vater zwang mich dazu. Das entschuldigt nichts, aber er meldete mich einfach an, und ich war jung. Die Bismarck-Jugend hatte gewisse Reize, aber ich wäre lieber zu den Hirohitos gegangen.« Meier lächelte traurig. Das war lange her. Für einen Moment flammte der alte Zorn gegen seinen Vater wieder in ihm auf, aber er unterdrückte ihn schnell. Ein Verblendeter, weiter nichts, ein starrsinniger alter Mann, der an Traditionen festhielt, die er selbst nicht mehr verstand. Zweihundert Jahre nach der Adoption Westdeutschlands durch den Kaiser wußte niemand mehr, was echtdeutsch und was spieldeutsch war, ob das Faible der Japaner für Beethoven, Wallenstein, Komazu Schering und andere Komponisten tatsächlicher deutscher Geschichte entsprach. Meier bezweifelte es. Er glaubte auch nicht an die heroischen Fabrikanten Daimler, Goering und Leverkusen und sah keinen Grund, warum die Japaner Interesse an der historischen Wahrheit haben sollten, die seinem Vater so wichtig schien. Ob Joriki Hitler wirklich gelebt hatte – was bedeutete das schon? Am 20.2.2220 hatte ein Konsortium japanischer Konzerne Westdeutschland gekauft und den Kaiser gebeten, den neuen Besitz als japanisches Werksgelände anzuerkennen. Das war es, was wirklich zählte.

Sie schritten auf eine Gruppe mächtiger Scheinzypressen zu, an Zyklamenbeeten vorbei, die wie Inseln im grünen Meer des gepflegten Rasens lagen.

»Wie lange kennen Sie diese Yokiko Leroy schon?« fragte Inushij unvermittelt.

»Ein paar Monate.« Meier wollte nicht an sie erinnert werden. Der Frieden des Parks war zu kostbar, und er hatte nur noch wenig Zeit, ihn zu genießen.

»Und welcher Art war die Beziehung zu ihr?« Inushij sprach gleichmäßig und ohne besondere Betonung. »Wußten Sie, daß Leroy eine amerikanische Agentin ist?«

»Nein, anfangs nicht. Sie sprach nie von Politik oder Pachinko. Sie schien sich nicht dafür zu interessieren. Erst nach und nach fragte sie mich, was ich beruflich tat, woran ich arbeitete. Ich habe es kaum gemerkt. Bis sie ...« Er verstummte.

»Bis sie anfing, Sie zu erpressen«, stellte Inushij kühl fest.

»Ja.« Meier sah zum wolkenlosen Himmel empor und fürchtete sich plötzlich. Es gab keinen Ausweg. Trotz seiner langen Meditationen und der Erleuchtung, die er erlangt hatte, schwindelte ihm, als er an den morgigen Tag dachte. Ein Spiel noch, darum würde er bitten. Das konnten sie ihm nicht verweigern. Ein Spiel und die damit verbundene Ehre, dann würde er sich mit Yokiko treffen und den notwendigen letzten Schritt tun.

»Und haben Sie mit ihr über den großen Pachinko gesprochen?« Takeo Inushij war unerbittlich. Die gelb-grünen Fächer eines Tempelbaums warfen Schatten auf sein Gesicht. Ein Pfau stolzierte vor ihnen über den Weg. Meier sah ihm nach und überlegte. Hatte er ihr irgend etwas verraten, vielleicht unabsichtlich? Ihre grauen Mandelaugen schienen ihn spöttisch anzublicken und er glaubte ihre Stimme zu hören: ›Japaner, Chinesen, Koreaner. Alles eine Soße. Die Schlitzaugen beuten uns aus, das ist die Wahrheit.‹ Kasuki Meier schüttelte benommen den Kopf. Er hatte ihr nichts verraten.

»Nein«, sagte er. »Deshalb erpreßt sie mich ja mit der VEREINIGUNG GROSSREICH.« Deshalb verrät sie mich, dachte er bitter und eine Welle von Erinnerungen brach über ihm zusammen. Ihre Haut wie Milch mit der richtigen Menge Honig verrührt, um matt zu glänzen, ihre operierten grauen Augen, ihre breite japanische Nase mit den winzigen Fältchen, in denen sich die Operationsnarben verbargen, das Geräusch, wenn sie neben ihm herging, auf genau diesem Weg, unter diesen Bäumen. Unendliche Schwäche überkam Meier, als ihm einfiel, wie es knisterte, wenn sie ging. Das Geräusch von Schenkeln in seidenen Strümpfen, die sich aneinander rieben bei jedem Schritt.

Meier ließ sich auf eine Bank fallen und verbarg das Gesicht in den Handflächen. Inushij setzte sich neben ihn.

»Wahrscheinlich wollen Sie morgen ein letztes Mal das große Spiel leiten«, sagte er. »Ich gestatte es Ihnen.«

»Danke«, sagte Meier.

»Wir spielen morgen um Boston.« Meier hörte, daß Inushij lächelte, aber er sah ihn nicht an. Die Hosenbeine, auf die er durch die gespreizten Finger starrte, waren so schwarz, so tröstlich bedeutungslos, dem Nichts so ähnlich, daß ihr kokoro rasch auf seinen Geist abfärbte und ihm seine Ruhe und Entschlossenheit zurückgab.

»Ich danke Ihnen«, sagte Meier und sah auf.

»Danach werden Sie Yokiko Leroy im Tempura-Restaurant an der Straße der Großen Freiheit treffen und ihr alles über den Pachinko erzählen, was sie wissen möchte. Und wenn das getan ist«,

Inushij machte eine winzige, bedeutungsvolle Pause, »läßt sich das Unvermeidliche nicht länger aufschieben.«

»Ich weiß, Nagasaki-shij, Inushij-san. Und ich danke Ihnen, daß Sie mir helfen, mein verlorenes Gesicht wiederzufinden.«

»Meine Pflicht als Ihr Vorgesetzter, weiter nichts.« Inushijs Stimme klang distanziert. »Ein sauberer Abgang, wie man bei Ihnen sagen würde. Eine Selbstverständlichkeit. Sie haben gute Arbeit geleistet als Bunraku-Operator und der Firma treu gedient. Dafür zeigt Mitsubishi-Nissan sich erkenntlich, mehr nicht. Bitte unterstellen Sie mir kein persönliches Motiv.«

»Natürlich nicht«, sagte Meier schnell, aber Inushijs Worte verletzten ihn. Einen Augenblick hatte er gehofft, Inushij wäre an seinem Schicksal interessiert, an ihm, Kasuki Meier. Aber das war Vermessenheit. Kein Japaner interessierte sich für das Schicksal eines Weißen. Niemand konnte das erwarten.

Kasuki Meier saß noch lange auf der Bank im Park. Er genoß die kühle, durchsichtige Luft des hereinbrechenden Abends. Die Sonne verschwand mit plötzlicher Eile hinter einer fernen Baumgruppe. Das Grün der Rasenflächen wurde ein letztes Mal satt, dann verdüsterte es sich zusehends. Meier schauderte zusammen, aber er fühlte sich leicht und heiter. Ohne Bedauern versuchte er sich eine Welt vorzustellen, wo es weiterhin Parks gab und Wege, die sie durchschnitten, aber keinen Kasuki Meier, der auf ihnen gehen konnte.

Es wurde dunkel. Ihm war wohl. Das große Nichts füllte ihn ganz aus.

Beinahe hätte Meier am nächsten Morgen den Ausstiegspunkt verpaßt, als das Transportband sich verlangsamte. Schwitzend passierte er das Drehkreuz zur Soshigata-Passage, wo der Kinto-Innui-Konzern seine Restaurants betrieb. Gleich um die Ecke lag die Straße der Großen Freiheit, eine winzige Gasse im japanischen Bezirk, mit ihren Tofureien, Trink- und Pachinkohallen und dem kleinen Tempura-Restaurant, wohin Yokiko ihn für den Abend bestellt hatte.

Meier hastete an den Imbißstuben der WIENERWALD/DEUTSCHVERKÖSTIGUNG vorbei. Angewidert betrachtete er die Plakatwände mit grellfarbigen Schweinebraten und die Projektion eines Knödelballetts in einer Art Sauerkrautlandschaft, durch die gebratene Hähnchen flitzten. Seit fast zwanzig Jahren mußte er jeden Morgen auf dem Weg zur Arbeit diese Posse ertragen. Überall, wo den Deutschen Reste ihrer entschwundenen Traditionen angeboten wurden, übertrieben die Japaner, vergröberten, karikierten das Klotzige, Ungefüge, Unelegante. Sie verachteten die Einheimischen, obwohl sie sie allen anderen Völkern der Welt vorzogen. Oder vielleicht, dachte Meier heiter, verstehe ich ihre Darstellung des Deutschen einfach nicht. Vielleicht bin ich es, der die Deutschen haßt, während sich die Japaner nur über sie amüsieren, mit ihren Mythen, ihren Sagengestalten, ihren tölpelhaften Körpern, ihrem WESEN spielen. Und sie spielen ständig, sie spielen nur. Ihre Geschichte und ihre Identität ist ein kompliziertes System von Spielen.

Meier ließ die deutsche Zone hinter sich und nahm das Transportband der Vereinigten Mitsubishi-Nissan. Als das Werksgelände auftauchte, sprangen zwei Kontrolleure auf.

»Nissan«, sagte Meier abwesend, »Amerikanisches Haus, Pachinko-Nagasaki.« Die Kontrolleure grüßten ihn respektvoll mit einer tiefen Verneigung, aber er bemerkte es kaum. Traurig betrachtete er die vorbeifliegenden Fabrikhallen, Depots, Verwaltungsgebäude und die Pachinko-Zentralen vieler japanischer Kolonien und fragte sich, ob ihn in seinem nächsten Leben Erinnerungen an die Wunder des Spiels bleiben würden. Er hoffte es und betete, als Bunraku-Operator wiedergeboren zu werden. Er würde sein Gesicht nicht noch einmal verlieren, das schwor er sich. Keine Yokiko Leroy mehr, keine Liebe. Ergeben schüttelte Meier den Kopf, betrat die Empfangshalle des Amerikanischen Hauses, der mit Abstand größten und umsatzstärksten Pachinko-Zentrale, und fuhr in den zehnten Stock hinauf, wo die Bunraku-Säle lagen. Die Operatoren hatten ihre Plätze schon eingenommen.

BOSTON BOSTON, blinkten die mannshohen Leuchtbuchstaben über dem Podest des Mukugyo-Trommlers. WIR SCHLEUDERN DEN BLITZ. BOSTON BOSTON.

In Meiers Augen trat der harte Blick, den seine Operatoren und die Firma so an ihm schätzten. Gedrungen, dunkelhaarig, mit undurchdringlichem Gesicht setzte er sich hinter das Pult des Chef-Operators, verbannte mit Leichtigkeit Yokiko Leroy aus seinen Gedanken, vergaß die Tatsache, daß er diesen Platz zum letzten Mal einnehmen durfte und zwang sich zur Konzentration. Ein prüfender Blick durch die Halle, ein ärgerliches Stirnrunzeln, als er eine Unkonzentriertheit auf der Rezitatorenbank bemerkte. Morgenthau, sein bester Rezitator, flüsterte seinem Nebenmann etwas zu, worauf beide kicherten. Die Sekundenzeiger der Echtzeituhr und der Spielzeituhr kamen zur Deckung, das Morgensegment leuchtete auf, der Countdown lief an. Meier knurrte den beiden kichernden Männern böse sein GO zu, und Morgenthau begann mit einem leisen, tastenden Rezitativ, noch unoriginell und datenarm wie die ganze Situation.

Der Mukugyo-Trommler schlug einen langsamen Takt auf seiner Holztrommel, als Meier das Zeichen gab. In der Form eines Kugelfisches geschnitzt und leuchtend rot lackiert, ruhte die Trommel auf einem Podest an der Stirnseite des Bunraku-Saales. Die anderen Rezitatoren fielen ein. Klagend riefen sie die ersten Daten in den Raum, und Kasuki Meier teilte den Operatoren ihre Distrikte zu. Er selbst behielt das Zentrum im Auge, um nach kurzer Einschätzung der Situation per Knopfdruck seine beiden besten Operatoren für Wolfsburger abzukoppeln und auf die Aktivierung der noch ruhenden Objekte anzusetzen. Das war keine leichte Aufgabe, weil er nur wenige Sonderangebote zur Verfügung hatte. Insofern war Boston kein gutes Spielfeld. Aber die Spieldichte mußte erhöht werden, das Umfeld der Zielpunkte war noch zu instabil und von Buicks, Thunderbirds, New-T-Models und ähnlichem Kram verstopft. Meier befragte den Rechner, koppelte die beiden Operatoren wieder an und ließ die neuen Stuttgarter anrollen. Das Spiel kam in Gang.

Der Hauptmonitor zeigte Boston in seiner ganzen öden Ausgedehntheit. Verstrahlte Bereiche, einer nahe dem Zentrum, zwei in den Außenbezirken, leuchteten in mattem Rosa. Träge krochen etwa hundert schwarze Objekte, flackernde Rechtecke mit einem kleinen Aufbau in der Mitte, durch das gelbe Geflecht der Highways, bogen in blaue Straßen zweiter Ordnung ab oder kamen in Nebenstraßen zum Halten. Drei rote Zielpunkte blinkten im Zentrum. Fünfhundert Objekte ruhten. An ihrer Aktivierung arbeiteten die meisten Operatoren.

Meier fühlte das sanfte Pulsen der Intuition. Auch wenn er heute bei seinem letzten Spiel versagte, würde die Firma seinen Namen in Ehren halten, aber das war nichts gegen den unsterblichen Ruhm, der mit einer Einmeißelung seines Namens auf der Ehrenplatte der Deutschen Samurai verbunden war. Jeden Morgen würden die Angestellten des Amerikanischen Hauses seinen Namen lesen und ehren. Mit Fingern, die ein wenig zitterten, aber routiniert über die

Tastatur des Pultes flogen, bereitete er eine vorsichtige Beeinflussung der bereits aktivierten Objekte vor. Er hatte schon lange nicht mehr darüber nachgedacht, wofür die flinken kleinen Rechtecke standen. In den seltenen Gesprächen, die er über das Thema Pachinko führte – zuletzt mit Yokiko Leroy –, bezeichnete er sie als Spielmarken und neigte inzwischen auch dazu, in diesen Kategorien zu denken. Yokiko hatte ihm nie geglaubt. Er erinnerte sich genau an den mühsam gezügelten Ärger in ihren Augen, wenn er behauptete, wichtig sei allein die Technik eines Spiels, nicht sein Sinn. Und Meier war ein Meister im Ziehen dieser störrischen, eigenwilligen, manchmal völlig unkontrollierbaren Objekte, er wußte, wie man sie auf den gewünschten Zielpunkt zudirigierte. Man konnte Kreuzungen blockieren, Einbahnstraßen in der falschen Richtung durchfahren und damit Objekte der Gegenseite auf den Plan rufen. Man konnte auch Konvois starten, Blockadebrecher einsetzen und sogar Scheinangriffe inszenieren, indem man ein Objekt opferte. Aber das waren delikate Operationen, ständig vom AUS der Pachinko-Zentrale bedroht. Dann wurde von oben die ganze Operation gelöscht und mußte von vorn begonnen werden. Meier wußte nie, was einen AUS-Befehl auslöste, aber in den langen Jahren als Bunraku-Operator hatte er einen Instinkt dafür entwickelt, bis zu welchem Punkt er gehen durfte. Jede Aktion, die er anordnete, mußte wahrscheinlich sein innerhalb der Spielzeit des Systems Boston (oder Atlanta oder Washington oder New York oder Chicago). Ein Stau in der Rush-hour war wahrscheinlicher als einer am frühen Nachmittag. Und ein inszenierter Stau innerhalb eines echten, vom System erzeugten, war das allerbeste, obwohl es dabei Tücken gab. Das System war in der Lage, selbst Fallen zu stellen, indem es den falschen Stau in einem echten einkesselte und damit eine Situation schuf, wo bereits programmierte Abschüsse sich gegen den Spieler richteten. Manchmal hatte Meier das Gefühl, daß es eine Gegenseite im Spiel gab, manchmal nicht. Manchmal schienen seine Objekte planmäßig blockiert oder abgelenkt zu werden. Dann gab es wieder lange Zeiträume, wo er jede Bewegungsfreiheit hatte, ohne dadurch irgendeinen Pluspunkt zu erreichen. Manchmal kam das AUS schon, wenn er noch gar nichts unternommen hatte. Und dann durfte er wieder die plumpesten Manöver ausführen, ohne daß sich jemand um ihn zu kümmern schien. Eine sehr undurchsichtige Angelegenheit, zum Glück. Und Yokiko hatte von ihm erwartet, daß er ihr alles genau erklärte, ihr die Städte verriet, wo gerade gespielt wurde, möglichst mit genauen Koordinaten der Zielpunkte, Kennzeichen der Angriffsobjekte und Adressen der Händler, die sie nach Amerika verkauften. Er war so naiv gewesen, geblendet. Nie wäre er auf die Idee gekommen, daß sie eine Agentin war. Nie. Bis sie ihm sein bestgehütetes Geheimnis stahl und ihn zum Tode verurteilte, ohne es zu wissen. Diese Amerikaner! Was wußten sie über die Qualen des Gesichtsverlustes! Sie hatte ihm nie geglaubt, daß es ihm völlig gleichgültig war, wofür reiche Japaner ihre Yen ausgaben. Er hatte die Kunden zu bedienen, weiter nichts; er tüftelte die Ziele aus.

»Noch ein Schritt!« rief Meier in den Saal und alle wußten: es lag etwas in der Luft, der Chef-Operator hatte eine Spur. Objekte wurden heiß, irgendwo begann sich ein Optimum zu bilden, das allen verborgen blieb, aber bereits in die Reichweite von Meiers Intuition gerückt war.

Der Mukugyo-Trommler schlug schneller und die sonoren Laute des Holzfischs füllten den Raum mit knisternder Spannung. Wachsam, ihr Fische, noch schwimmt euer Opfer unter euch in der Finsternis, aber gleich werdet ihr es sehen können. Niemand außer den Japanern wußte, warum ausgerechnet Fische höchste Wachsamkeit symbolisierten, und die dachten natürlich nicht daran, japanische Geheimnisse preiszugeben, aber Ushio Morgenthau, der Buddhist war, behauptete, daß Fische ihre Augen nicht schließen konnten und deshalb nie schliefen.

»Saijojo«, sagte Meier in sein Kehlkopfmikrophon, und Morgenthau reagierte prompt. Das Rezitativ änderte sich, wurde triumphierend. Während die außen sitzenden Rezitatoren noch klagten, flehten, beschworen, breitete sich von der Mitte her der neue Gesang aus, erfaßte sie wie eine Welle und zwang sie in den neuen Gestus: RACHE! WIR SCHLEUDERN DEN BLITZ!

Meier verstand dieses Rezitativ nicht. Es war japanisch, auch die Rezitatoren verstanden nicht viel davon, aber alle wußten, daß sie in die Rache-Zone eingetaucht waren; keine Haß-Rache, sondern Rache für erlittene Verzögerung. Jeder Spielzug, der noch nicht ausgeführt werden konnte, bedeutete eine Verzögerung des Sieges, den man in aller Demut erwarten durfte und in aller Hoffnungslosigkeit erwarten mußte. Takeo Inushij hatte den Chef-Operatoren seiner Abteilung diesen Vorgang einmal zu erklären versucht. Soweit Meier es verstanden hatte, handelte es sich gleichzeitig um

Rache für die Verzögerung der Demut, das damit verbundene Aufschieben des daigo tettei und die verborgenere, sehr schwer verständliche Rache ›für den nachgereichten Sieg und die gewonnene Niederlage‹. Es hatte lange gedauert, bis Meier diese feinsinnige Anspielung auf das Große Nichts verstand, und erst jetzt, wo er selbst an der Schwelle des Sieges stand, verstand er wirklich, wie eng verschwistert Gewinn und Verlust waren. Daß es unter anderem auch um sehr viel Geld ging, vergaß Meier in diesem Augenblick. Geld kümmerte ihn jetzt nicht mehr.

»Ich glaube, es geht um Geschichte.« Ushio Morgenthau, mit dem Meier sich manchmal über philosophische Fragen unterhielt, hatte eine seltsame Vorliebe für das, was er hochachtungsvoll Geschichte nannte und ebensowenig wie Meier verstehen konnte, oder wie Meiers Vater, dem er in diesem Punkt auffallend ähnlich war. Daß die Geschichte abgeschafft war, immer schon, daß an ihre Stelle eine Liste von Persönlichkeiten getreten war – Morgenthau verstand es nicht. Er wehrte sich dagegen. Er wollte eine Heimat in der Zeit. Er hatte das Bedürfnis, sich als Glied einer langen Kette zu sehen, die hinter ihm auftauchte und an der er sich zurückverfolgen konnte, wohin auch immer. Meier verstand dieses Bedürfnis nicht, es war ihm zuwider. »Ja, Geschichte«, hatte er gemurmelt und dann seine wichtigste Einsicht zu diesem Thema wiederholt: »Sie ist abgespeichert.«

»Aber wo ist sie abgespeichert? Und wie kann man sie abrufen?«

»Man benützt sie heute nicht mehr.« Alle, Morgenthau, Yokiko, sein Vater, hatten dieses Bedürfnis, zu wühlen. Wie Schweine auf Trüffeljagd, aber ohne ihre feinen Nasen.

Meiers Magen knurrte.

Er opferte einen Wolfsburger, konstruierte einen kleinen Stau, der sich schnell wieder auflöste. Aber seinem Objekt in der größten Nähe zum Ziel Nummer zwei war nun die Möglichkeit gegeben, unauffällig in eine Parallelstraße abzubiegen und sich dem Zielpunkt in nicht zu großer Entfernung zu nähern. Meier hoffte sehr, daß dieses Manöver nicht zu durchsichtig war. Der geopferte Wolfsburger zwang die Gegenseite zur Blockierung eines wichtigen Highways und würde einen möglichen Beobachter vermutlich auf den Gedanken bringen, Ziel Nummer zwei sei Objekt der Bemühungen des Bunraku-Teams.

Meier hatte plötzlich einen bitteren, metallischen Geschmack im

Mund. Die Sache entwickelte sich gut, aber etwas schleppend. Einer Eingebung folgend, gab er nach einem Blick auf die Distrikt-Monitore 15 und 18 der Hälfte des Teams – geballten zehn Operatoren – den Befehl, ihre Objekte in den Außenbezirken zu beschädigen. Der Verkehrsfluß verlangsamte sich, kam allerdings nicht zum Erliegen, weil Meier ausdrücklich nur einfache technische Schäden angeordnet hatte. Keins der Objekte wurde gesprengt, keine Kreuzung wurde blockiert. Trotzdem war der Schritt gewagt und wahrscheinlich nahe der AUS-Grenze, aber Meier hatte sich nicht getäuscht: in Distrikt 16, weit ab vom Zentrum, wo seine Objekte sich mit allen denkbaren Vorsichtsmaßnahmen Zielpunkt zwei näherten, erschien aus dem Nichts und für jeden unerwartet ein blinkender goldener Lichtpunkt. Ein Präsident, das seltenste, kostbarste Wild. Wahrscheinlich war der eingeflogen worden oder aus einem Bunker gestiegen – das Spiel erfaßte nur Objekte auf Bodenniveau – und Meier wollte eben die unglaubliche Nachricht an die Rezitatorenbank weiterleiten, als in Bezirk 15, mitten in der Umklammerung durch zehn Operatoren, ein Senator auftauchte. Ein goldener und ein silberner Punkt auf einmal, als ob Schnee und Regen auf eine Wüste niedergingen. – Ob Takeo Inushij ihm bei seinem letzten Spiel half?

»Saijojo«, sagte Meier heiser ins Mikrophon, »zweimal Saijojo.« Es war nicht zu fassen. Morgenthau starrte ihn ungläubig an, verfiel aber sofort in ein Triumphgeheul, wie es die Nagasaki-Abteilung des Großen Pachinko lange nicht mehr gehört hatte. Das Geschrei der Rezitatoren steigerte sich zur Hysterie. Einige sprangen von ihren Sitzen auf, und der Trommelschlag steigerte sich zum Stakkato.

»Noch ein Schritt!« schrie Meier, koppelte das bisherige Top-Ziel ab, verstärkte die Scheinbedrohung für Ziel Nummer zwei, übergab dann an Metzger, den Ersten Operator, mit dem Befehl, abzuwarten, hinzuhalten: »Mu-i!« Der Schweiß brach ihm aus, als er sich vorstellte, was passieren würde, wenn das mu-i durchschaut wurde oder ein vorzeitiger Abschuß den Präsidenten verscheuchte. Oder, noch schlimmer, wenn ein AUS käme, weil Ziel Nummer zwei unsachgemäß behandelt wurde. Mit zitternden Fingern nahm er seinen Befehl zurück, hob das mu-i auf und übernahm Ziel Nummer zwei wieder selbst. In einem solchen Augenblick durfte der Chef-Operator nichts mehr delegieren. Metzger unterstützte ihn weiterhin umsichtig.

Verzweifelt bemühte sich Meier, den Präsidenten, den Senator, der sich plötzlich verteufelt schnell bewegte, und Ziel Nummer zwei im Auge zu behalten. Metzger baute inzwischen in Bezirk 3, am anderen Ende der Stadt, durch die Sprengung von zwei Wolfsburgern und einem der neuen Stuttgarter eine Scheinkrise auf, aber der goldene Präsidentenpunkt verhielt sich trotzdem seltsam. Er kam Meier nervös vor. In einer Nebenstraße hielt er unvermittelt an, als ahnte er die Falle. Zögernd, unendlich langsam bewegte sich der Punkt endlich wieder auf Bezirk 18 zu, verharrte dann aber wieder, schien sich zu orientieren, bewegte sich in die Gegenrichtung – Meier stöhnte – und hielt zum dritten Mal an. An diesem Punkt der Entwicklung bestand die Gefahr, daß sich die Pachinko-Zentrale einschaltete und ihm das Spiel aus der Hand nahm. Es ging um Hunderttausende von Yen, seit der Präsident auf der Spielfläche erschienen war. Allein der Senator, dachte Meier in einem Anflug von Boshaftigkeit, ist mehr wert als zehn Gesichtsverluste eines kleinen Bunraku-Operators, der den Fehler begangen hat, sich in seiner Jugend einer antijapanischen Organisation anzuschließen. Gleich darauf schalt er sich für diesen Gedanken. Er war ungerecht. Takeo Inushij und die Firma hatten ihm einen wirklich ehrenvollen, würdigen Abgang verschafft. Dankbar schloß Meier die Augen.

Als er sie wieder öffnete, bewegte sich der Präsident. Die Rezitatoren kreischten, als Meier das Signal zum Bereithalten der Flagge gab. Der Fahnjunker sprang aufs Podest des Trommlers, die Augen gebannt auf seinen Armbandmonitor gerichtet. Der Trommler schlug feierliche Wirbel.

»Jetzt«, sagte Meier und gab den Präsidenten zum Abschuß frei. Er befand sich jetzt im Kalkulationsbereich des Großen Rechners der Pachinko-Zentrale. Über Satellit wurde die Abschußchance nach Japan gefunkt, wo irgend jemand für viel Geld die wunderbare Chance gekauft hatte, einen Präsidenten zu erlegen. Mittels einer atomaren Sprengladung würde der Kunde ihn in die Luft jagen. Der Stuttgarter, den Meier mit soviel Sorgfalt in die Nähe des Präsidenten gelotst hatte, würde sich zu einem Feuerball aufblähen, wenn nichts schiefging.

Meier hob die Hand. Die Sekunden dehnten sich endlos. Noch immer bestand die Gefahr, daß die Abschußchance zurückkam, weil es ab und zu Kunden gab, die sozusagen das gefesselte Reh aus fünf Meter Entfernung verfehlten, weil sie zu dumm oder ungeschickt waren, die beiden Lichtpunkte auf ihrem Monitor manuell zur Deckung zu bringen und die Atomladung zu zünden. Aber dieser Kunde brauchte nicht lange. Der goldene Punkt blähte sich auf, wurde zu einem elektronisch stilisierten Atompilz in Orange, Gelb und Weiß und zerplatzte in einem goldenen Funkenregen. Die Funken gruppierten sich zu einem japanischen Schriftzeichen, das noch lange über Boston stand.

»Tora, Tora, Tora!« schrie Meier. In seinem Kopf war eine große Leere. Keine Freude, keine Trauer, nur Leere. Der Fahnjunker hißte die weiße Flagge mit der roten Sonne im Zentrum. Meier gab automatisch Ziel zwei frei und gleich darauf, ohne jede Gefühlsregung, auch den Senator.

»Tora, Tora, Tora, Meier«, sagte Takeo Inushij. Sein Gesicht füllte den Hauptmonitor, Boston war verblaßt, aber das Schriftzeichen zog sich leuchtend über seine Stirn. »Leben Sie wohl.«

»Manchmal ist katsu wie das Diamant-Schwert des Vajra-Königs; manchmal ist es wie der goldhaarige Löwe, der am Boden kriecht; manchmal ist es wie eine an der Spitze mit Gras bewachsene Lockstange; und manchmal ist es überhaupt kein katsu.« RINZAI

So schnell fuhr die Hand des Kochs ins hellblaue Wasser des Bassins, daß Meier die Bewegung erst wahrnahm, als die Hand wie ein fahler, flacher Fisch durch den silbrigen Vorhang feiner Sauerstoffperlen tauchte und den Aal packte, knapp hinter dem Kopf. Das Tier zeigte in einem stummen Schrei das Innere seines Mauls, winzige, nadelspitze Zähne; die runden, mattschwarzen Augen schienen vorzuquellen, und der Aal landete klatschend auf der weißen Theke des Tempura-Restaurants. Aus den Augenwinkeln sah Meier, wie Yokiko unwillkürlich zusammenzuckte, als der Koch mit einer langen Silbernadel das kleine Gehirn des Tiers durchstach. Der Aal streckte sich in einem heftigen Spasmus und wurde schlaff.

Meier seufzte und nippte an seinem Sake. Die Kopie seiner Beitrittserklärung zur VEREINIGUNG GROSSREICH lag vor ihm auf dem Tisch. ›Ich gelobe, die Fahne des Deutschtums hochzuhalten und nicht zu ruhen noch zu rasten, bis mein Volk das Joch der Mongolenherrschaft abgeschüttelt hat.‹ Meier lächelte. Er fühlte sich leicht und frei. Er begehrte nichts mehr.

»Mong«, sagte Yokiko Leroy. Ihre grauen Augen taxierten ihn.

Meier fragte sich, ob sie ihn jemals anders angesehen hatte, ohne diese Berechnung, ohne den Wunsch, ihn auszuhorchen.

»Wie bitte?«

»Mong«, wiederholte Yokiko. Er sah, daß sie die Situation genoß, »Mong, die Jugendtorheit. Du kennst doch das I Ging? Du hast mir doch selbst immer deine komischen Haikus vorgelesen, oder?« Die Verachtung in ihrer Stimme berührte ihn nicht. Nachdenklich sah er zu, wie der Koch den Aal häutete, in fingerlange Stücke zerschnitt und vorsichtig in goldenem Öl briet. Meier schnupperte. »Das I Ging kommt aus China, Haikus sind japanisch«, sagte er gleichgültig. »Den Unterschied wirst du nie begreifen.«

»Jugendtorheit hat Gelingen«, zitierte sie spöttisch, »nicht ich suche den jungen Toren, der junge Tor sucht mich.«

»Das ist interessant.« Meier war verblüfft. Er hatte sich nie mit China beschäftigt. China war nichts weiter als die Fußmatte vor Japans Haustür, aber dieser Satz hatte eine eigenartige, durchaus japanische Wahrheit. »Der junge Tor ist hier. Frag ihn, was du wissen willst. Ich bin in deiner Hand.«

Unsicher sah Yokiko ihn an. »Du wirst also mit uns zusammenarbeiten? Ohne Bedingungen?«

»Ja, in gewisser Hinsicht. Ganz ohne Bedingungen.« Meier fühlte unter der Jacke nach seinem Dolch, einem Erbstück seines Vaters. Ironischerweise trug der Dolch die alten Runen der VEREINIGUNG GROSSREICH. So schließt sich der Kreis, dachte er und lächelte wieder. »Was willst du wissen?«

»Alles. Die Fabrikate der Autos. Die Zielgebiete.« Sie zögerte. »Und den Grund, obwohl ich ihn ahne.«

»Lauter deutsche Autos«, sagte Meier. »Die Amerikaner kaufen keine japanischen Wagen, verständlich, sie haben Angst. Selbst dürfen sie keine herstellen, also müssen sie unsere kaufen. Es gibt nur deutsche und japanische Autos. Nur wir haben die Anerkennung als japanisches Werksgelände. Nur uns vertrauen sie.«

»Darauf bist du wohl auch noch stolz?« Yokiko runzelte ärgerlich die Stirn. Kleine Falten entstanden an ihrer Nasenwurzel. Meier hatte diese Falten einmal sehr geliebt. »Du bist ein Idiot. Von wegen Jugendtorheit. Altersschwachsinn! Glaubst du wirklich, daß die Schlitzaugen dir deine hündische Verehrung danken werden?«

»Ja«, sagte Meier schlicht. Unter der Jacke befühlte er die scharfe, kühle Klinge. »Ja, bestimmt. Im Gegensatz zu dir wissen sie, was man mit einem Menschen tun darf und was nicht. Kein Japaner würde mich dazu zwingen, meine Selbstachtung zu verlieren. Mein Gesicht.« Er befühlte sein Gesicht vorsichtig. Es nahm schon wieder Gestalt an. Bald würde er sich wieder erkennen können.

»Gut, deutsche Autos also. Das haben wir uns ohnehin gedacht.« Sie sah ihn kalt an. »Du wirst mich jede Woche über das Zielgebiet benachrichtigen. Heute war es Boston. Sie haben ganze Straßenzüge gesprengt. Warum tun sie das? Was haben wir ihnen getan?«

»Ich war heute in Boston«, sagte Meier bescheiden.

Sie setzte zu einer heftigen Antwort an, als der Koch an ihren Tisch trat und unter höflichen Verbeugungen verschiedene Schälchen vor ihnen anordnete. Reis, cremige Tofu-Würfel, eingelegte Zitronen, Pfefferschoten, deren glatte grüne Haut durch die Hülle aus goldbraunem Mehl schimmerte. Der Aal war so frisch, daß er zu zucken schien, als Kasuki Meier ihn sanft mit den Stäbchen antippte.

»Schämst du dich nicht, Mongolenbastard, deiner eigenen Rasse so etwas anzutun?« Yokiko flüsterte, heiser vor Wut, und verstummte, als sich die Tür öffnete und drei Japaner eintraten. Sie sprach erst weiter, als die Männer sich gesetzt hatten. Einer von ihnen war Takeo Inushij. Er beachtete Meier nicht.

»Nein«, sagte Meier, »ich bin sehr stolz darauf. Es geschieht aus Rache. Rache für Hiroshima. Und es ist ein Spiel. Dadurch wird die Rache elegant, geschmeidig und – zeitlos. Ewige Rache, ewiges Spiel.« Er ließ ein kleines Stück des feinfasrigen Fleisches auf der Zunge zergehen. Inushij schien ihm zuzublinzeln. Ich muß mich etwas beeilen, dachte Meier und schluckte.

Yokiko Leroy hatte ihren Teller nicht angerührt. Sprachlos starrte sie Meier an. »Hiroshima? Diese alte Geschichte? Das ist fünfhundert Jahre her.«

»Vielleicht ist es auch fünftausend Jahre her. Was spielt das für eine Rolle? Ihr spielt Pac Man, sie spielen Hiroshima. Wie lange ist Pac Man her?«

Yokiko betupfte ihren Mund mit der Serviette, obwohl sie gar nichts gegessen hatte. Der erkaltende Aal auf ihrem Teller sah grau und unappetitlich aus. Meier legte seine Stäbchen weg und faltete die Hände über dem Bauch. Er war ganz entspannt. Katsu! feuerte er sich an. Es wird Zeit.

»Amerika ist ein japanisches Telespiel«, sagte er gleichmütig. »Nur deshalb haben die USA eine gewisse Unabhängigkeit: als Spielpartner. Es gibt ja auch viele kleine Pachinkos, es müssen ja nicht immer Präsidenten und Atomraketen sein. Jeder spielt Pachinko in Japan, um hohe Einsätze, um kleine, um Boston oder Greenville, Ohio.«

Yokiko schwieg. Sie sah blaß und verzweifelt aus. Meier sah zu Takeo Inushij hinüber. »Katsu, Meier, katsu«, sagte Inushij. Die beiden anderen Männer hatten sich auf ihren Stühlen umgedreht. Freundliche, unergründliche Augen, schwarz in schwarz.

Meier verneigte sich.

Yokiko sprang auf, ihr Teller fiel zu Boden und zerbrach.

»Wer ist das? Was wollen die? Was tust du, Kasuki?« Aber Meier beachtete sie nicht, schüttelte ihre Hand ab, als sie ihn festzuhalten versuchte, setzte er die Spitze des Dolches genau an die Stelle, wo unter seiner Bauchdecke die Aorta verlief und stach zu. Mit der linken Hand, wie Inushij ihm empfohlen hatte, hielt er das Messer. Er drückte den Oberkörper gegen die Klinge und wand sich, bis aller Stahl in ihn hineingeschlüpft war. Dann brach er zusammen, fiel auf die Knie, schlug mit dem Kopf auf den Boden, rammte das Messer noch ein Stück weiter in seinen Bauch und sah im Fallen, oder während er langsam auf den Rücken rollte, Yokikos verzerrtes Gesicht über sich. Sein eigenes saß wieder fest an seinem Kopf, an der Vorderseite, wo es hingehört.

Brigitte Pixner

Verbrennung eines Modells

Ich nahm die Kerze, zündete sie vorsichtig an und sah eine Weile dem wachsduftenden Flackern zu.

Das Wachs schmolz langsam. Die Flamme wurde größer.

Auch die Gedanken in meinem Kopf schienen zu schmelzen.

War das noch ich oder schon eine andere, die sich bereit machte, ihren Kokon aus Starrsinn und Eigenheiten abzulegen, um in der Ganzheit bestehen zu können?

Genug. Wichtig war jetzt nur eines.

Ich ging schnell in den Nebenraum. Er war dunkel. Die Vorhänge waren vorgezogen, die Fensterläden geschlossen. Ein nur notdürftig aufgeräumter Abstellraum, wie sie früher üblich waren. Überall lagen Sägespäne, Farbtöpfe hingen an Wandhaken oder standen auf dem Fußboden. Sie hatten ihre Spur nur zu deutlich hinterlassen. Die Tapete, oder besser: das, was von ihr noch vorhanden war, ließ sich von einem schäbigen Ocker in ein schmutziges Dunkelgrau gleiten. Von der Decke hing eine Glühbirne an einem einsam baumelnden Draht, doch der Kurzschluß, den ich leichtsinnig durch Überlastung der schwachen Leitungen verursacht hatte, war noch nicht behoben.

Unser Haus war ein sehr altes Haus. Reparaturen lohnten sich nicht mehr. So hatte es der Besitzer bereits an eine der riesigen Baufirmen, die von der Gemeinschaft betrieben wurden, verkauft. Es war zum Abbruch freigegeben. Wir mußten ausziehen: Die alte Frau, die hier aufgewachsen war, die nette Familie über uns mit dem eben erst geborenen Kind und der jugoslawische Hausmeister, der nicht mehr in seine Heimat zurückgekehrt war.

Die anderen Wohnungen standen schon leer. Die Bewohner waren gestorben oder in eine bessere Wohnung gezogen. Die Räume waren seither nicht mehr vermietet worden.

Morgen war es auch für uns soweit.

Es gab kein Zurück mehr.

Überall stapelten sich Kisten und Gegenstände. Die Spedition würde sie bei Tagesanbruch abholen.

Es waren noch immer so viele Dinge, die blieben, obwohl wir beim Wegwerfen nicht kleinlich gewesen waren.

Als Ersatzwohnung war uns eine der Standardwohnungen im 36.

Quadrat, Milchstraße, zugewiesen worden. Das hörte sich gut an. Wir hatten sie natürlich schon besichtigt. Sie war glatt, sauber und hatte an einer Front Glühglaswände. Müllabsauger und Staubdüsen waren eingebaut. Mittels Wechselanlage konnten sowohl das Klima der unterschiedlichsten Gegenden als auch die Temperaturen der Jahreszeiten simuliert werden. Rol und ich hatten uns auf MEDITERRAN geeinigt. Wir waren, wie so oft, einer Meinung. Der Schwebefußboden war in sattem Grün gehalten.

Der Drehpunkt der Wohnung befand sich in der Küche. Hier störte er nicht. Rol und ich malten uns aus, wie herrlich es sein würde, an Sommerabenden das Panorama zu genießen! Nach Süden zu schwenken müßte am schönsten sein. Im Süden lagen die Berge und es gab dort einige Gebiete, die noch nicht verbaut waren. Ein seltsamer Anblick! Im Norden glitzerte der L-Bahnhof mit seinen Kugelaereos. Auf ihren Abschußrampen sahen sie von der Ferne aus wie große, glänzende Sterne.

Um uns die unzähligen anderen Wabenwohnungen dieser Wohnblockschiene.

Man hatte uns auf die strenge Hausordnung aufmerksam gemacht. Sie war aufgrund der Wohnungsnorm erlassen worden. Wir hatten von der W-Norm bisher nicht viel zu spüren bekommen. Wir, als eine der letzten am Rand der Stadt Lebenden, die noch nicht eingegliedert waren.

Der automatische Sprecher des Einweisungsdienstes hatte uns höflich auf alle unsere Fragen Auskunft gegeben und uns eingeschärft, in unserer Wohnung nichts ohne Genehmigung zu verändern. Sonst wäre es zulässig, ja erwünscht, uns mit dem nächsten Monatsersten zu kündigen und uns in ein Registerlager einzuweisen. Was das hieß, wußte jeder.

Das Bevölkerungsanpassungsgesetz war eben auf völlige Anpassung bedacht!

Allerdings durften wir jährlich einmal Veränderungen vornehmen lassen, und zwar dann, wenn die neue Mode, die für alle Wohnungen der Wohnschiene galt, von den Designern nach den letzten Erkenntnissen der Astro-Biologie, nach höchsten computerkünstlerischen Gesichtspunkten entworfen worden wäre. Im Rahmen dieser Mode könnten wir unserer Phantasie freien Lauf lassen ... im Rahmen natürlich.

»Bedenken Sie immer den Rahmen«, ermahnte uns der Sprecher. »Die Grundzüge müssen in der ganzen Stadt gleich sein.«

Naiv warf ich ein, mit Phantasie hätte das nichts mehr zu tun. Doch der Automat hatte bereits abgeschaltet. Für Einwände und Wünsche war er nicht eingerichtet.

Was hatte uns der Stadteinweiser geraten? »Freuen Sie sich! Freuen Sie sich auf die neue Ordnung, an der Sie teilnehmen dürfen!«

Und ich weiß nicht warum, doch ich freute mich wirklich.

Ab morgen jedenfalls würden wir Mitglieder der Brüderschaft »TANGENTE 347« sein. Sicher gab es auch einige andere Leute darunter, die ebenfalls noch nicht völlig angepaßt waren. Gemeinsam würden wir diesen Prozeß schon meistern. Außerdem blieb uns gar nichts anderes übrig. Die »Überwachung« hatte ihr Kommen für nächsten Montag angesagt, zwecks Überreichung ausführlicher Instruktionen und Bekanntgabe der Einschulungstermine. Die Instruktoren hatten genügend Erfahrung in der Behandlung solcher Einbrüderer, wie wir es waren. (Sicher würde es ihnen auch nicht schwerfallen, jene polydimensionale »Pulk-Stadt« (P.P.S.) zu verwirklichen, die geplant war, dachte ich.)

Zwang gab es keinen. Jeder entschied sich aufgrund der neuen Basismuster für die Gleichheit.

Dafür, daß man sie einhalten konnte, sorgte der Gleichschalter. Eine sehr nette junge Frau mit lustig blitzenden Augen hatte uns davon je ein Exemplar ausgehändigt. Ihr Lächeln war jenem der Reklamedamen abgeschaut, die oft so unerwartet aus den Plakatwänden stiegen und die verschiedensten Artikel anpriesen. Sie war Oberexpo und daher vertrauenswürdig. Sie wußte, was sie uns anbot und zerstreute mühelos unsere Bedenken. Das konnten die Reklamefrauen verständlicherweise nicht. Sie hatten nur einige wenige Sätze gespeichert.

Nach einer kurzen Erklärung verstand sogar ich, die kleinen roten und grünen Knöpfe zu bedienen. Und ich bin wahrlich kein technisches Genie. Großspurig verzichtete ich auf die Aushändigung der Gebrauchsanleitung. Im Notfall wußte Rol auf alle Fälle Bescheid.

Die Technikerin war mit uns zufrieden. (»Übrigens, sagen Sie einfach Schwester Mona zu mir.«) Ihr Bericht über uns würde sicherlich günstig ausfallen. Ein guter Anfang für unsere Jahresbeurteilung!

Erst jetzt wurde mir langsam klar, wie primitiv, ja wie furchtbar unser Leben ohne Gleichschalter gewesen war: Streitigkeiten und Alltagskämpfe, Zank und Neid. Alles – nur keine Harmonie.

»Das ist vorbei«, versicherte die junge Frau. »Unsere Brüder- bzw. Schwesternschaft«, sie lachte schalkhaft, »hat diese Schwierigkeiten bereits überwunden.«

Ich muß recht ungläubig gewirkt haben, denn sie setzte etwas ernster hinzu: »Außer wenn die Gleichschalter durch kosmische Strahlungen ausfallen. Doch«, und sie sagte es mit Genugtuung, »das ist sehr, sehr selten der Fall. Sollte der GS ausfallen, setzen Sie sofort den Alarmhebel in Betrieb und verhalten Sie sich still.«

Sie machte uns noch darauf aufmerksam, daß unser Gepäck vor dem Abtransport in die neue Wohnung untersucht werden würde. Zwecks Aussortierung der in der Brüderschaft nicht erwünschten Gegenstände. »Das ist für Sie sicher nicht angenehm, doch gewisse Opfer muß man für die Brüderschaft zu bringen bereit sein.«

Welche Opfer? Ich hatte keine Ahnung, was erlaubt war und was nicht. So hatte ich alles, was Rol und ich mitnehmen wollten, vorbereitet. Sollten sich die Speditionsroboter mit dem Aussortieren plagen! Sie waren ohnedies schneller als ich und wußten überdies, was zu verschrotten und was dem Museum für Unzeitgemäßes zu überstellen war.

Doch eines wußte ich sicher! Die Kopiergeräte im Abstellraum – und mit ihnen unser Modell – durfte ich um keinen Preis mitnehmen. Das hätte sozusagen Hochverrat bedeutet!

Ich hielt die Kerze schief, um etwas besser sehen zu können. Wachs tropfte auf den Zeitkopierer, während der Naturrepro dunkel schimmerte. Es waren sehr alte Geräte, die heute nicht mehr erzeugt werden. Durch Zufall hatte ich sie bei Aufräumungsarbeiten auf dem Dachboden entdeckt und in unserem Abstellraum versteckt. Auch die alten Bücher mit den braunen Flecken, die schon so verstaubt waren, daß man die Titel nicht erkennen konnte, hatte ich hier eingelagert. Außer Rol wußte keiner davon. Gemeinsam hatten wir uns die Bücher angesehen:

Den Atlas mit seiner uralten Einteilung in Staaten, die es seit langem nicht mehr gab, mit Karten, die längst erschöpfte Vorkommen von Erdöl, Silber, Kupfer und dergleichen zeigten. Teilweise wußten wir nicht einmal, was die Ausdrücke bedeuteten!

Alben mit Tier- und Pflanzenarten, die mit Hilfe spezieller Bio-Strahlen »ausgesiebt« worden waren, wie der Fachausdruck lautete.

Ein Glück, daß es diese Bio-Strahlen gab! Dadurch haben wir, im Gegensatz zu unseren Vorfahren, nur mehr gezähmte, niedliche Tiere, die wenig Platz und wenig Futter brauchen. Mit welchen Monstren hingegen hatten *sie* gelebt. Welche Bestien hatten damals die Urwälder bevölkert und sogar Menschen angefallen!

Aber auch Urwälder gibt es nicht mehr. Sie sind gerodet und an ihrer Stelle erstrecken sich fruchtbare Plantagen. Die Vision einer unter wucherndem Grün erstickenden Welt hat ihren Schrecken verloren. Auch von Insekten kann sie nicht mehr kahlgefressen werden – es gibt keine Insekten mehr.

Aber irgendwie lockte mich das Abenteuer. Ich wollte diese Urzeiten durch Video-Kloning wieder lebendig werden lassen. Das war mit Hilfe der beiden erwähnten Kopiergeräte keine Schwierigkeit. Sie brauchten nur bestimmte Abbildungen als Ausgangsmaterial und entwarfen naturgetreue Wesen, die zu leben schienen. Passieren konnte nichts, es waren ja nur Modelle der Lebewesen, die es einmal gegeben hatte.

Manchen Abend hatten Rol und ich damit verbracht, die Vergangenheit vor uns aufsteigen zu lassen. Manchmal, wenn die Abbilder allzu lebendig gerieten, fürchteten wir uns sogar davor.

Eines Tages entdeckten wir, daß die Projektoren auch Speicher hatten. Mit ihrer Hilfe konnte man sogar das Abbild der alten Welt rekonstruieren, dieses modellhaft verbessern und es kaleidoskopartig mit dem Szenarium unseres heutigen Lebens in Wechselwirkung bringen – eine Art Puzzle-Spiel! Es war aufregend.

Und einmal wagten wir uns daran, ein Zukunftsmodell zu entwerfen. Zuerst dachten wir, die Geräte wären dieser Aufgabe nicht gewachsen, doch sie waren es! Seltsamerweise entwickelte sich »unsere« Zukunft ganz anders, als es unserer Wirklichkeit entsprach. Hier gab es weder Brüderschaften noch andere Strukturen der Entwicklungsstufe 10, auf der wir derzeit leben.

Es gab »Menschen«. Wir nennen uns »Astroniden«. Das klingt zwar besser, doch war nicht zu übersehen, daß diese »Menschen« eine, wie soll ich sagen, größere Ausstrahlung hatten. Unsere Aura wirkte recht dürftig gegen ihre. War das nicht ein Indiz gegen uns?

Damals kamen uns die ersten Zweifel, ob es gut war, jene Menschen auszusieben. Hätten nicht auch sie Bedeutendes für unsere Zivilisation leisten können?

Doch aus der Massenschulung wußten wir nur zu gut, warum es zu ihrem Aussterben gekommen war. Zu ihrem künstlichen Aussterben. Man hatte es so beschlossen. Nur die, die schon den Keim für eine technisierte Zukunft in sich trugen, hatten überlebt. Es wunderte uns, daß unsere Eltern nicht auch ausgesiebt worden waren. Doch möglicherweise hatte sie ihre damalige Position gerettet. Waren wir, ihre noch unangepaßten Nachkommen, vielleicht dazu ausersehen, in ihrem Namen als Mahnmal zu dienen? ... Das waren gefährliche Gedanken. Ich hing am Leben, egal, wie es war. Und Rol ebenso. Wir waren zäh. Und wir würden uns einfügen. Um jeden Preis.

Ich versuchte, die Apparate zu zerstören. Keiner würde mehr die Knöpfe bedienen können. Niemandem würde es gelingen, das von uns erdachte und in Bilder umgesetzte, gespeicherte Modell abzurufen und uns vor die »Kommission« zu bringen.

Es gelang mir nicht. Deutlich stieg Bild um Bild im Raum auf, als ich an den Knöpfen drehte, schraubte und hämmerte. Die Vergangenheit ließ sich nicht so ohne weiteres vernichten.

Da kam mir ein Einfall:

Mein neuer Gleichschalter!

Er brannte etwas auf meiner Haut, wahrscheinlich begann schon der vorausgesagte Verwachsungsprozeß. Wie war das nur? Ich schaltete auf GLEICH. Und richtig! Meine Hoffnung war nicht umsonst gewesen. Die Bilder glitten wolkig im Raum, flackerten, verschwammen, kamen auf mich zu, ich wollte rufen, doch es war mir nicht möglich – ein seltsames Gefühl, das ich nachträglich nicht mehr beschreiben kann, durchstrahlte mich. Bilder schritten durch mich hindurch. Ich spürte keinen Schmerz. Nur ein wohliges Kribbeln und Kitzeln.

Mein Kopf schien sich für Momente vom Rumpf zu trennen. Dann begann er von selbst zu nicken, ohne daß ich es wollte. Worte traten auf meine Lippen:

»Ich bin einverstanden«, hörte ich mich sagen.

»Ich gebe mich auf.

Ich gliedere mich ein.

Ich gliedere mich ein.

Ich gliedere mich ein ...«

»Ach, du übst schon«, hörte ich Rol sagen.

Ich erwachte aus meiner »Entrückung« und fand mich im Wohnzimmer sitzend am Gleichschalter herumspielen.

»Komisch, riechst du es auch?« setzte er hinzu. »Es riecht, als würde etwas verbrennen!«

Auch ich bemerkte den Brandgeruch. Rauch drang aus dem Abstellraum.

»Unser Modell!« rief ich. »Schnell!«

Feuer züngelte über alte Bücher, über alte Geräte.

Es gelang uns gerade noch, die Flammen zu löschen.

Eine rauchgeschwärzte Tapete, verkohltes Papier, verbogene Metallteile. Wasser auf dem Fußboden.

»Gut, daß wir fortziehen!« sagte Rol.

Berthold Karl Schlüter

Fünf Türen

Immer wieder kreisten meine Gedanken um Hal Springsteen. Sicher, er war damals im Club schon ziemlich angetrunken. Und ich vermochte ihm auch nicht mehr konzentriert zuzuhören. Aber das wußte ich noch genau: Fünf Türen muß er passieren, um seinen Arbeitsplatz zu erreichen. Er hat mir ja auch seinen eigenartigen bartlosen Schlüssel gezeigt. Knapp zehn Zentimeter lang mit einem kugelförmigen Griff. Innen seien Metallstreifen eingearbeitet, die verschiedene Informationen enthielten. So auch die Informationen zum Öffnen der Türen. Er brauche den Schlüssel nur in die kreisrunden Türlöcher zu stecken, damit der elektronische Leser reagiert. Allerdings ließen sich nicht alle Türen auf diese Art öffnen. Eine – die dritte oder vierte – werde nur vom Wachpersonal geöffnet. Obwohl er die meisten Wächter schon seit Jahren gut kenne, werde er jedesmal gründlich kontrolliert.

Ein eigenartiger Mensch, dieser Springsteen. Bevor er Gynäkologe wurde, hat er bei der Regionalregierung gearbeitet. Was er dort gemacht hat, wollte er mir wohl nicht sagen. Er bemerkte lediglich, ohne den Job hätte er keine Aussicht auf einen Studienplatz gehabt. Überhaupt – alles, was Springsteen mir gegenüber jemals geäußert hat, waren vage Andeutungen, Zweideutigkeiten, konfuse Redereien. Aber ich kannte ihn ja auch nur sehr flüchtig von gelegentlichen Besuchen im Club. Ich hielt ihn immer schon für einen Blender.

Mir schräg gegenüber saß eine junge Frau, etwa Ende zwanzig. Sie hatte sich auf einem der abgenutzten Stühle ausgestreckt; die Arme zwischen Hüfte und Rückenlehne verschränkt. Der Kopf lag ihr tief im Nacken, die Augen hielt sie oft geschlossen. Wir waren die einzigen auf dem langen Flur. Nur hin und wieder rauschte eine Schwester wortlos an uns vorbei. Einmal kam ein Pfleger und schob ein Bett in den Lastenaufzug links neben mir. Die Patientin im Bett bat ihn, er solle sich von ihr abwenden, sie böte doch wirklich keinen schönen Anblick ... Und außerdem hätte der Pfleger noch sein ganzes Leben vor sich.

Die Tür rechts neben mir ging lautlos auf. Ich stand blitzschnell auf und wandte mich um. Der Arzt beachtete mich nicht. Er ging auf die junge Frau zu, die sich im gleichen Moment wie ich erhoben hatte. Noch ehe er sie erreichte, sprach sie ihn an. Es wirkte gereizt, was sie sagte, aber ich verstand es nicht. Ich bemerkte nur, daß sie Ausländerin war – wahrscheinlich Südländerin.

Der Arzt faßte sie bei der Schulter und zog sie einige Schritte den Flur hinauf – von mir weg. Ich beobachtete die Szene wie gebannt. Dann drückte er sie auf einen Stuhl und brachte seinen Mund nahe an ihr Gesicht. Vielleicht fünfzehn Sekunden später machte er auf dem Absatz kehrt und hastete an mir vorbei. Bevor er die Tür hinter sich schließen konnte – eine schwere, faustdicke Stahltür –, erhaschte ich noch einen Blick in den dahinterliegenden Raum. Er war fast quadratisch, maß im Durchmesser kaum zweieinhalb Meter und war völlig kahl. In der mir gegenüberliegenden Wand eine geschlossene Tür. Sie glich der Tür zum Flur aufs Haar; auch sie hatte ein kleines, kreisrundes Schlüsselloch.

Wieder dachte ich an Hal Springsteen. Er hatte von einem Konrad Lorenz gesprochen. Der muß den Stein ins Rollen gebracht haben. Ich grübelte lange, ehe ich den Satz dieses Lorenz wieder zusammenbrachte: Der fortschreitende Verfall unserer Kultur ist so offensichtlich pathologischer Natur, trägt so offensichtlich die Merkmale einer Erkrankung des menschlichen Geistes, daß sich daraus die kategorische Forderung ergibt, Kultur und Geist mit der Fragestellung der medizinischen Wissenschaft zu untersuchen. Ja, Konrad Lorenz war es, der den Anstoß gab zur risikolosen Geburt – mehr als hundert Jahre nach seinem Tod.

Die junge Frau hatte sich nicht wieder auf ihren alten Platz gesetzt. Sie hielt beide Hände vor ihr Gesicht. Nachdem sie ihre Tränen getrocknet hatte, kam sie langsam auf mich zu. Sie lächelte jetzt.

»Warten Sie auf Ihre Frau?«

»Ja.« Meine Stimme klang heiser.

»Ist Sie schon lange hier?«

»Seit 8.00 Uhr.« Ich zog meine Taschenuhr heraus. »Jetzt ist es 10.47 Uhr.«

Sie atmete tief durch.

»Meine Schwester ist seit gestern hier. Mein Schwager hat sie um 19.00 Uhr gebracht. Er konnte heute nicht bleiben. Deswegen bin ich gekommen.«

Es entstand eine kleine Pause, da sie versuchte, ihre Erregung zu verbergen. Aber es war offensichtlich freudige Erregung, gegen die sie ankämpfte.

»Ist alles gut gegangen?«

»Ja«, antwortete sie. »In einer halben Stunde darf ich auf die Station. Mein Gott, was haben wir ausgestanden. – Wir Ausländer haben es doch besonders schwer.«

Ich nickte.

12.15 Uhr. Inzwischen war ich allein. Ich sah mir die Fotografien an, die überall im Flur an den Wänden hingen. Offensichtlich alles kerngesunde Kinder. Dort war ein sehr hübsches Mädchen – vier, höchstens fünf Jahre alt – in feinem seidenen Kleid abgebildet, das in Friedrich Graf von Worrenbachs »Angewandte Kommunikationswissenschaft und konstruktive Lebensart« las. Wie hatte noch der Präsident kürzlich gesagt? Wir brauchen den Geist, der unsere Kultur überlegen macht, keine schreienden Etwas! Hal Springsteen zwängte sich wieder in meine Gedanken. Um mich zu zerstreuen, ging ich zu dem kleinen Beistelltisch, auf dem verschiedene Lebenshilfe-Produzenten Proben mit Kleinkindernahrung ausgestellt hatten, und las mir einige Packungsbeilagen durch. In den letzten drei Jahren, seit mein erstes Kind geboren wurde, schien alles noch viel komplizierter geworden zu sein. Aber meine Frau hatte sich ja mit der Risikolosen Ernährung ausgiebig beschäftigt. Und an tatkräftiger Unterstützung durch den Hilfsdienst für Heranwachsende mangelte es ja wirklich nicht. Da waren die Seminare, die Einzeleinweisungen durch die Regierungsbeauftragte, die Fernlehrkurse mit Abschlußprüfungen, die begleitende Literatur und die täglichen TV-Berichte. Und schließlich gehörten meine Frau, mein Sohn und ich alle in die Kategorie A II! Wenn nur nicht diese kleinen blauen Kapseln erforderlich gewesen wären! Dann wären wir sicher in A I eingestuft worden. Auch Springsteen hat mir wiederholt bestätigt, daß diese Kapseln nur sehr leichte medikamentöse Korrekturmittel sind. Der Arzt, der die Urkunde über die Schwangerschaftsgenehmigung ausgestellt hat, meinte sogar, eigentlich könne man in unserem Falle gänzlich auf Psychopharmaka verzichten. Aber immerhin habe es in letzter Zeit einige böse Pannen bei A I-Aspiranten gegeben und man müsse die Regierung verstehen, wenn sie jetzt hundert Prozent sichergehen will.

Hundert Prozent sicher! Jawohl, das waren genau seine Worte.

Zum erstenmal seit der Einlieferung meiner Frau entspannte ich mich.

Allmählich wurde das Warten unerträglich. Der Abend kam, und ich war immer noch ohne jede Nachricht. Wie oft war ich in Gedanken schon den Weg gegangen, den meine Frau und ich heute morgen zurücklegen mußten? Die ersten Kontraktionen hatten sich schon in der Nacht bemerkbar gemacht. Am Morgen wurden sie dann deutlicher und folgten nach immer kürzeren Intervallen. Wir fuhren bis zum Hauptportal des Gynäkologischen Instituts, wo wir uns zunächst ausweisen mußten. Dann erhielten wir einen Laufzettel, der an den verschiedenen Sperren, die wir passieren mußten, mit Vermerken der Wächter versehen wurde. Als wir in einen Innenhof traten, glaubte ich Springsteen gerade hinter einer Gebäudeecke verschwinden zu sehen. Er wird es wohl auch gewesen sein, denn hinter der Ecke angelangt, sah ich ›seine‹ erste Tür. Ich erkannte sie sofort, denn Springsteen hatte an jenem Abend immer wieder von ihr gesprochen. Und der Widerwille in seinen Augen hatte mich tief beeindruckt.

Jetzt saß ich neben der Tür, die wahrscheinlich auch die erste von mehreren war, die vom Gebäudeinnern zum Arbeitsplatz von Hal Springsteen führten. Und meine Frau befand sich auch an diesem Arbeitsplatz. Ob Springsteen die Geburt und die Behandlungen . . .?

Diese Frage sollte mich nicht beschäftigen. Springsteen stand plötzlich vor mir.

»Hallo, Clyde, wie geht es dir?« sagte er forsch und ohne jedes Mienenspiel. Ich blieb auf meinem Stuhl sitzen und blickte nur verständnislos zu ihm auf.

»Eine gute Nachricht, Clyde. Du darfst noch einmal einen Beitrag zur kulturellen Förderung leisten. Ich habe mich sofort mit der Bewilligungsbehörde bei der Regionalregierung in Verbindung gesetzt. Du weißt, ich habe dort gute Kontakte. Die neue Schwangerschaftsgenehmigung erhältst du bereits in den nächsten Tagen. Wir haben eindeutig festgestellt, daß das Versagen deiner Frau in keinerlei Beziehung zu dir steht. – Übrigens, es wird noch ein unfreundliches Nachspiel für meinen Kollegen geben, der für die Einstufung deiner Frau verantwortlich ist. Immerhin hat er zwei Menschenleben auf dem Gewissen. – Kopf hoch, Clyde!«

Marianne Gruber

Die Falle

Lorenz stand gähnend vor dem Geschichtsnihilator und gab einen Stoß Biographien ein, die die oberste Kontrollbehörde ausgeschieden hatte. In seinem Kopf dröhnte es, und das Licht in dem bis auf die Maschine und einen Abstellwagen leeren Raum verstärkte die Schmerzen.

Was für ein verkehrter Morgen. Beinahe verschlafen und vom Weckruf des Personalcomputers über Innenohrleitung gerade noch rechtzeitig zum Institut geschickt, über das Laufband gehastet, den synthetischen Garten nicht einmal beachtet, dann Einlaufstelle, Biographien abholen, und nun stand er da und hatte Kopfschmerzen und dachte ununterbrochen an Sindra, statt sich auf die Arbeit zu konzentrieren. Wieder geirrt. Lorenz verglich die Zahl, die er dem Computer eingegeben hatte, mit der, die auf dem nächsten Biographienbehälter stand, drückte auf die Errortaste, ließ das Band zurücklaufen – sowas von altmodischer Handhabung – und löschte die Eintragung. Danach begann er von neuem den Vernichtungsprozeß einzuleiten. Über seinem Kopf kreiste unermüdlich das starr glotzende Auge der Überwachungskamera.

He, alter Junge, ich bin allein, sagte Lorenz. Noch nicht bemerkt? Er drehte das Gesicht in Richtung Plafond und schnitt Grimassen. Sofort senkte sich das Auge, kreiselte dann wie verrückt geworden, um danach seine Tätigkeit wie vorher aufzunehmen. Es war das übliche Begrüßungsritual zwischen dem Roboter, der die Kamera bediente, und Lorenz, das Überbleibsel ihres anfänglichen Krieges gegeneinander. An die Überwachung in den Räumen unter Tag hatte sich Lorenz lange nicht gewöhnen können und in der ersten Zeit versucht, den Roboter zu irritieren. Zum Beispiel die Schleusentüre betätigen, mit der Hand die Lichtschranke auslösen und dann nicht in den Raum treten. – Der arme Kerl hatte ihn minutenlang mit der Kamera vergeblich gesucht. In den anderen Arbeitsräumen über Tag gab es Biosensoren, aber hier unten nur solche Glotzaugen. Ein paar Male hatte Lorenz eine Ohnmacht vorgetäuscht und der Roboter tatsächlich Alarm gegeben. Jetzt waren sie aneinander gewöhnt. Die Maschine lernte ziemlich schnell. Schlaues Kerlchen, das ausgezeichnet Mini-Po-Tu spielte, eine Art

Fallenstellerei, die sich angeblich aus einem uralten Spiel namens Go entwickelt hatte, nur wurden keine Steine auf dem Brett postiert, sondern erfundene Argumente, die ständig von Gegenargumenten gestört wurden. Wenn man schlau war, gelang trotzdem ein hübscher Kreis, dann mußte man die Falle nur mehr blitzschnell zuschnappen lassen, und Aus für den Gegner.

Die ersten Partien waren glatt an den Roboter gegangen, bloß in letzter Zeit gewann er immer seltener. Über Spiele waren Roboterstrategien am leichtesten herauszubekommen, lauter geheime Informationen, an die man sonst nur kam, wenn man zu den Geheimnisträgern zählte. Lorenz kannte seinen Blechpartner ziemlich gut, Selbstgespräche störten ihn, Singen nicht, offensichtlich hatte er kein Basiszentrum. Ansonsten war der Job beileibe nicht nur ruhig, sondern richtig langweilig. Wenn er nicht gerade an der Maschine Dienst hatte, saß er in seinem Büro und überprüfte als verdächtig eingereichte Lebensläufe nach den vorgeschriebenen Normen und leitete sie danach an die oberste Überwachungskommission weiter. Ob letzten Endes eine Biographie aus dem Erfahrungsprozeß der Bevölkerung ausgeschieden werden mußte, wurde dort entschieden. Keine Verantwortung für ihn, sogar Fehler waren erlaubt. Einfach fad.

Tommi kam. Er war kaum älter als Lorenz, aber in der Institutshierarchie schon ein gutes Stück weitergekommen. Er wirkte beinahe wie ein Patriarch. Hielt sich ständig gerade, sah fast würdevoll aus. Keine lässige Bewegung. Nur das verlegene Schuljungenlächeln, das sich immer bei ihm einstellte, wenn sie über Privates redeten, paßte nicht zu seiner sonstigen Haltung. Lebte vermutlich zu streng, aber er war ein As. Ein As auf dem Gebiet der Früherkennung historischer Fehlentwicklungen. Und er wußte eine Unmenge über terrestrische Prähistorie. Er behauptete, daß er darum so gut war. Im Gegensatz zu Lorenz gehörte er zu den Gegnern der Zufallstheorie.

– Es gibt nichts, das nicht schon einmal dagewesen ist. Jedes sogenannte neue Phänomen ist aufgrund altbekannter Tatsachen erklär- und identifizierbar. Was uns neu erscheint, beweist lediglich Lücken unserer historischen Kenntnisse. –

Ha! Die Zufallstheoretiker standen natürlich kopf bei solchen Thesen, und Lorenz hatte Tommi im Verdacht, daß er das Untersuchungsmaterial von vornherein so auswählte, damit er recht behielt, aber das mußte man ihm erst einmal beweisen. Unter dem

Strich stand, daß er die Anpassungsschwierigkeiten der Siedler von Andromeda X4 und den daraus resultierenden aufflammenden Rassismus der alteingesessenen Bewohner hier bereits katalogisiert und kategorisiert hatte, ehe die Überwachungscomputer zum ersten Mal Alarm schlugen. Schneller als die eingesetzten Maschinen, das mußte ihm erst einmal ein anderer nachmachen. Aber irgend etwas stimmte trotzdem nicht mit ihm. Man spürte es, wenn man neben ihm stand, und man hörte es, wenn er redete. Als ob er stotterte. Was er sagte, klang wie zeitverschoben. Pausen zwischen dem ersten Buchstaben und den nachfolgenden. So als tippe er erst einmal die Stimmbänder an, ehe er sie einsetzte.

»Du siehst müde aus«, sagte Tommi. »Gestern noch lang weitergefeiert?«

»Hm.« Lorenz spürte ein leises Kribbeln wie jedesmal, wenn Tommi hinter ihm stand.

Verdammt, jetzt habe ich mich schon wieder vertippt. Er drückte auf die Errortaste und dachte dabei an den Historikerball und an Sindra und wie er mit ihr das Fest verlassen hatte, an das Aufwachen neben ihr in der Frühe und daß er sie ohne Nachricht überstürzt verlassen hatte, weil er zum Dienst mußte, und dann dachte er daran, was er ihr sagen wollte. Bei einer bestimmten Beleuchtung glänzte ihr Haar in den Farben der untergehenden Sonne und ihre Augen leuchteten himmelsfarben. Ein Himmel zu allen Jahreszeiten, vielleicht für alle Jahreszeiten.

Tommi sah Lorenz eine Weile schweigend zu. »Entschuldige, wenn ich dich störe. Noch verkatert, was?«

»Zuviel Bioschnaps. Und dann der Likör.«

»Du warst bei Sindra im Appartement?«

Lorenz biß sich auf die Lippen. Sindra war im ganzen Institut für ihre reich bestückte Likörbar bekannt. »Ja«, antwortete er gedehnt. »Wir haben Mini-Po-Tu gespielt. Sie macht das ganz gut.«

»Das wundert mich.« Tommi lehnte nun steif mit dem Rücken an der Wand neben der Schleusentüre und sah plötzlich sehr blaß aus. »Gegen mich hat sie immer nur verloren. Sie ist zu langsam.«

Natürlich, dachte Lorenz. Beim Zupacken bist du sicher schneller. Vor allem mit den Händen. Richtige kleine Greifer.

»Ich habe ein paarmal gegen sie verloren«, sagte er, während er die letzte Codezahl eintippte. Er hatte Sindra gewinnen lassen. Sie war tatsächlich zu langsam, aber was solls. Die Maschine packte blitzschnell den Behälter mit der letzten Biographie. Die Greifer waren viel zu groß konstruiert für das, was sie erfassen sollten, viel zu wuchtig. Die ganze Anlage war überdimensioniert und irgendwie grotesk in ihrem Aussehen.

»Fertig«, sagte er und wandte sich Tommi zu, der mit unglücklichem Gesicht dastand, wieder mit seinem Schuljungengesicht, und Lorenz fielen die Gerüchte im Institut ein, daß Sindra und Tommi ein Paar seien, bloß hatten sie sich noch nicht registrieren lassen und wohnten daher getrennt.

Du solltest nett zu ihm sein, dachte Lorenz. Anscheinend hast du ihm gestern sein Mädchen ausgespannt. Er hätte das anders erfahren sollen. Irgendwann später. Nicht gleich und nicht so mitten ins Gesicht.

Nur um die Stille zu überbrücken, sagte er: »Ich werde nie begreifen, warum die Dinger da so gierig reagieren und wofür die riesigen Arme sind.

Ich werde nie begreifen, warum der ganze Prozeß nicht einfach von Lesemaschinen durchgeführt wird. Das ist keine Arbeit für einen Biographienwissenschaftler. Ein halber Roboter genügte. Aber nein, wir gehen wie kleine Idioten zur Einlaufstelle, übernehmen Biographienbehälter, tippen händisch Kennzahlen, brauchen eine Fehlertaste. Absurd.

Wir können Fehler machen, die Maschinen nicht, darum geht es letzten Endes: Um die Erhaltung des Fehlers als Möglichkeit.« Lorenz dozierte im Tonfall seines alten Lehrers. »Es gibt keine Entwicklung, die nicht des Zufalls und damit des Irrtums bedarf. Vom Standpunkt der Evolution haben bestimmte Fehlleistungen die Bedeutung einer zufällig entstandenen Innovation.«

»Quatsch.« Tommi verzog den Mund. »Die Herrn Zufallstheoretiker nehmen stillschweigend als bewiesen an, daß der Begriff ›neu‹ zu Recht besteht, aber es gibt nichts Neues in den uns bekannten Galaxien. Das sieht nur so aus, weil wir über das Alte, wie sich die Herrn ausdrücken, über das Gegebene, wie ich sagen möchte, nicht genug Kenntnis besitzen.«

Lorenz lachte leise. Der alte Streit: Kreis oder Spirale. Aber, immerhin. Egal, welches Thema, wenn es nur nicht um Sindra dabei ging.

»Kreis oder Spirale«, wiederholte Tommi, »das ist überhaupt kein Problem. Schichte Kreise übereinander und verfolge ihre Linien. Das Resultat wird eine Spiralbewegung sein, wenn auch nur in unserer Vorstellung. In dem Augenblick, wo wir Zeit anerkennen, sieht alles aus, als bewege es sich nicht nur, sondern verändere sich auch. Also bilden wir uns ein, daß es Vor- und Rückschritt gibt. Aber es gibt keine Zeit, glaub mir, keine Entwicklung, nichts Neues, nichts Altes, nur Gegebenes. Wir kreisen, bloß wir überschauen den Kreis nicht. Wir sehen Ausschnitte, die wir irgendwie zusammenbasteln und dann Entwicklung nennen, weil wir sonst die Löcher nicht erklären könnten, die aus dieser Anschauungsweise entstehen. Eines Tages werde ich dir beweisen, daß der Begriff der Entwicklung Unsinn ist.«

Nicht doch, dachte Lorenz. Vom Regen in die Traufe. »Warum arbeitest du dann hier«, fragte er. »Warum dann das Ausscheiden von unbrauchbaren Biographien aus dem Gesellschaftsprozeß?«

»Die Tatsache allein, daß das möglich ist, beweist den Unsinn der Annahme von Zufall und Entwicklung. Sonst könnten wir nicht tun, was wir tun.«

»Also dann auf die vorgegebenen Irrtümer.« Lorenz wandte sich zum Gehen. »Wenn es in der Einlaufstelle für uns nichts mehr gibt, spielst du dann eine Partie Mini-Po-Tu mit mir?«

Tommi ließ für einen Augenblick die Schultern nach vorn sinken. »Du nimmst nichts ernst, wie? Und ich bin noch nicht soweit, um Beweise zu liefern.«

»Ach, ich meine bloß, daß Steinzeitmenschen auf Terra zum Beispiel kein Mini-Po-Tu-Spiel kannten.«

»Es hat in diesem Sinn nie Steinzeitmenschen gegeben. Nicht in diesem Sinn. Verstehst du?«

»Nein«, antwortete Lorenz. Tommi hatte recht. Er nahm tatsächlich nichts ernst. Und gerade darum fühlte er sich so wohl.

In der Einlaufstelle waren keine weiteren Biographien eingegangen. Sie hatten Zeit. Ein endloser Vormittag erwartete sie. Auf dem Weg durch den synthetischen Garten, der zwischen den Arbeitsräumen des Instituts und auf der anderen Seite den Freizeitanlagen, Bereitschaftsräumen und Wohnblocks lag, versuchte Lorenz vergeblich, ein Gespräch mit Tommi zu führen. Tommi war in stumpfsinniges Brüten verfallen und machte den gleichen unglücklichen Eindruck wie zu Beginn des Gespräches, als er offensichtlich begriffen hatte, daß ihm Sindra am Vorabend abgesagt hatte, um mit Lorenz beisammen zu sein.

Plötzlich sagte er: »Wirst du sie wiedersehen?«

»Sicher, wir arbeiten doch alle hier.«

»Ich meine: Habt ihr etwas ausgemacht?«

Lorenz dachte, daß er Sindra unbedingt wiedersehen wollte. Etwas an ihr erinnerte ihn an zu Hause, an das Land, an die Farben des entfernt liegenden Gebirges, wenn ein Wetterumschwung bevorstand. Wenigstens einmal wollte er mit ihr dorthin und sie inmitten dieser Landschaft sehen. Nur ansehen. Und ihr Lachen hören, vermischt mit dem Surren des beginnenden Abends. Danach würde ihm nie mehr etwas Böses zustoßen können, und dann wollte er Tommi recht geben, daß es nichts Neues gab, dann hatte er es nicht mehr nötig, aber all das stand in den Sternen.

»Wir haben nichts ausgemacht«, antwortete er, aber Tommi schien wenig beruhigt.

Um abzulenken, fragte Lorenz, wie das im Detail funktionierte: eine Biographie aus dem gesamten gesellschaftlichen Ablauf herausschneiden. Wo doch eins ins andere überging. Was geschah mit den historischen Löchern. – Das interessierte ihn tatsächlich.

»Das ist das Problem der Gesellschaftstechniker«, antwortete Tommi abweisend.

»In Ordnung.« Lorenz riß im Vorbeigehen einen kleinen Ast von den Sträuchern ab und zog ihn durch die Achselspange seiner Uniform. »Du hast als Gesellschaftstechniker begonnen. Du mußt das wissen.«

»Und du müßtest wissen, daß ich darüber nicht reden darf. Fest steht, daß die Maschine gut konstruiert ist, nur die Bedienung wird auf blödsinnige Art durchgeführt.«

Lorenz zupfte die Blätter seines Blumenschmuckes zurecht. Er erinnerte sich, daß sie beinahe das gleiche Gespräch schon einmal geführt hatten, und es war nichts dabei herausgekommen. Auch diese Bewegung – Ast abreißen und durch die Schlaufe in der Achselspange schieben – hatte er gemacht. Auf einmal kam ihm der ganze Tag auf eine unerklärliche Weise wiederholt vor. Alles schon einmal passiert. Er, mit Tommi im Park, in Richtung Bereitschaftsräume, weil es absolut nichts zu tun gab, und der Aufenthaltsraum war überfüllt gewesen, naja, ziemlich voll, und sie hatten Mini-Po-Tu gespielt, aber sie hatten noch nie miteinander gespielt.

Der Aufenthaltsraum war ziemlich voll. Lorenz begrüßte ein paar Institutsangestellte, und Tommi wählte inzwischen einen Tisch, von dem aus man den Garten überblickte. Als sie saßen, sagte er sehr ernst: »Ich bin ein guter Spieler. Ich habe noch nie gegen Sindra verloren. Sieh dich also vor.«

Lorenz nickte. Er würde Tommi gewinnen lassen, nicht alle Partien, aber doch so viele, daß es auf ein Unentschieden hinauskam. Vielleicht überließ er ihm auch das Gesamtmatch.

Sie losten, wer beginnen sollte. An den Nachbartischen wurde man aufmerksam.

»Eine Herausforderung?« fragte einer.

Tommi, der drauf und dran war, die erste Partie schon nach wenigen Zügen zu verlieren, hob den Kopf. »Wieso Herausforderung?«

»Weil Lorenz Ranglistenerster ist.«

Tommi musterte Lorenz mit einem unbeschreiblichen Gesichtsausdruck. »Du spielst Turniere?«

»Ich spiele, wann immer sich Gelegenheit dazu bietet, manchmal auch Turniere. Mich fasziniert dieses Spiel. Es bietet so viele Möglichkeiten, daß man niemals einen Zug mit Sicherheit voraussagen kann, nicht einmal bei einem selbst. In jeder guten Partie erreicht man einen Punkt, an dem der Ausgang völlig ungewiß ist.«

»Ich verstehe«, sagte Tommi. Er zerdehnte die Worte noch mehr als sonst. »Selbst das beste Argument garantiert keinen Sieg. Es bleibt immer noch die Möglichkeit zur Flucht. Wider alles bessere Wissen. Damit begründest du den Zufall?«

»Mit dem Unabwägbaren, ja.«

»Und wenn du dich irrst? Wenn der Plan keinen Zufall kennt?«

»Dann gewinnst du.«

Die anderen hatten inzwischen Wetten auf den Ausgang des Spieles abgeschlossen. Lorenz fühlte sich unbehaglich. Wenn es um Einsätze ging, würden sie ihm auf die Finger schauen, und dann war es schwer, absichtlich zu verlieren. Sie wußten, daß er gut war, sehr gut sogar, aber er mußte Tommi gewinnen lassen, irgendwie war er ihm das schuldig.

Die erste Partie ging klar an Lorenz, da war nichts mehr zu machen. Bei der zweiten spielte Tommi vorsichtiger, und Lorenz tat, als habe er das drohende Zuschnappen einer Falle übersehen. Die dritte Partie brachen sie ab, weil sich für niemanden mehr die Möglichkeit ergab, eine vollständige Falle aufzubauen. Das Brett war randvoll mit Argumenten, zwischen denen immer wieder Gegenargumente saßen, so daß nirgends mehr ein geschlossener Kreis durchführbar schien. Lorenz verlegte sich nun ganz auf den Aufbau von Verteidigungsargumenten und verzichtete fast völlig auf ein Angriffsspiel, obwohl gerade darin seine Stärke lag. Trotzdem gewann er nach zwei weiteren Unentschiedenpartien wieder. Daraufhin begann er, wilde, unkontrollierte Angriffe vorzutragen. Er hatte nun Tommis Strategien durchschaut und sah, daß er beim Verteidigen noch am besten war. Drei Partien gingen hintereinander verloren. Tommi, der vor Anspannung ganz steif war, lockerte sich. Die folgende Partie verlor er nach langem Hin und Her, ohne daß ihm das etwas ausmachte. Er hatte noch immer zwei Siege Vorsprung, das war bei annähernd gleich starken Spielern normalerweise eine Vorentscheidung. Er war nun ziemlich selbstbewußt und brachte einige erstaunliche Züge zustande. Trotzdem gewann Lorenz wieder. Dann zwei Unentschieden. Bei der letzten Partie beging Tommi haarsträubende Fehler, und Lorenz hatte Mühe, ähnlich unbrauchbare Züge zu produzieren. Die Umstehenden begannen ihn aufzuziehen.

»Nicht in Form? Schlecht geschlafen? Zu lang gefeiert?«

Lorenz fühlte sich tatsächlich müde und verwünschte die Idee, dieses Spiel zu spielen, nach jedem Zug mehr. Endlich hatte Tommi einen schönen geschlossenen Kreis zustandegebracht, und Lorenz ließ sich fangen.

Einer der Zuschauer klopfte ihm auf die Schulter und sagte: »Du kannst nicht überall gewinnen.«

Sindra betrat den Raum und winkte lächelnd. Ihr Haar hatte wieder die Farben des Sonnenunterganges und ihr schlanker, beinahe zarter Körper bewegte sich im Rhythmus schwingenden Grases. Plötzlich krampfte sich in Lorenz etwas zusammen. Er war nun völlig sicher, daß er niemals mit ihr dorthin fahren würde, wo er einmal zu Hause gewesen war, daß sie für ihn verloren war. Der Eindruck, alles schon einmal erlebt zu haben, war nun so stark, daß er am liebsten aufgestanden und fortgegangen wäre, um niemanden sehen zu müssen. Aber als er dann aufstand, erreichte ihn die Meldung, daß er sich in der Einlaufstelle melden möge, er und Tommi, und auf dem Weg dorthin vergaß er auch das, was er gewollt hatte. Er begann wieder über den Nihilator zu reden, obwohl er sich vorgenommen hatte, mit Tommi eine Weile nicht zu diskutieren.

»Hör mal«, sagte er, »im Institut geht das Gerücht um, daß nicht nur die Biographien von Toten vernichtet werden, sondern auch die von Lebenden. Ich habe noch nie die Akten Lebender bearbeitet. Und ich kann mir beim besten Willen nicht vorstellen, wie das funktionieren soll. Während wir prüfen, geht das Leben weiter. Neue Berührungspunkte ergeben sich, die Zahl der Kontaktpersonen wächst, während wir erst an unseren Anfangsbefunden herumbasteln, hat sich ein ganzes Leben verändert, es bekommt eine andere Bedeutung. Und dann: Was geschieht mit dem Bewußtsein der Überlebenden?«

»Neue Kontakte, das Leben, das weitergeht.« Tommi echote Lorenz' Sätze nach. »Du siehst die Lösung nicht, weil du an das weiterschreitende Leben glaubst, als gelte es, das Dogma einer Religion zu verteidigen. Das ist alles kein Problem, was du aussprichst.«

In der Einlaufstelle lag ein Stoß neu eingelangter Biographien und für Tommi ein Akt mit dem Vermerk: streng geheim, und: dringend.

Während sie mit dem Lift in den Keller fuhren, dachte Lorenz, daß er nie mehr, nie mehr Fragen nach dem Nihilator stellen wollte und sich am besten gleich nach einem anderen Job umsah. Er konnte sich umschulen lassen. Er konnte den Planeten verlassen. Er konnte Pionier werden und am Aufbau einer neuen Zivilisation mitarbeiten. Trotzdem fragte er, ehe sie sich trennten, noch einmal nach dem Gerücht im Institut.

»Früher hat es radikale Lösungen gegeben, aber heutzutage sind Tötungen verboten. Wie läuft das jetzt?«

Tommi blieb abrupt stehen. »Früher? Früher gabs etwas, das es jetzt nicht gibt? Jetzt gibt es etwas, das es früher nicht gegeben hat? O Mann, du begreifst es wohl nie. Genügt dir noch immer nicht, daß du beim Mini-Po-Tu verloren hast? Oder verrennst du dich so sehr in deine Idee, weil du fürchtest, daß sich Sindra mit einem Verlierer auf allen Linien kein zweites Mal einlassen würde, was stimmen könnte.«

»Ein Spiel wird niemals über Sindras Vorlieben oder Abneigungen entscheiden. Sie wird wählen, wie es ihr gefällt.«

»Sie hat schon gewählt. Während du an der Bar herumgealbert und mich wie ein Möbelstück daneben hast stehen lassen, während dir nicht einmal aufgefallen ist, daß ich ein paar Minuten weg war, habe ich sie gesprochen. Ich sagte ihr, daß wir nun spielen werden. Um sie. Sie war einverstanden. Sie sagte nur ergänzend, daß wir zweimal spielen sollten. Du bekommst also Revanche. Du wirst wieder keine Chance haben. Mich zu besiegen wäre die Einführung des Neuen, das es nicht gibt.«

»Wir haben um Sindra gespielt?« Lorenz holte tief Luft. Über die Innenohrsonde empfing er den schwachen Impuls seines Personalcomputers, der ihn beschwor, irgend etwas Verrücktes zu tun, etwas, das er noch nie getan hatte. Die Behälter der Biographien zerstören. Oder Alarm auslösen. Oder Tommi zusammenschlagen. Es war völlig unmöglich, was er auf der Innenohrfrequenz empfing. Vielleicht war jemand an seinen Personalcomputer geraten und versuchte, ihm einen Streich zu spielen. Die ganze Situation war völlig unmöglich.

»Wir haben um Sindra gespielt«, wiederholte er, »und sie will, daß wir noch einmal um sie spielen? Und du glaubst, falls ich das täte, ich würde dich ein zweites Mal auch nur eine Partie gewinnen lassen?«

Tommi war weiß wie das Kunstlicht in den Gängen. »Du hast mich nicht gewinnen lassen, ich habe dich besiegt.«

Lorenz schüttelte sich. Was redete er bloß für Unsinn. Und was wollte sein Personalcomputer. Und er hatte Tommi nicht gewinnen lassen, um es ihm hinterher zu sagen.

»Wir spielen nicht noch einmal um Sindra. Wir lassen es«, sagte er. »Man darf Spiele nicht allzu ernst nehmen.«

»Welchen Sinn haben sie dann?«

»Um zu spielen, nichts sonst. Um auf dem Boden eines alten Gesetzes, von dem wir erklären, daß es für uns bindend ist, wenn auch nur für die Dauer dieser Erklärung, den Zufall herauszufordern.«

»Du nimmst nichts ernst. Nicht einmal Sindra.«

Lorenz drehte sich um. »Nein«, sagte er. »Wir haben aber auch nur Mini-Po-Tu gespielt.« Er fühlte sich auf eine unaussprechliche Weise verletzt und gefährdet und ihm kam vor, als kennte er diesen Zustand besser als jedes andere Gefühl, das er jemals empfunden hatte. Als wäre dies das Grundgefühl seiner Seele. Der ewige Spieler, der spielte, um sein Leben zu gewinnen, und der spielte, um es zu verspielen.

Tommi machte einen schnellen Schritt auf Lorenz zu und packte ihn an beiden Schultern. In seinem Gesicht brannte irgendein Gedanke. »Du willst wissen, was an dem Gerücht im Institut dran ist, daß man Biographien von Lebenden vernichtet? Es stimmt. Ich zeig dir, wie es geht. Ich zeig es dir.«

In Lorenz' Innenohr überlagerten sich die konfusen Signale seines Personalcomputers, aber Lorenz hatte keine Lust, auf sie einzugehen. Er würde der Maschine die Biographien übergeben, ein letztes Mal, dessen war er sicher, sich von Tommi ein Geheimnis aufdrängen lassen, daß ihn jetzt nicht mehr interessierte, dann Urlaub nehmen und nie mehr hierher zurückkommen.

Sie betraten den Raum, in dem der Geschichtsnihilator stand.

»Gib irgendeine Biographie ein«, sagte Tommi, »es ist egal, welche.«

Tommi tippte den Code ein.

»Und jetzt die nächste.«

»Und jetzt?«

»Warte.« Tommi nahm einen Behälter, tippte dessen Code ein. »Stell dich an die Maschine und nimm das.«

Lorenz nahm den Behälter und dachte, daß er all das schon einmal ganz genauso getan hatte. Er war vor dem Nihilator gestanden und plötzlich waren die Greifer auf ihn zugeschnellt. Auf einmal fiel ihm Tommis hämisches Grinsen auf. Tommi hatte seine, Lorenz', Codezahl der Maschine eingespeichert. Er hatte gerade noch Zeit gehabt, auf Error zu drücken. Error, aber er würde den Irrtum nie mehr aufklären können. Nie mehr. Der Irrtum war festgelegt. So war das also. Sie vernichteten die Lebenden, wenn sie deren Biographien löschten. Die Tötung von Menschen war nicht abgeschafft, sie war geheime Staatsangelegenheit geworden.

»Und jetzt?« hörte sich Lorenz sagen. Er spürte, wie er von den Greifern des Nihilators erfaßt wurde. Heiliger Mond, nein, dachte er. Nicht noch einmal, nicht noch einmal alles von vorn, diesen ganzen, langen Tag und den Weg durch den Nihilator, der ihn nicht getötet hatte und nicht freigeben konnte. Nicht alles noch einmal, nicht alles wieder ...

Es gelang Lorenz gerade noch, auf Error zu drücken, ehe er im Maul des Nihilators verschwand. Error, Error, Error, aber er würde den Irrtum nie mehr aufklären können.

Nie mehr.

Darina Vejvoda
Vegetabiler Dolmetscher

Kaum etwas vermag mich mehr zu begeistern als unverdiente Vergünstigungen; beispielsweise diejenigen, in deren Genuß man lediglich aufgrund seines Alters kommt. Spätestens mit 26 Jahren ist die magische Grenze überschritten und die letzten Vorteile fallen fort, um – falls überhaupt –, erst wieder im Rentenalter in Kraft zu treten.

Nun erhält man Vergünstigungen nicht umsonst und eigentlich reise ich ziemlich ungern, aber als mein 26. Geburtstag und damit die erste magische Grenze immer näher rückten, konnte ich den Versuchungen der Deutschen Bundesbahn nicht mehr widerstehen. Ich kaufte mir also einen Interrail-Ausweis, der mich berechtigte, innerhalb eines Monats die meisten Züge in 19 europäischen Ländern sowie Marokko kostenlos benutzen zu können. Auf diese Weise gelangte ich in den Süden. Für die meisten ist es nichts Besonderes mehr, daher spare ich mir eine Beschreibung der Offenbarung, die es für mich gewesen ist. – Allein die Oleander und Hibisken, die ich bis dahin nur als kleine, kümmerliche Topfpflanzen kannte und dort plötzlich als meterhohe, blühende Bäume wiedersah ... Natürlich mußten Souvenirs mit zurück. Zwar gehöre ich nicht zu den Leuten, für die Souvenirstände konzipiert wurden, da ich mit dem dort verkauften Schrott nichts anfangen kann. Dafür luchse ich überall, wo ich unbeobachtet bleibe, Ableger und Stecklinge von Pflanzen. Erstens mag ich Blumen sehr gerne, zweitens ist es eine lebendige Erinnerung und überhaupt.

Kurz: Aus Südeuropa brachte ich eine Menge Grünzeug mit, das ich von Mauern abbrach, in Feldern ausgrub oder aus Hotelzimmerkästen entfernte. Von der Reise zurückgekehrt, packte ich die Plastikbüchse aus, in der sich ursprünglich eine Riesenportion Eis, später dann meine grüne Ausbeute befand, und stellte diejenigen Pflanzen, die mein Hobby nicht durch vorzeitiges Ableben boykottierten, zur Bewurzelung ins Wasser.

Mein Leben rutschte wieder in die einigermaßen geordneten Bahnen. Vormittags übte ich eine vollkommen überflüssige Tätigkeit in einer Schallplattenfirma aus, denn das brachte Geld. Nachmittags saß ich über literarischen Übersetzungen, die zwar Spaß machten, aber zu zeitintensiv waren, als daß man davon hätte leben können. Die Ableger und Stecklinge wurden im Laufe der Wochen in Blumentöpfe verpflanzt oder fortgeworfen, je nachdem, ob sie sich akklimatisiert hatten oder auch nicht.

Ich brauchte zugegebenermaßen ziemlich lange, bis ich den Merkwürdigkeiten auf die Spur kam, die meinen künftigen Tagesablauf verändern und mich in die freudige Lage versetzen sollten, allein mit Übersetzungen meinen Lebensunterhalt bestreiten zu können; daher fällt es mir nicht gerade leicht, die Reihenfolge aller Geschehnisse zu rekonstruieren. An den Anfang hingegen erinnere ich mich noch ganz genau:

Eines Nachts wachte ich auf, weil der Verkehrslärm brausender Autos vor meinen Schlafzimmerfenstern doppelt so laut erschien wie sonst. Schlaftrunken stand ich auf und wollte das Fenster schließen – es war aber zu. Es befanden sich jedoch nicht mehr Kraftwagen als üblich auf der Straße. Ich stutzte zwar, war aber vom Schlaf viel zu benommen, um mich weiter um die Sache kümmern zu wollen – also legte ich mich zurück ins Bett und schlief bald wieder ein.

Ich hatte das Ganze natürlich längst wieder vergessen, als ich einige Tage später abends am Schreibtisch saß und Wasser fließen hörte. Eine schleunige Inspektion beider Wasserhähne, die sich in meiner Wohnung befinden, widerlegte meinen diesbezüglichen Verdacht. Das Geräusch des Wasserrauschens kam aus der Richtung des Wohnzimmerfensters. Ein Blick zur Decke zeigte nur die bereits vertrockneten Spuren meiner über mir wohnender Nachbarn auf, die mich mittels geplatzter Waschmaschinenschläuche, umgekippter Wasserbehälter und ihrer Vergeßlichkeit allgemeiner Natur häufig zu ersäufen versuchten. Da ich mich ohnehin nur sehr ungern aus meiner Arbeit herausreißen ließ, begründete ich die dubiosen Geräusche mit dem Bauherrn, der vor nicht allzu langer Zeit dieses Mietshaus realisierte und zweifellos sadistischer Natur gewesen sein muß. Wenn ich mich morgens an den Frühstückstisch setze, brauche ich mir um Gesellschaft keine Sorgen zu machen: jedes von meinen Nachbarn geäußerte Wort verstehe ich so laut und deutlich, als befänden sie sich mit mir am gleichen Tisch. Auch sind die Ausdrücke »Wohnzimmer«, »Schlafzimmer« und »Küche« illusorisch, da sich beispielsweise die Toilette in der Küche befindet, das Kochen infolgedessen häufig ins »Schlafzimmer« verlagert wird und das »Wohnzimmer« in Wirklichkeit der Flur ist; ich verwende sie aber trotzdem, um lange und umständliche Beschreibungen der betreffenden Räume zu vermeiden. Doch zurück zum Thema: ich setzte mich wieder an den Schreibtisch, ohne die Sache weiterzuverfolgen.

Noch am gleichen Abend klingelte mehrmals kurz das Telefon, die ersten Male mit einem quietschenden und rasselnden Nebengeräusch; doch bis ich an den Apparat kam, hörte das Läuten auf. Irgendwann hatte ich es satt und ging nicht mehr heran.

Von dem defekten Telefon und dem Wasserrauschen ziemlich genervt, saß ich am Schreibtisch und versuchte vergeblich mich zu konzentrieren, als auf einmal lautes Türenklappern in meiner Wohnung einsetzte.

Ich bin nicht gerade besonders mutig und brauchte daher eine Weile, bis ich mich überwinden konnte, die Quelle dieses erschrekkenden Geräusches zu untersuchen und den vermuteten Einbrecher zu stellen.

In der Wohnung war niemand. Der Lärm kam, ebenso wie das Wasserrauschen, vom Wohnzimmerfenster, in dessen Nähe auch das Telefon auf dem Tisch stand. Als ich mich zaghaft näher heranwagte, klingelte wieder das Telefon – doch es war nicht das Telefon! Diesmal stand ich direkt daneben und konnte hören, daß das Läuten – ebenso wie das Klappern der Türen und das Rauschen des Wassers – vom Fenster herkam.

Zuerst hoffte ich, irgendein Besucher hätte dort einen Cassettenrecorder versteckt, aber seit Tagen ist niemand hiergewesen und erst recht keiner, der auf derart dumme Gedanken käme. Ein Mikrophon konnte ich in unmittelbarer Fensternähe auch nicht finden: es bleiben nur noch die Fensterbank und die daraufstehenden Pflanzen.

Von ihrer Größe her entspricht meine Wohnung keinesfalls meinem Platzbedarf, und so stehen die Blumen dichtgedrängt auf der Bank. Einzeln sah ich sie durch und stellte die bereits untersuchten auf die Erde, um den vermuteten, versteckten Miniatursender zu finden.

Eine der Pflanzen, die ich sorgfältig durchsucht hatte und, da ich nichts fand, soeben auf den Boden stellen wollte, ließ ich vor Schrecken fallen. Sie klingelte. Meine Knie gaben nach und unfreiwillig gesellte ich mich zu ihr auf den Fußboden. So verging ich weiß nicht wieviel Zeit: die Pflanze klingelte, wasser- und verkehrsrauschte, zwischendurch türklapperte sie. – Ich konnte mich vor Angst nicht rühren.

Eine technische Ausrede war ausgeschlossen: die Pflanze, einer der Ableger aus dem Süden, gab die Geräusche von sich. War infolgedessen intelligent.

Als ich mich etwas gefaßt hatte, konnte ich das ausführen, was die einschlägige Fachliteratur – als da sind: Abenteuerromane, Reisebeschreibungen und Science-fiction – im Falle der Begegnung mit einer völlig fremden Kultur empfiehlt: das Ausstrecken der Hand mit leeren Handflächen nach außen, weil man ja unbewaffnet und voller friedlicher Absichten ist. Mit der anderen Hand zeigte ich auf mich und intonierte sorgfältig meinen Namen.

Fragend schaute ich die Pflanze an, die, der einschlägigen Fachliteratur zufolge, den Handgruß erwidern und mit ihrer Vorstellung hätte antworten müssen. – Doch sie reagierte nicht im geringsten und verkehrsrauschte gerade.

Daß sie die Hand nicht hob, sah ich ja noch ein. Sie hatte keine. Obwohl das Bewegen der Blätter auf einen bestimmten Impuls hin selbst einige gewöhnliche, längst bekannte Gewächse beherrschen: man denke nur an die Mimosen. Akustisch hätte sie sich jedoch in jedem Falle äußern können – das bewies sie schon den ganzen Abend hindurch mit einem höheren Geräuschpegel, als mir lieb sein konnte.

Vielleicht spricht sie nicht mit jedem?

Dieser Gedanke löste endlich die Spannung. Schlagartig wurde mir die Komik der Situation offenbar: ein inmitten verschütteter Blumenerde auf dem Boden sitzender Mensch mit einer zum internationalen Friedensgruß erhobenen Hand, der sich erwartungsvoll einer Pflanze im kaputten Blumentopf vorstellt . . .

Mein Herz schlug zwar immer noch in einem Tempo, das einem Marathonlauf angemessener gewesen wäre, aber ich hatte mich schon soweit in der Hand, daß ich aufstehen und das in Angriff nehmen konnte, was ich für das beste hielt: alle anderen Pflanzen von dem Fenster nehmen und auf die anderen Räume verteilen, um dafür ungestört diese merkwürdige eine besser beobachten zu können.

Ich bereitete alles vor, wischte sogar das Fensterbrett sauber – aber dann kam ich nicht mehr weiter. Ich traute mich einfach nicht, das wasser- und verkehrsrauschende, türklappernde und telefonklingelnde Ding ganz banal in die Hand zu nehmen und in einen anderen Topf einzupflanzen. Ich mochte es nicht anfassen. Dazu war das Ganze wirklich zu unheimlich.

Dabei sah das Dings wie eine ganz gewöhnliche Pflanze aus, da kenne ich viele, bei deren Anblick man eher auf seltsame Gedanken käme. Der einzige Ableger eines interessanten Gewächses, den ich jemals verschmähte, obwohl sich eine besonders günstige Gelegenheit des Mitnehmens anbot, sah ich vor einiger Zeit in dem hiesigen Botanischen Garten. Es handelte sich um einen wohl erst kurz zuvor abgeschnittenen Ausläufer eines Exoten und die abgetrennte Fläche sah an der Schnittstelle derart ekelhaft aus, daß ich mich zur Mitnahme trotz der Schönheit der Blätter nicht entschließen konnte: die Trennfläche wirkte wie ein abgehackter menschlicher Finger mit durchgetrennten roten Adern und weißen Knochen im rosa Fleischbett. Natürlich sah ich noch nie abgetrennte menschliche Gliedmaßen; die Assoziation stellte sich trotzdem sofort ein. – Dann denke man noch an die Mimosen oder fleischfressende Pflanzen, alles Gewächse, die wesentlich ungewöhnlicher wirken als mein Dings – wenn es nur nicht so laut wäre.

Klar habe ich die Pflanzenart nie vorher gesehen. Das ist aber bei fast allen meinen Gewächsen der Fall. In der Gesellschaft von Geranien, Alpenveilchen und anderen Allerweltsgebilden fühle ich mich unbehaglich, da sie mich zu sehr an die »gute Stube« und alles, was damit zusammenhängt, erinnern. Das laute Dings ähnelt am meisten – natürlich habe ich in letzter Zeit unzählige Pflanzenbücher gewälzt – Senecio (Cineraria) maritima, auf deutsch schlicht Kreuzkraut genannt. Das ist ein äußerst unzutreffender Name, da »Kraut« irgend etwas Ordinäres impliziert wie beispielsweise Petersilie und Schnittlauch. Dabei sieht dieses Gewächs in Wirklichkeit aus wie in die Form von Eiskristallen verzauberte Farnblätter, die die Fee, da sie schon mal am Hexen war, zusätzlich noch mit silbernem Samt überzog.

Meine mysteriöse Pflanze sah fast genauso aus; von der in diversen Büchern abgebildeten Cineraria unterschied sie sich hauptsächlich durch die geringere Anzahl der Blätter, während die Abbildungen stets ein sehr buschiges Gewächs zeigen. Auch waren die drei vorhandenen Blätter meiner Pflanze zierlicher, feiner ausgeschnitten und länglicher. Der silberne Schimmer schien mir auch von einmaligem Glanz zu sein, bei diesem Aspekt muß ich allerdings zugeben, daß er vom Besitzerstolz beeinflußt gewesen sein mag.

Sprechorgane gar oder anderes, ähnliches Werkzeug zur Klangerzeugung war von außen nicht zu erkennen; die Pflanze bewegte auch nicht bei der Lautbildung etwa die Blätter oder wechselte die Farbe: es war tatsächlich nichts Besonderes zu sehen.

Das war auch das Irritierende daran und der Grund dafür, weshalb ich nicht schon früher etwas gemerkt habe: Die Geräusche rührten nicht punktuell von einer bestimmten Stelle der Pflanze her, sie schienen außerhalb zu entstehen. Das ist, wie ich inzwischen erfuhr, nicht so ungewöhnlich, wie es sich vielleicht anhören mag, sondern ein in der Gegenwart längst gelöstes technisches Problem. Im Fachhandel kann man heute ohne weiteres Lautsprecherboxen kaufen (vorausgesetzt man hat das nötige Kleingeld, versteht sich), die derart raffiniert Töne streuen und gleichmäßig im Raum verteilen, daß an keiner Stelle des berieselten Raumes die Musik leiser ist als direkt neben den Lautsprechern – mag man zur Erheiterung der Verkäufer auch noch so oft das Ohr an die Box pressen.

Man muß sich aber vergegenwärtigen, daß mir diese wunderbaren Lautsprecher zu dem Zeitpunkt, an dem ich mich verdattert auf dem Boden befand, nicht bekannt waren. Erst durch anschließende, vorsichtige Erkundigungen in Fachgeschäften erfuhr ich davon. Es ist eine merkwürdige und unlogische, nichtsdestoweniger häufig anzutreffende menschliche Denkweise, die z. B. die Konfrontation mit einer geräuscherzeugenden Pflanze eher bewältigen läßt (na ja, das können einige Vogelarten auch) als die auf unerklärliche Weise in der näheren Umgebung der Geräuschquelle erzeugten Töne, deren rätselhafter Ursprung einem die Haare zu Berge stehen läßt.

Da mir in dieser Situation nicht einmal die Hypothese von einem in der Pflanze versteckten Miniatursender als Strohhalm blieb, an den sich meine Phantasie hätte klammern können, ist es wohl nicht weiter erstaunlich, daß ich ziemlich lange brauchte, bis ich mich überwinden und das gespenstische Dings mit spitzen Fingern anfassen konnte, um es umzutopfen. Während ich damit beschäftigt war, versuchte es das Geräusch eines pfeifenden Wasserkessels nachzuahmen, was ziemlich schnell gelang. Offensichtlich hatte es sich eingewöhnt und nachdem es sein Schweigen einmal aufgab, übte es sich immer besser in die Kunst der Imitation ein.

Ich nannte die botanische Abnormität »Ulysses« nach dem gleichnamigen Roman von James Joyce, dessen tieferer Sinn mir auch verborgen blieb. Jemand sagte mir aber damals, ich hätte das Buch nur zu früh gelesen, denn man könne es erst als erwachsener Mensch verstehen. Und das schien mir ein gutes Omen zu sein; vielleicht würde ich eines Tages erwachsen werden und beide Ulysses' verstehen ...

Der Hintergedanke bei der Namensgebung bestand aus der Überlegung, Ulysses müsse sich vielleicht, wie ein junger Hund, erst einmal durch häufige Wiederholung an den Klang seines Namens gewöhnen, bevor er darauf reagieren könnte. Also sprach ich täglich Ulysses höflich beim Namen an, bevor ich ihn begoß. Es war mir zwar sehr peinlich, einer Pflanze gegenüber die größte Artigkeit an den Tag zu legen, aber da höre man sich doch erst an, was ein »vollständiger Ratgeber« über Pflanzen, von dem 420000 Exemplare gedruckt wurden, zu diesem Thema zu sagen hat:

»Manche Leute empfehlen aufmunternde Gespräche für kränkelnde Sorten – Lob natürlich auch für das erste Anzeichen neuer Triebe. Intellektuelle lesen ihren Treibhaus-Exotica Gedichte vor, die meisten Pflanzen mögen auch Musik. Wolche Sorte, das muß man herausfinden. Sir Jagadis Chandra Bose hat in Indien jahrelang Reisfelder mit Ragas ›betont‹ und Weizen jeweils $^1/_2$ Stunde pro Tag mit westlicher klassischer Musik berieselt. Nur sehr widerstandsfähige einjährige Pflanzen dürften auf harten Rock ansprechen, während man einen blühenden Kirschbaum vielleicht am besten frühmorgens mit ein paar Takten Biwa-Musik von seinen Problemen ablenkt.«

Von der Anrede abgesehen, behandelte ich Ulysses fortan wie die anderen Pflanzen: er wurde regelmäßig gegossen, obwohl er (er? sie? es? – weiß der Teufel) es wahrscheinlich gar nicht nötig hatte; als ich das Gießen mehrere Tage hindurch bleiben ließ, passierte auch nichts. Es ist aber sicher verständlich, daß ich mir weitergehende Experimente nicht zutraute, um keine irreparablen Schäden zu verursachen. Schließlich handelte es sich bei Ulysses nicht um einen Wecker, den man auseinandernehmen und beim Nichtgelingen einer anschließenden Zusammensetzung – wie solche Untersuchungen erfahrungsgemäß meistens auszugehen pflegen – einfach wegwerfen konnte. – Dabei hätte ich zumindest so gern gewußt, wie er im Inneren aussah ...

Eine neue Verhaltensweise meiner Pflanze habe ich bereits am nächsten Tag kennengelernt: Da von Ulysses' Existenz einerseits vorläufig niemand erfahren sollte, andererseits seit meiner Rückkehr aus dem Urlaub mehrere Wochen vergangen waren, war ich der Meinung, mein Hund hätte sich in der Zwischenzeit genügend von mir erholen können, und so holte ich ihn zum Zwecke der Verstärkung von meinen Eltern ab. Wie mir Tuberkel, der bei Attakken anderer Hunde seine kleine Erscheinung und geringen Körperkräfte völlig richtig einschätzte und sich in solchen prekären Situationen hinter mir versteckte, wie mir also solch ein Hund eine Hilfe gegenüber geheimnisvollen dunklen Mächten hätte sein sollen, vermag ich auch nicht zu erklären. Jedenfalls fühlte ich mich sicherer, wenn ich mich nicht alleine in der Wohnung befand. Tuberkel ist ein phantasievoller Mischmasch diverser Hunderassen und eine hervorragende Widerlegung aller tradierten Vorurteile, die allgemein Mischlingen aus dem Tierheim entgegengebracht werden: von Treue hält er überhaupt nichts, vom Gehorchen noch weniger, und selbst wenn ich krank bin, was er doch instinktiv spüren sollte und zärtliches und liebevolles Verhalten an den Tag legen müßte – laut Fachliteratur –, benimmt er sich besonders hinterhältig, weil ich ihn noch weniger zur Ordnung rufen kann als sonst. Daß also dieses instinktlose Tier anfangs nur mit kurzem Staunen auf Ulysses reagierte und später gar nicht, anstatt in »schauriges Geheule« zu verfallen, das mir »durch Mark und Bein« hätte fahren müssen, überraschte mich nicht weiter. Die neue Fähigkeit, die Ulysses noch an diesem Abend an den Tag legte, wurde allerdings dank des Hundes offenbar; nicht daß Uli (wie ich inzwischen Ulysses nannte) innerhalb kürzester Zeit bellen gelernt hätte, das kannte ich ja schon.

Ich hatte mir gerade einige Brote geschmiert und saß in der Küche, als Tuberkel Schritte im Treppenhaus hörte. Wie schon den ganzen Tag hindurch, nahm er sie sofort zum Anlaß, um in wütendes Gebell auszubrechen. – In diesem Augenblick brüllte Ulysses: »RUHE!« in einer derart perfekten Nachahmung meiner Stimme mit ihrem gereizten Unterton bei diesen Anlässen, daß mir das Brot im Halse stecken blieb. Das war nicht mehr schlichte Nachahmung. Ulysses reagierte genau im richtigen Moment und brachte den Hund zum Schweigen!

Erwachte seine Intelligenz?

Ich nahm meine Annäherungsversuche wieder auf und sprach freundlich auf ihn ein – die Konversation blieb jedoch einseitig. Verwirrt gab ich meine Bemühungen auf, und in der Hoffnung, frische Luft würde mir den Kopf klären, verließ ich mit Tuberkel zu seiner Begeisterung die Wohnung.

Als ich zum zweiten Mal einen Häuserblock umrundete, bekam ich tatsächlich eine gute Idee: zumindest könnte ich endgültig klären, ob sich in Ulysses ein versteckter Sender befand.
Es war zwar schon spät, da aber aus der Wohnung, zu der ich zielstrebig angeeilt kam, etwas Licht auf die Straße drang, klingelte ich rücksichtslos. Der Hochundniederfrequenzmodulationstechniker, den diese Wohnung beherbergte, zeigte sich über mein Kommen ehrlich erfreut, weil er seit meinem letzten Besuch neues technisches Wunderspielzeug geschaffen hat, das er immer gerne vorführte. Doch diesmal brachte ich wirklich nicht genug Geduld auf und besprach mit ihm gleich mein Problem: ich wolle einen Nagel in die Wand an einer Stelle einschlagen, hinter der ich eine Stromleitung vermuten würde. Sofort holte er das erhoffte Metallsuchgerät, erklärte seine Bedienung und drückte mir abschließend noch boshaft Heftpflaster in die Hand. Zu seiner Verwunderung ließ ich mir das diesmal kommentarlos gefallen – dazu war meine Freude über das Gerät zu groß –, packte Tuberkel an den Hinterbeinen, die als einziges aus einem Müllbeutel in der Küche hervorschauten, den er glückselig durchwühlte, zog ihn heraus und raste nach Hause.
Zuerst wollte ich herausfinden, wie präzise das Suchgerät arbeitet, und hielt deshalb kleine Metallstückchen an den Apparat, der auch jedesmal rot aufblinkte. Als diese Reaktion sogar bei dem Fragment einer zerbrochenen Nadel einsetzte, die nur einen Zentimeter lang war, erwarb sich das Gerät mein vollstes Vertrauen. Ulysses machte während meiner Überprüfung des Suchers ein knisterndes Geräusch, das ich nach einigem Hinhören als Zeitschriftendurchblättern wiedererkannte. Langsam führte ich das Metallsuchgerät an seinen Blättern entlang: nichts. Kein Blinken. Mein einziger Strohhalm war futsch. Diesmal habe ich mich vorher aus den neuesten Büchern informiert und wußte, daß ein Miniatursender ohne Metallteile technisch vorläufig nicht realisierbar ist.
Also blieb nichts zu tun, als Ulysses weiterhin genau zu beobachten . . .

Es dauerte nur zwei Stunden, bis ich die Lösung fand: Ich drehte mir eine Zigarette und schaute mich suchend nach dem Feuerzeug um, als ein klickendes Geräusch meine Aufmerksamkeit zurück zu Uli lenkte. Es war die Imitation des Feuerzeugschnappens. Schlagartig kam mir auch die Erkenntnis: Ulysses ergänzte schlicht und ergreifend eine Klangsequenz, wenn sie nicht so vollständig war, wie er sie immer zu hören bekam. Dem Geräusch des Zigarettendrehens folgte stets das Geräusch des Feuerzeugklickens. Ausnahmsweise war das Feuerzeug nicht sofort zur Hand – also vervollständigte Ulysses die Sequenz. Dem Bellen des Hundes folgte immer meine Zurechtweisung, die aus den anfangs beschriebenen architektonischen Begebenheiten resultierte: für meine Nachbarn hörte es sich ja an, als hätten sie den Hund in ihrer Wohnung und den unfreiwilligen Mitbesitz meines wahrlich nicht gerade umgänglichen Hundes wollte ich ihnen so oft wie möglich ersparen. In diesem einen Falle, als mich Ulysses beinahe zum Ersticken brachte, hatte ich gerade den Mund voll. Der Hund bellte, ich sagte nichts und so ergänzte Uli die Sequenz um das Fehlende. – Befriedigt ob der gefundenen Lösung ging ich endlich schlafen.

Der nächste Tag bestätigte meine Beobachtungen: Ulysses baute sein Engagement in Sachen Klangvervollständigung weiter aus. Wehe, wenn ich mich nicht unverzüglich am Apparat meldete, sobald das Telefon klingelte! Ulysses ahmte das Geräusch des Hörerabnehmens nach und sagte meinen Namen. Dem Geräusch des Wasseraufsetzens ließ er das Geräusch des Geschirrklapperns folgen. Unter anderem machte er mich auf diese Weise drastisch auf meine schlechten Angewohnheiten aufmerksam, indem er beispielsweise meinem Niesen ein akustisches Nasenhochziehen folgen ließ, wenn ich es gerade nicht tat. Erstmals wurde ich auch darauf aufmerksam gemacht, wie mechanisch die meisten Tätigkeiten im Alltag ablaufen, und staunte nicht schlecht, als ich z. B. feststellte, daß ich morgens die Kleidungsstücke immer in der gleichen Reihenfolge anziehe, oder jedesmal die gleichen Bewegungen ausführe, wenn ich mich an die Schreibmaschine setze.

In den folgenden Wochen wurde Uli für mich fast zur Alltäglichkeit, ich betrachtete ihn unwillkürlich als eine Art seltsamen Papagei und grübelte nicht mehr so oft über ihn nach. Um Ruhe zu haben, meldete ich das Telefon ab, weil ich »Original und Fälschung« nicht unterscheiden konnte und es satt bekam, beim Klingeln heranzurasen, nur um feststellen zu müssen, daß wieder einmal Ulysses der Urheber gewesen ist. Von der Lautstärke her hatte ich nun zwei Hunde. Uli wurde in die Küche verbannt, um endlich wieder Besuch empfangen zu können, ohne Angst vor der Enthüllung seiner akustischen Fähigkeiten haben zu müssen. Für die merkwürdigen Geräusche, die manchmal aus der Küche zu hören gewesen sind, machte ich kaltblütig die Nachbarn verantwortlich. Da ich erfreulicherweise allein wohne, war das Versteckspiel kein Problem.

Die Tage wurden inzwischen immer wärmer und an einem besonders heißen Tag besprühte ich alle Pflanzen mit einem Wasserzerstäuber. Auch Uli bekam sein Teil ab, während er gerade bellte. Schlagartig war er still. – Das war das erste Mal, daß ich ihn zum Schweigen brachte, und daher erschrak ich leicht: habe ich ihm jetzt einen Schaden zugefügt? Ihn irgendwie verletzt?

Anscheinend nicht. Nach einigen Minuten quakte er wieder. Ich besprühte ihn noch einmal, nur ganz kurz: er war still. Das wollte ich nun genauer wissen und untersuchte die Sache mit einer Uhr in der Hand: Uli schwieg jedesmal nach dem Empfang der Wasserdusche für eine kurze Zeit, die sich bald auf ungefähr eine Minute einpendelte. – Das war leider ein viel zu kurzer Zeitraum, um Auswirkungen auf den Alltag zu haben und die bisherige Sorgfalt des Verborgenhaltens fahren zu lassen. Schließlich konnte ich mich nicht unauffällig neben Uli placieren und ihn jede Minute besprühen, sobald ich Besuch bekam. Dann wären zwar seine Eigenheiten verborgen geblieben, mir aber zweifellos neue angedichtet worden...

Ungefähr einen Monat nach dieser Entdeckung offenbarte Uli, welchen Grad der Perfektion er mittlerweile beim Imitieren erreicht hatte; ein Autounfall direkt vor meinen Fenstern (glücklicherweise nur mit Blechschaden) war der Anlaß: Ulysses wiederholte sofort und perfekt die Geräuschkulisse zusammenprallender Fahrzeuge. Vielleicht beherrschte er die vollkommene Nachahmung schon seit einigen Tagen und ich bemerkte es nur nicht. Mag sein. Bei dieser Gelegenheit war jedenfalls kein Irrtum möglich: das Geräusch des Autounfalls ist einmalig gewesen.

Nachdem mir dieser Sachverhalt aufgefallen war, experimentierte ich viel herum und fand endlich Verwendung für »Das gute Zitat«, ein grausiges Buch, das ich schon als Kind von einem unbedarften Onkel erhielt:

»Arbeit adelt«, sprach ich ernsthaft zu Uli und schwieg einen Moment.

»Arbeit«, sagte ich dann nur.

»Adelt«, ergänzte Uli.

Ich verlängerte die Sätze: »Arbeit adelt Morgenstund.« – Dem Stichwort »Arbeit« folgten, wie lang der Satz auch gewesen sein mag, unweigerlich die restlichen Wörter. Er verwechselte auch niemals die Reihenfolge, immer ergänzte er das erste Wort mit dem Satz, den ich – mit diesem Stichwort am Anfang – zuletzt gesprochen habe. Um es genauer auszudrücken: Ulysses ergänzte die Töne. Den Inhalt hat er bestimmt nicht verstanden. Bald fand ich heraus, daß ich ansetzen konnte, wo ich wollte; beispielsweise irgendwo in der Mitte eines Bandwurmsatzes; sobald ich die vertrauten Töne sagte, fing Uli genau da an, wo ich aufgehört hatte, und brachte den vorher gehörten Satz zu Ende.

Es dauerte nicht lange, bis ich merkte, welch schlechten Dienst ich mir mit meinen Experimenten erwiesen habe; war Ulis Türenklappern, Wasserrauschen, Klingeln, Bellen usw. bisher aufreibend genug, wenn ich mich in der Küche befand und alles anhören mußte, wurde er jetzt mit seinen Allgemeinplätzen, Bauernregeln und Lebensweisheiten regelrecht unausstehlich. Da frühstückt man ahnungslos mitten im Sommer und muß sich einen Stuß anhören wie beispielsweise: »Ist der Christtag schön und klar, hofft man auf ein gutes Jahr« oder »Das beste Gewehr in Krieg und Streit ist Gottes Hilf' und Tapferkeit.« Ulysses' Gedächtnis war unfehlbar. Vorsichtig geworden, las ich ihm nur noch diejenigen Texte vor, die ich sehr gerne mochte, wartete einige Tage, sprach den ersten Satz und Uli spulte fehlerfrei ab – die Pausen, die ich gemacht hatte und die übliche Geräuschkulisse beim Vorlesen, die sich aus Verkehrslärm, Polizeisirenen und Hundegebell zusammensetzte, eingeschlossen. Nur mit dem Wassersprühgerät konnte ich ihn zum Schweigen bringen. Nach der verflossenen »Schweigeminute« setzte er nicht etwa an der Stelle an, an der er unterbrochen wurde, sondern gab willkürlich – zumindest fand ich keine Zusammenhänge – Geräusche von sich, die ihm wohl gerade in den »Sinn« kamen. Den letzten Versuch unternahm ich mit Christian Morgensterns Gesammelten Werken. Erst las ich sie Uli – und mir – vor, um anschließend einen ganzen Monat verstreichen zu lassen, bis ich die ersten Sätze sprach:

»Blödem Volke unverständlich
treiben wir des Lebens Spiel.
Gerade das, was unabwendlich,
fruchtet unserem Spott als Ziel.
Magst es Kinder-Rache nennen

an des Daseins tiefem Ernst;
wirst das Leben besser kennen,
wenn du uns verstehen lernst.«

Ulysses spulte perfekt ab, wie Stichproben anhand des Originals zeigten. So schloß ich das Buch und lehnte mich genüßlich zurück.

Während der Geräuschwiedergabe war er übrigens nicht aufnahmefähig, einem Tonbandgerät analog. Aber was machte das schon?

Verstehen Sie bereits, worauf ich hinauswill?

Haben Sie jemals einen Text übersetzt und die Wörter, die Ihnen nicht gleich einfielen, aus dem Wörterbuch heraussuchen müssen? – Ein Übersetzer verbringt mit dieser zeitraubenden Tätigkeit an einem Arbeitstag bestimmt eine ganze, verlorene Stunde. Man empfehle jetzt bloß nicht ein Elektronisches Wörterbuch, mit denen dauert die Sucherei noch wesentlich länger. Außerdem bekäme man bei einer mechanischen Übersetzung einen fabelhaften Unsinn zusammen, wie Sie sich sicher denken können; nehmen wir beispielsweise an, Sie übersetzen den Satz »Das sind mir böhmische Dörfer« ins Tschechische. Eine wörtliche Übertragung wäre völliger Nonsens, weil die Tschechen (d. h. die Böhmen) ihre Dörfer natürlich sehr gut kennen. Die Tschechen sprechen statt dessen von spanischen Dörfern; die Griechen, nebenbei, von türkischen Dörfern und die Engländer sagen: »It's all Greek to me«.

Doch genug der Abschweifung. Sie können sich wohl ohnehin schon denken, wie es weitergeht: Ulysses bekam Wörterbücher vorgelesen. Das hört sich vielleicht wie eine Mammutaufgabe an, ist es aber wirklich nicht. Abgesehen davon, daß es sich um eine gute Übung gehandelt hat; wenn Sie aus einem Werk von sagen wir mal 300 Seiten Umfang jeden Tag lediglich zwei vorlesen, sind Sie in nicht einmal einem halben Jahr fertig. Am liebsten würde ich jetzt seitenlang alle Vorteile aufzählen, die sich aus der neuen Arbeitsweise ergaben, aber das dürfte kaum jemanden interessieren. Daher nur kurz das Wesentliche: Anstatt des ärgerlichen, zeitraubenden Blätterns spreche ich, wenn ich während der Übersetzungsarbeit stocke, das zu übersetzende Wort aus der Vorlage, und Ulysses dolmetscht sofort. Damit er dann nicht zu dem nächsten Stichwort übergeht und das ganze Wörterbuch abspult, steht an meinem Arbeitsplatz griffbereit ein Wasserzerstäuber. Ungeachtet der Zeitersparnis, die sich aus dieser Arbeitsweise ergibt und die sofort einleuchtet, will ich Ihnen einen wesentlichen Aspekt aufzeigen, der mich zu einer derart hervorragenden Übersetzerin macht, weil Sie wahrscheinlich nicht von selbst dahinterkommen würden: In der Umgangssprache benutzt der Normalbürger nur etwa 1000 Wörter – diese Menge entsprach übrigens auch dem Sprachschatz Konrad Adenauers. Goethe verwendete immerhin über 20000 Wörter. Wissen Sie aber, wie viele Wörter die deutsche Sprache hat? 600000! Und mir stehen sie alle zur Verfügung. Nicht nur im Deutschen, auch in 14 anderen Sprachen, weil ich weiterhin täglich Uli mit Wörterbüchern füttere. Das ist ein Vermögen, daß außer mir niemand aufweisen kann. Solange ich Ulysses und einen Wasserzerstäuber in der Nähe habe, versteht sich.

Sie fragen, ob das alles sei?

Verehrte Damen und Herren, könnten Sie mir vielleicht etwas Besseres empfehlen?

Angenommen, ich würde mit Ulysses zu einer Zeitung gehen: von da an wäre für die nächsten Jahre mein Privatleben vorbei. Journalisten und Reporter, Sonderberichterstatter und Fotografen würden mich auf Schritt und Tritt verfolgen, jede Geste und jede Äußerung kommentieren – ich mag gar nicht daran denken.

Alle Fähigkeiten meiner wundersamen Pflanze würden kompetente Wissenschaftler innerhalb kürzester Zeit besser kennen als ich. Das einzige, das sie nur von mir erfahren könnten, weiß ich nicht mehr: wo ich Ulysses herhabe. Wenn Sie meinen, das hätte Ihnen nicht passieren können, stellen Sie sich bitte vor, Sie hätten an die 200 Pflanzen. Wüßten Sie wirklich, woher Sie jede einzelne haben? Aus dem Süden habe ich ungefähr 40 Ableger mitgebracht, ohne darauf zu achten, an welcher Stelle ich sie fand. Uli stammt also möglicherweise aus Jugoslawien, vielleicht aus Frankreich, eventuell aus Griechenland usw. Kurz: aus 19 europäischen Staaten sowie Marokko, d.h. aus den Ländern, die man mit einem Interrail-Ausweis unentgeltlich durchreisen kann. Meine Reise ist infolgedessen nicht rekonstruierbar; außerdem warf ich mich häufig in einen Zug, ohne zu schauen, wohin er fährt – es kostete ja nichts und der Urlaub ist eben für das Spontane und Unüberlegte da ...

Ein vertrotteltes Image bei den Medien wäre evtl. nicht das Schlimmste, was mir geschehen könnte. Gehen wir doch gemeinsam alle Möglichkeiten durch, die Ulis Abstammung erklären könnten. Sie kennen ihn inzwischen ebensogut wie ich, weil ich ihn so ausführlich wie notwendig beschrieben habe. Wenn es Ihnen nicht präzise genug ist, bedenken Sie bitte, daß meine Untersuchuchungen mit einer Lupe stattfanden; ein Elektronenmikroskop befindet sich nicht in meinem Haushalt. Haben Sie vielleicht zufällig solch ein Gerät in der Küche? – Na also.

1. Ulysses ist außerirdischen Ursprungs. Vielleicht ein vom Luftzug erfaßtes und aus dem geöffneten Fenster eines mysteriös hin und her schwebenden Ufos herausgefallenes utopisches Tonbandgerät? – Ich beherrsche weder die in der einschlägigen Fachliteratur empfohlene Kunst des Gedankenlesens, der Teleportation, des Beamens oder einer anderen Art der Materieversetzung durch den Hyperraum, die mich in die Lage versetzen würde, Erkundigungen auf fernen Sonnensystemen zwecks einer auf Terra aufgegriffener Fundsache einzuziehen. Doch im Ernst: die Theorie eines außerirdischen Ursprungs ist zwar zulässig, aber lediglich für die Phantasie von Gewinn, da sie nur zahllose Spekulationen ermöglicht und keine Fragen beantwortet. Ich habe keine Lust, mich mit geheimnisvollen dunklen Mächten zu befassen, also zur nächsten Hypothese.

2. Ulysses ist irdischen, natürlichen Ursprungs. Das ist nicht so abwegig, wie es bei einer sprechenden Pflanze klingen mag – denken Sie nur an die Vögel und daran, daß der Grenzstrich zwischen Flora und Fauna nicht immer einfach zu ziehen ist: die fleischfressenden Pflanzen habe ich bereits erwähnt. Sind nicht die Leistungen eines Ameisenstaates, der sich Blattläuse als Haustiere hält, sie melkt und dafür beschützt, ihnen sogar manchmal Unterkünfte baut, nicht eigentlich wesentlich faszinierender und beachtlicher als die Leistungen einer Pflanze, die Geräusche imitieren kann? Doch bleiben wir bei der Flora. Wie wäre es denn mit einer Pflanzenart, die sich zur Gewährleistung ihrer Vermehrung der schäbigsten Tricks bedient, um Insekten anzulocken? Man stelle sich beispielsweise eine hinterhältige Blüte vor, die den Geschlechtsduft paarungswilliger Weibchen verströmt, um männliche Insekten anzulocken und – Gipfel der Unverschämtheit – auch noch ihr Äußeres einem Insekt täuschend ähnlich nachahmt. Und nachdem sie das Insekt zur Onanie verleitet hat, mit Schleudervorrichtungen und Hebeln, die durch Berührung in Gang gesetzt werden, Blütenstaubpakete verschleudert, damit deren Mitnahme durch das geneppte Insekt ja gesichert ist? – Oder eine Blüte, die das Insekt in ihrem Sporn gefangen hält, solange es nicht die Pollen an sich nimmt? Oder eine Blüte, die ihre Besucher in ihr Inneres hinein-

katapultiert, damit es bloß nicht unverrichteter Dinge rechtzeitig abhaut?

Doch. Das alles gibt es wirklich. Die beschriebenen Verhaltensweisen kommen bei den Orchideen vor. Was ist angesichts dieser infamen Gattung ein quatschendes Gewächs? – Die Hypothese des irdischen, natürlichen Ursprungs scheint mir angesichts der Vielfalt der Natur durchaus wahrscheinlich.

3. Ulysses ist irdischen, künstlichen Ursprungs. Auch das kann ich mir gut vorstellen, wenn ich bedenke, welche rasanten Fortschritte in der Gentechnologie zu verzeichnen sind. – Da werden beispielsweise Mäuse herangezogen, die das identische Abbild einer einzigen Maus sind. Nachkommen, erstmals ohne das vermischte Erbgut beider Elternteile: perfekte Kopien. Ich wollte aber bei der Flora bleiben. Gerne; Pflanzen lassen sich ungleich einfacher manipulieren als die wesentlich komplizierteren Säugetiere. Das Zerschnippeln genetischer Information und deren neue, künstliche Zusammensetzung, die der Natur bisher unbekannte Arten hervorbringt, gehört schon längst zu den Routineaufgaben der Genforschung; die Verschmelzung der Zellkerne zweier verschiedener Pflanzenarten und das Hervorbringen einer neuen Pflanze, die die Eigenschaften beider Zellen und daher beider Arten besitzt, ist auch schon sattsam bekannt. – Nur eines befremdet mich in diesem Fall: Man hätte doch von einer derartigen Neuentwicklung, wie sie Ulysses darstellt, in der Presse bestimmt so viel erfahren, daß einem das Thema bald aus dem Halse herausgehangen hätte.

Es bleibt aber noch eine Möglichkeit: Ulysses ist ein Produkt, vielleicht nur ein Zufallsprodukt der biologischen Kriegsführung. Er ist in der Tat ein perfektes Wiedergabegerät, das vor den herkömmlichen den großen Vorteil hat, daß es nicht – sofern man auf seine Existenz nicht gezielt hingewiesen wurde – entdeckt werden kann. In diesem Fall wird das Militär auf dem Sektor Botanik allerdings noch etwas basteln müssen, weil Uli bisher jedem alles gleich ausplaudert.

Diese letzte Vermutung ist auch diejenige, die mir am wahrscheinlichsten und bedrohlichsten erscheint. – Nein, ich denke nicht an die armen, gefährdeten Politiker, deren Phrasen Außenstehende belauschen könnten. Eher sollte ich wohl daran denken, wie hochentwickelt die Gentechnologie des Militärs bereits sein muß, wenn deren Produkte einer gewöhnlichen Touristin wie mir in die Hände fallen können.

Ich denke aber nur an mich. Angenommen, Ulysses stammt aus der Türkei: glauben Sie wirklich, die dort ansässige Militärjunta würde nicht befürchten, daß es mir doch noch einfällt, und alles unternehmen, um mich am Reden für immer zu hindern? – Ich glaube nicht an den Weihnachtsmann und an die wohlwollende Anteilnahme des Militärs, egal in welchem Land, inzwischen ebensowenig.

Was sollte ich also tun? – In meinen Abenteuerromanen steht ratlosen Personen immer ein verständnisvoller, diskreter Mensch zur Verfügung, der rein zufällig Fachmann ist, den man zufällig zu kennen hat und der kraft seiner unendlichen Weisheit alles zum guten Ende führt. Ich kenne aber leider keinen solchen Menschen.

Jetzt verstehen Sie sicher, weshalb ich die Geschichte von Ulysses nur in einer Belletristik-Reihe zu publizieren wage, deren Erzählungen von ihren Lesern bestimmt nicht für bare Münze genommen werden. Irgend jemandem mußte sie aber erzählt werden, weil das bekanntlich erleichtert.

Und so verbringe ich den größten Teil des Tages am Schreibtisch: Vor mir liegt die zu übersetzende Originalausgabe, in der rechten Hand halte ich einen Kugelschreiber und die Linke umklammert den Wasserzerstäuber. In der Mitte des Schreibtisches thront Ulysses. Wie ich am Anfang schon sagte: ich gehöre zu den wenigen, die vom Übersetzen leben können.

Fällt Ihnen etwas Besseres ein?

Tor Åge Bringsvaerd

Haut

Allgemeines: In der Regel wird die Oberfläche von einer dünnen Haut bedeckt, welche den Körper stramm umspannt und an der Innenseite am Nabel befestigt ist, dem sogenannten Nabelfestiger. In Verbindung mit dem langsamen Altern verringert sich der Halt des Nabelfestigers. Die Haut wird langsam lascher, bis sie schließlich lose am Körper hängt und schlabbert. Es soll vorgekommen sein, daß besonders alte Leute über ihre eigene Haut stolperten.

Gesundheitliches: Die Haut ist als natürlicher Schutzanzug des Fleisches anzusehen. Daher gilt es, unsere Haut zu schützen. Viele Menschen empfinden es als unpassend, sie zu straffen, was selbstverständlich nicht zutrifft. Straffe Haut ist gesunde Haut.

Militärisches: Allein in den USA verschwinden jährlich über vierhundert Menschen. Spurlos. Beiderlei Geschlechts. Die meisten von ihnen haben das sechzigste Lebensjahr überschritten. Wie bereits angedeutet, verfügen die Alten über einen geschwächten Nabelfestiger und eine schlaffe Haut. Angenommen, Wesen einer anderen Welt, z.B. aus China, wollten uns besetzen, wäre es da nicht natürlich, sich als Mensch zu verkleiden?

Wir sprachen bereits davon: die Haut ist eine Bekleidung. Die Frage ist nun: Kann sie einem Menschen abgenommen und z.B. einem Chinesen gleicher Größe angezogen werden? Mit anderen Worten: gibt es verkleidete Chinesen unter uns? Unsere Sicherheit ist in Gefahr! Es ist höchste Zeit, daß sich die Behörden der Sache annehmen. Wir brauchen hier jedoch nicht ins Detail zu gehen. Jeder echte Patriot weiß, was zu tun ist.

Innenpolitisches: Die Forschung, die schnellstens vorangetrieben werden muß, um zu untersuchen, ob Chinesen unter uns sind, wird – auf lange Sicht – innenpolitische Konsequenzen haben (jedenfalls für die USA). Sollte es sich nämlich herausstellen, daß sich die Hautbekleidung übertragen ließe, hätten wir das Rassenproblem endgültig gelöst. Mein Vorschlag: Ältere Leute mit geschwächtem Nabelfestiger werden ersucht, ihre Haut dem Staat zu vermachen.

Sofort nach ihrem Ableben wird ihnen die Bekleidung abgenommen und in einer tiefgekühlten Hautgarderobe gelagert. Darauf könnten Neger je nach Bedürftigkeit und gegen Abgabe einer geringen Steuer – welche ungekürzt Wohltätigkeitszwecken zufließen würde – Zugang zu diesen Garderoben bekommen, um sich frei eine neue Haut wählen zu können. Die Haut wird angepaßt, der Nabelfestiger festgezurrt und der Neger ist als Weißer neugeboren. Doch selbst die gestraffte Haut bedeutet natürlich keine Verjüngung. Eine alte Hautbekleidung ist dermaßen verschlissen, daß nur von einem bescheidenen Standard die Rede sein kann. Unter anderem wird man nicht über seine eigene Haut stolpern (siehe oben). Rein äußerlich werden Neger alte Leute sein, ungeachtet ihres eigentlichen Alters. Soll aber das Rassenproblem gelöst werden, müssen beide Seiten zu Opfern bereit sein. Das Aussehen hat der Neger beizutragen. Etwas Willen zur Zusammenarbeit wird man auch von dieser Seite erwarten dürfen.

Zudem ist das Äußere – meiner Meinung nach – nicht das Entscheidende, Hauptsache ist: weiß.

Um zu vermeiden, daß Hinterbliebene ihren eigenen lieben Toten auf der Straße wiederbegegnen (d.h. deren Haut), sind doppelte Sicherheitsvorkehrungen nötig. Zunächst muß dafür gesorgt werden, daß die Hautkleidung so weit weg wie möglich vom Heimatort des Verstorbenen gelagert und ausgehändigt wird. Außerdem wird es vernünftig sein, einige kleinere Operationen vorzunehmen.

Eine Kleinigkeit: Selbstverständlich muß das Kraushaar weg, und die Kopfhaut muß säurebehandelt werden. Es ist von äußerster Wichtigkeit, das eigene Haar am Wachsen zu hindern. Es ist nämlich durchaus denkbar, daß das borstige Negerhaar den Scheitel der weißen Hautbekleidung durchstößt und sie durch Einrisse beschädigt. Was geschieht mit der eigenen Haut des Negers? Diese wird wegen Luftmangels verfaulen. Aber kein Problem ist völlig gefahrlos. Man muß in den ersten paar Monaten nur genügend Rücksicht walten lassen ... reichlicher Gebrauch von XLY ist zu empfehlen.

Skeptiker werden meinen: Ein solches Projekt ist totgeboren. Auf diese Weise ist der Rassenkonflikt nicht beizulegen. Derjenige, der bisher Neger haßte, wird jetzt anfangen, alte Leute zu hassen, denn jeder Mann oder jede Frau über 70 könnte ein potentieller Neger sein. Man denke nur an all die Mißverständnisse, die dadurch entstehen könnten.

Und alle die tragischen Schicksale ... Natürlich wäre Amerika von Negern befreit, aber um welchen Preis. Um welchen Preis! Wollen wir unsere Alten und Kranken dem Mob ausliefern?

Darauf will ich ganz gelassen antworten: Natürlich nicht!

Wir müssen nur dafür Sorge tragen, daß alle echten weißen Alten eine Anstecknadel mit der Aufschrift erhalten: »ICH WAR NIE EIN NEGER!«

Tor Åge Bringsvaerd
Das Potter-Paradox

Viele Leute versuchen an zwei Orten gleichzeitig zu sein. Professor Polli Volli gelang es als erstem – oder genauer gesagt: er ermöglichte es. In seiner Abhandlung »AUCH DORT«, welche gleichzeitig in zahlreichen Ländern herausgegeben wurde, erläutert er seine Forschungsergebnisse.

»Es war purer Zufall«, schreibt der Professor. »Eigentlich befaßte ich mich mit einem Materie-Transmitter.«

MATERIE-TRANSMITTER: Eine Maschine, die feste Stoffe in elektronische Signale verwandelt. Mit Hilfe eines SENDERS und eines EMPFÄNGERS können Gegenstände über beliebige Entfernungen (je nach Stärke des SENDERS), ungefähr mit derselben Geschwindigkeit wie Radiowellen, verfrachtet werden. Daraufhin werden die Signale vom EMPFÄNGER aufgenommen und umgehend in ihren festen Stoff zurückverwandelt. Um einen bescheidenen Vergleich anzustellen, sei an den Prozeß des Telefotos oder eines gewöhnlichen Fernsehbildes erinnert. Hingegen ist der Materie-Transmitter ...

»Mir gelang es, ein System zu entwickeln, das keinen Empfänger benötigt«, fährt Polli Volli in seiner Abhandlung fort (S. 5), »eine grandiose Vereinfachung. Ab jetzt konnte alles vom Sender aus dirigiert werden. Ich nahm Verbindung mit der NATO auf, die mir bereitwillig zahlreiche Flugplätze (7 insgesamt) für Experimente zur Verfügung stellte. Alles, was mir zu tun übrigblieb, war, die gewünschte ›Adresse‹ anzupeilen. Anfangs bediente ich mich kleiner metallener Gegenstände wie Kugeln, Pyramiden oder Würfeln.«

»Es war bedeutend schwieriger, die Kodes für den lebenden Organismus zu finden ... gelang es mir endlich, nach zahlreichen mißglückten Versuchen, das erste einzellige Lebewesen zu versenden ... und bald konnte ich – ohne nennenswerte Risiken – Pantoffeltierchen und Schnecken überführen.« (S. 13ff.)

In dem Kapitel »Das biologische Schnappschloß« behandelt der Professor eingehend die Schwierigkeiten, denen sich das EDB-Personal gegenübersah, wenn es sich um die Kodesfindung der

Säugetiere handelte, und als ein Kuriosum – im Anhang des Buches gedruckt – läßt der Professor Erwägungen des holländischen Theologen van Winkel (»Die Seele – was mit ihr?«) über die religiösen Aspekte einer derartigen Transformation zu Worte kommen.

»Nachdem das gelöst war, ergab sich der Rest von selbst. Gleichwohl ging ich jedoch nur schrittweise vor – via Maus und Ratte –, um keine unnötigen Risiken einzugehen . . . (S. 40) . . . das Ganze war unter meiner vollen Kontrolle.« (S. 43)

»Am 6. Juni, 12.00 GMT[1], wurde der erste Mensch (George Potter) vom Londoner Flugplatz nach Fornebu vor Oslo überführt. Es war ein milder Sommertag, schönes Wetter, fast windstill und die Tagestemperatur betrug +18° C.« (S. 59)

»Ich spürte nichts«, äußerte sich Potter hinterher. »Bevor mir klar wurde, was geschah, war es schon vorbei. Es war fast ein wenig enttäuschend. Ich hatte mir viel mehr davon versprochen.« (S. 63 ff.)

NB! Bereits hier bekam man die ersten vagen Anzeichen dafür, was später als Potter-Paradox bekanntwerden sollte: Die Überführung geschah in solch kurzer Zeit, daß es einen Augenblick so schien, als ob sich Potter an zwei Orten gleichzeitig befand. Gleichwohl nahm keiner davon nennenswerte Notiz – jedenfalls nicht zu diesem Zeitpunkt.

Professor Polli Volli ging jedoch noch weiter. Er hatte den Empfänger eliminiert, jetzt wollte er den Sender vereinfachen.

» . . . und nach einigen Monaten war alles klar . . . das Ganze war in Potters Gehirn einoperiert und an das Nervensystem angeschlossen.« (S. 270)

Es ist natürlich unmöglich, in einem so kurzen Artikel wie diesem auf alle Einzelheiten einzugehen (der Professor ist auch nicht gerade der zugänglichste in diesem Zusammenhang). Aber in groben Zügen handelt es sich um folgendes: Die Überführung geschieht dadurch, daß sich der »Reisende« an einen bestimmten Ort WÜNSCHT. Hierbei ist seitens des Reisenden selbstverständlich keine geringe Konzentration erforderlich. Durch diese Konzentration wird der Sender aktiviert und die Überführung erfolgt unmittelbar.

Und somit kam der Potter-Tag – der 5. AUGUST –, AN DEM DIE SACHE DEN RICHTIGEN SCHWUNG BEKAM.

Zwei Unglücksfälle folgten so eng aufeinander, daß sie zuweilen als einer aufgefaßt wurden. Wir wollen in der Folge zeigen, daß dies nicht der Fall war.

1.) Es ist möglich, daß es aus dem Text nicht klar hervorgeht, aber der Professor operierte selbstverständlich noch immer mit den sieben Flugplätzen als »Adressen«. Potter war für alle sieben programmiert. Er konnte selbst wählen. Groß war daher die Überraschung, als er alle zusammen verfehlte. Er kam nach Paris, das war richtig, aber nicht zum Flughafen (Orly). Nachdem er nämlich in Oslo zum Abschied gewinkt hatte, tauchte Potter in einer Bar auf dem Montparnasse auf. (Die Zeit ist durch einen Augenzeugen belegt.) Um das Ganze noch zusätzlich zu komplizieren, meldete sich Potter selbstverständlich nicht sofort. Er tauchte erst am nächsten Morgen auf, ohne über seinen nächtlichen Verbleib Auskunft zu erteilen. Wir wissen nicht, WARUM Potter auf dem Montparnasse landete anstatt auf Orly. Die Antwort muß sein, daß er sich ganz einfach dahin WÜNSCHTE. Für ihn bestand Paris nicht aus einem Steinwüsten-Flughafen, sondern im Gegenteil aus Can-Can, schwarzen Baskenmützen und billigem Wein.

2.) Um 15.00 Uhr (GMT) nachmittags bis zu dem Zeitpunkt, an dem sich Potter am nächsten Morgen meldete (von jetzt ab als Paris-Potter bezeichnet), schwebten Professor Polli Volli und seine Mitarbeiter in dem Glauben, daß das Experiment aus unerklärlichen Gründen als gescheitert angesehen werden mußte. Wir lassen den Professor fortfahren:

»Es geschah nichts! Er stand einfach da! Er wurde nicht einmal eine Spur neblig! Von uns verstand keiner, wo der Fehler liegen mochte. Um 22.30 (GMT) schickten wir Potter ins Bett. Unsere besten EDB-Leute und Röntgenologen hatten ihn ununterbrochen – siebeneinhalb Stunden – ergebnislos untersucht.

Am nächsten Morgen kam aus Paris Nachricht, daß Potter wohlbehalten angekommen war. Zwar mit einem Kater, aber immerhin. Zuerst hielten wir es für einen Scherz. Potter (hiernach als Oslo-Potter bezeichnet) war ja bei uns, als das Telegramm eintraf.« (S. 300)

Es bestand kein Zweifel. Potter war in Oslo, aber Potter war AUCH in Paris, und hiermit verlassen wir Professor Polli Vollis Abhandlung. Die folgenden 500 Seiten enthalten den Beweis, daß diese beiden Potter wirklich identisch waren. Der Professor gibt selber keine Erklärung dieses Phänomens, er begnügt sich damit, es als Faktum festzustellen.

Dies also ist der Anfang des jetzt so ernsten Potter-Paradoxes. Die weitere Entwicklung dürfte allen wohlbekannt sein, wir wollen sie aber trotzdem aufsummieren, damit man einen vollständigen Überblick über die Problematik erhält. Die Ausgangssituation ist also klar: Potter ist in der Lage, sich überallhin zu wünschen. Er ist imstande, AUCH DORT zu sein.

6. August
10.00 Uhr (GMT): Paris-Potter hat einen Kater, ist aber glänzender Laune. Während er kichernd erklärt, was geschah, wünscht er sich nach Rom, Bonn und Palma de Mallorca. (Dies ist der entscheidende Beweis dafür, daß Potter in der Lage ist, sich überallhin zu wünschen – d. h. nicht nur an die sieben Adressen, auf die er programmiert ist.)

10.30 Uhr (GMT): Palma-Potter badet, Rom-Potter pfeift den Mädchen auf der Spanischen Treppe nach, Bonn-Potter langweilt sich und begibt sich deshalb nach London. (Paris-Potters Erklärung wurde auf Band aufgenommen und wird als interessantestes psychotisches Dokument unserer Zeit angesehen.)

11.00 Uhr (GMT): Oslo-Potter wünscht sich nach Paris, um Paris-Potter (hiernach als Paris-Potter 1 bezeichnet) als Betrüger zu entlarven. Paris-Potter 2 (der Neuangekommene) regt sich während der ersten Minuten furchtbar auf, während Paris-Potter 1 nur die komische Seite der Situation sieht.

18.00 Uhr (GMT): Jetzt gibt es ca. 70 Potter auf der Welt. Doch wird das Ganze streng geheim gehalten – aus Sicherheitsgründen.

7. August
Um die Mittagsstunde gibt es allein in Europa schon 240 Potter und alle fangen so langsam an, knapp bei Kasse zu werden ...

8. August
Drei hungrige Kopenhagen-Potter brechen in einen Supermarkt ein, nachdem sie um eine Arbeitsgenehmigung ersucht hatten und erfuhren, daß mit einer Entscheidung frühestens in drei Wochen zu rechnen sei. In Rio de Janeiro bilden Potter ein Quartett und treten für freie Kost und Logis in einem Nachtklub auf.

9. August
Die Zeitungen haben von der Sache Wind bekommen. »George hatte immer schon solche Freude am Reisen«, äußerte seine Mutter – eine vierundsechzigjährige Klempnerwitwe aus Sussex.

10. August
Potter fängt an, sich mehr und mehr Freiheiten herauszunehmen. Er ist hungrig, durstig und an den meisten Orten arbeitslos.

11. August
Auf der ganzen Welt besetzt Potter leerstehende oder abbruchreife Gebäude. In den USA fängt Potter an, zur Landplage zu werden. Allein an der Westküste trifft man ihn in einer Anzahl von 150000 an. In den meisten größeren Städten werden Potter-Aufmärsche erwartet. Die Nationalgarde ist in Alarmbereitschaft.

12. August
Einzelne Nationen versuchen, Potter unter Hinweis auf verschiedene Landstreicher-Paragraphen auszuweisen. In der Praxis bedeutet das, daß man miteinander Ball spielt – hin und her über die Landesgrenzen –, und inzwischen werden es immer mehr Potter.

13. August
Die Prawda unterstützt Potter und bringt scharfe Angriffe auf die kapitalistischen Unterdrücker der westeuropäischen und amerikanischen Potter. Am selben Abend tauchen 30000 Potter in Moskau und eine unbestimmte Anzahl in den Badeorten des Schwarzen Meeres auf.

14. August
Die UNO behandelt die Potter-Minorität. Der New Yorker Potter 20765 legt seinen Standpunkt dar.

15. August
4000 Potter werden bei einem Zusammenstoß mit Rechtsradikalen in Osaka getötet. Vor mehreren Botschaften der Sowjetunion wird gegen die Potter-Verfolgung in der Sowjetunion protestiert. Kirchliche Hilfsorganisationen schicken Dörrfisch an hungernde Potter in Marokko.

16. August
Potter überschreitet die Millionengrenze. Einzelne Zeitungen machen sich zu Sprechern eines eigenen Potter-Staates, z.B. in der Südsee – obwohl es jedem klar ist, daß Potter sich kaum selbst regieren kann.

17. August
Potter vermehrt sich aus reiner Verzweiflung. Alle Katastrophenhilfen der Welt bevorzugen ihn. Überall werden Potter-Lager errichtet. Wohltätigkeitsveranstaltungen werden rund um die Uhr im Fernsehen übertragen. Das Ganze jedoch wirkt wie ein ins »Meer pinkeln«.

18. August
50 Millionen Potter. Die Stimmung ist umgeschlagen – Vorurteile verbreiten sich in der ganzen Welt. Kein anständiges Mädchen läßt sich mit einem Potter blicken. In Südafrika wird Potter (nach langen Diskussionen) mit Bantu-Negern auf eine Stufe gestellt. Es tauchen neue Schilder auf: Für Potter verboten – Potter haben keinen Zutritt. »Wir sind nicht der Meinung, daß Potter minderwertig sind«, äußert sich ein Sprecher der Regierung in Cape Town. »Vor Gott sind alle Menschen gleich. Wir meinen nur, daß er die Möglichkeit erhalten sollte, sich unabhängig von uns zu entwikkeln, in Übereinstimmung mit seinen Eigenarten.«

In Amerikas Südstaaten wird behauptet, daß Potter STINKT. (Eine Behauptung, die wir nicht ohne weiteres zurückweisen sollten. Es ist eine Tatsache, daß er sich seit dem 5. August – dem Tag, da alles anfing – nicht mehr gewaschen hat.)

20. August
Professor Polli Volli veröffentlicht seine Abhandlung »Auch Dort«. Diese weckt in der Forscherwelt großes Interesse, und Polli Volli wird für den Nobelpreis vorgeschlagen.

23. August
Besonders in Europa besteht ein akutes Überpotterungs-Problem. Die 600 Millionen Potter beanspruchen einigen Platz. Der Gesundheitszustand unter den Pottern ist nicht gut. Die WHO befürchtet Epidemien.

24. August
Trotz des Protestes der Kirche, »Du sollst deinen Potter wie dich selbst lieben«, betreiben die meisten Länder eine planmäßige Potter-Ausrottung. Potter-Krematorien überall. Allein in London sind es über 1500. Das ist regelrechter Völkermord. Doch es scheint trotzdem zu spät zu sein – die Anzahl der Potter steigt nur.

25. August
Potter ist kein Minoritätsproblem mehr. Jeder dritte Mensch ist ein Potter.

4. September
Die Welt ist überpottert und es gibt bei weitem nicht genug Nahrung für alle. Die Phrase »Ein Stehplatz auf der Welt« hat erneut an Aktualität gewonnen. Ab jetzt haben nur noch alte Leute, Kinder unter vier Jahren und Schwangere die Erlaubnis, sich hinzusetzen.

10. September
Jeder dritte ist KEIN Potter. Doch ist die Entwicklung in eine neue Phase eingetreten: Potter scheint sich endlich zu beruhigen. Die Anzahl der Nicht-Potter geht hingegen rasch zurück. Krankheiten und Hungersnöte haben die Schuld.

20. September
Es ist überflüssig zu erwähnen, daß Handel und Produktion schon längst zum Erliegen gekommen sind. Dadurch wurde es unmöglich, jegliche Organisationsarbeit durchzuführen, und daher mußten sich die meisten Regierungen und Administrationen auflösen. Es dauert bereits mehrere Tage, bevor man einem Nicht-Potter begegnet.

1. Oktober
Heute starb der letzte Nicht-Potter – ein alter Mann aus Budapest, der Fahrräder reparierte. Seine letzten Worte (Gott sei Dank sprach dieser Mann Englisch. Potter hatte nämlich nie fremde Sprachen erlernt): »Viel Glück, Genosse Potter. Es gelang uns nie, die Welt, von der wir träumten, aufzubauen. Jetzt bist du an der Reihe. Vielleicht schaffst du es besser.«

Eine halbe Million Potter folgten ihm ans Grab, mit einer anschließenden Schweigeminute auf der ganzen Welt.

3. Oktober
Grenzkonflikte zwischen israelischen und ägyptischen Potter. Der Suezkanal ist bis auf weiteres geschlossen.

4. Oktober
Amerikanische Potter im Libanon rechnen nicht damit, sich vor dem nächsten Jahr zurückzuziehen.

5. Oktober
Heute treffen sich 300 Potter-Abgeordnete der ganzen Welt zu einer Konferenz in Paris. Das alles überschattende Thema ist die Frage, wie Potter sich weiter fortpflanzen soll. (Eine Frage, die man sich aus Zeitmangel nicht früher stellen konnte.) Die Welt ist kinder- und frauenleer, und man hat wenig Vertrauen zu Junggesellen-Geburten. Das ist das Ende, sagen Pessimisten und vieles deutet darauf hin, daß sie recht haben.

Wien, 6. Oktober 1977
Wien-Potter 706540

Anmerkung

1 Greenwich Mean Time

Lucian Boia

Zwischen Wissenschaft und Science-fiction: Camille Flammarion

Sowohl die Wissenschaft als auch die Science-fiction haben Camille Flammarion (1842–1925) fast vergessen.[1] Das verwundert zunächst, wenn man an den Ruhm denkt, den er zu Lebzeiten genoß, und an den tiefgehenden Einfluß, den er auf die Vorstellungen ausübte, die man sich zu seiner Zeit von der Welt und vom Weltall machte. Doch läßt sich dieses Vergessen auch erklären. Den Wissenschaftlern fällt es schwer, einen Geist als einen der ihren zu akzeptieren, der allzu frei und phantasievoll mit der Wissenschaft umgegangen ist, und den Vertretern der Science-fiction wiederum liegt nichts daran, sich auf einen Wissenschaftler zu berufen, von dem seine eigenen Kollegen nichts wissen wollen. Die Verschwommenheit, die Flammarions Theorien und Schriften charakterisiert, siedelt sie im Grenzgebiet zwischen Wissenschaft und Literatur an, das weder die Naturwissenschaftler noch die Literaturwissenschaftler gern besuchen.

Trotz dieses Vergessens verdankt die Science-fiction Flammarion viel. Seine oft abwegigen, aber mit der Autorität eines Wissenschaftlers vorgetragenen Ideen haben zur Herausbildung einer neuen Sensibilität geführt, die für die Probleme der Science-fiction empfänglich machte. Obgleich Flammarion vor allem wissenschaftliche Bücher geschrieben hat (sieht man von einigen Romanen ab, bei denen der Anteil der Fiktion sehr begrenzt ist), so hat doch die Science-fiction gerade von diesen wissenschaftlichen Werken profitiert, weil sie mit ihrer Hilfe einer Reihe von Themen eine Glaubwürdigkeit verleihen konnte, die rein literarischen Werken versagt geblieben wäre. Aus diesem Grund sollte die Science-fiction den »Wissenschaftler« Flammarion nicht verleugnen und ihm den verdienten Ehrenplatz nicht verweigern. Übrigens wird man bei der Lektüre der wissenschaftlichen Schriften Flammarions unschwer feststellen, daß sie bei weitem gewagter sind als die Romane seines Zeitgenossen Jules Verne, den Flammarion zum Beispiel wegen seiner zögernden Haltung bei der Erforschung des Mondes kritisiert hat.

Camille Flammarion wurde 1842 in dem Dorf Montigny-le-Roi im Departement Haute Marne geboren. Er erhielt nur eine dürftige

Schulausbildung, und sein Lebensweg ist der eines Autodidakten. Zwischen 1858 und 1862 arbeitete er als »élève astronome« in der Sternwarte von Paris, die damals der berühmte Le Verrier (1811–1877) leitete, der durch mathematische Berechnungen den Planeten Neptun entdeckt hatte. Doch welch ein Unterschied zwischen den beiden Männern! Flammarion war es unbegreiflich, daß man die Astronomie allein auf mathematischen Berechnungen aufbauen wollte, ihn interessierte in erster Linie das Leben im Universum. So verließ er die Sternwarte, arbeitete noch eine Zeitlang in einem Büro (Bureau des longitudes) und verzichtete dann endgültig auf ein Angestelltendasein. Durch einige Veröffentlichungen hatte er sich bereits einen Namen gemacht. Jetzt begann Flammarion die Laufbahn eines wissenschaftlichen Popularisators, ohne seine eigentlichen Forschungen aufzugeben. 1883 gründete er in Juvisy, in der Nähe von Paris, eine Privatsternwarte. Im Jahr 1887 rief er die »Société astronomique de France« ins Leben, deren Jahresberichte er herausgab, die bald zu einem der wichtigsten astronomischen Periodika wurden. Die von Flammarion gegründete astronomische Gesellschaft war ein Erfolg ohnegleichen. Es gelang ihrem Gründer, nicht nur Wissenschaftler, sondern Menschen aller Berufe, aller sozialen Schichten und der verschiedensten Nationalitäten für die Astronomie zu begeistern. Zu den Tausenden von Mitgliedern, an deren Spitze Flammarion stand, gehörten, neben einer eindrucksvollen Zahl von gekrönten Häuptern, auch einfache Beamte und Handwerker. Diese glänzend gelungene astronomische Propaganda hat das wachsende Interesse für bestimmte Gebiete der Science-fiction teilweise beeinflußt und gefördert, vor allen Dingen weil die Astronomie, wie Flammarion sie verstand, weit entfernt war von der vorsichtigen, rigorosen »klassischen« Astronomie.

Der Einfluß, den Flammarions Ideen in Frankreich und in der ganzen Welt ausübten, läßt sich an der Zahl der Ausgaben und Übersetzungen seiner Werke ablesen. Es ergibt sich da ein beeindruckendes Bild. Die *Grande Encyclopédie* nennt allein bis 1892 36 Ausgaben seines ersten Buches *La Pluralité des mondes habités* (1862), 21 Ausgaben seines zweiten Buches *Les Mondes imaginaires et les mondes réels* (1865), 22 Ausgaben von *Dieu dans la nature* (1867), 40 von *Lumen* (1873) usw. Von seiner *Astronomie populaire* (1880) waren bis 1892 mehr als 100000 Exemplare verkauft worden, das Buch war ein wirklicher Bestseller seiner Zeit.[2] Was die Übersetzungen betrifft, so ist das deutsche Beispiel typisch für Flammarions Erfolg. Seine wichtigsten Bücher sind rasch ins Deutsche übertragen worden: *La Pluralité des mondes habités* 1865 (*Die Mehrheit bewohnter Welten,* Leipzig), *Dieu dans la nature* 1870 (*Gott in der Natur,* Leipzig), *Uranie* 1894 (*Urania,* Pforzheim), *La Fin du monde* 1896 (*Das Ende der Welt,* Pforzheim).

Der Inhalt von Flammarions Büchern geht, obgleich er weitgehend an der Astronomie orientiert ist, doch über diese hinaus. Flammarion interessiert sich für die Entwicklungsgeschichte unseres Erdballs, für die Geologie, die Vulkanologie, die Erdbebenforschung, die Erforschung der Atmosphäre. Dazu kommt seine Begeisterung für die Geheimnisse der »unsichtbaren Welt« und die psychischen Kräfte, die ihn sogar auf das Gebiet des Spiritismus führt. Von seinem Standpunkt aus war die Astronomie eine synthetische Wissenschaft, die ein globales Bild des Universums zu entwerfen hatte und sich damit der Philosophie näherte. Alles, was das Leben im Universum, was die Menschen, die Erde, die Planeten, die Sterne, die Seele und das Leben im Jenseits betraf, sollte in gleichem Maß die Astronomen bei ihren Arbeiten und ihren Überlegungen interessieren.

Wenn man sich auf den Bereich der Science-fiction beschränkt, kann man vier Richtungen unterscheiden, bei denen Flammarions Beitrag von grundlegender Bedeutung war: 1. Die Vielzahl der bewohnten Welten; 2. Die Etappen einer zukünftigen Entwicklung; 3. Kataklysmen und das Ende der Welt; 4. Unbekannte Naturkräfte. Wir wollen diese vier Themenkreise nacheinander untersuchen.

1. *Die Vielzahl der bewohnten Welten*

Heute würde man eher vom Problem der außerirdischen Intelligenzen sprechen. Es ist ein altes Thema, das seit der Antike in einer Fülle von Werken behandelt worden ist, die Flammarion in seinem Buch *Les Mondes imaginaires et les mondes réels* (1865) vorgestellt und kritisiert hat. Dabei warf er seinen Vorgängern nicht etwa das Prinzip der Bewohnbarkeit vor, das er selbst verteidigt, sondern nur die Tatsache, daß sie bei der Entwicklung der Hypothesen ihrer Phantasie freien Lauf ließen. Seiner Meinung nach sollte man bei dem Problem des Lebens im Universum das rein fiktive Stadium der Literatur überwinden und sich ausschließlich auf die Erkenntnisse der Wissenschaft stützen. Ein direkter Kontakt mit den zahlreichen Lebensformen im Universum sei zwar noch nicht möglich, aber durch die immer perfektionierteren Beobachtungsmethoden und durch die Fortschritte in Physik, Chemie und Biologie müßten bereits klare wissenschaftliche Erkenntnisse abzuleiten sein. Wie ein echter Sherlock Holmes stützt sich Flammarion also auf einige prekäre wissenschaftliche Ergebnisse, um durch einfache Deduktionen ein mögliches Bild des Lebens im Universum zu entwerfen. Er tut das in seinen Büchern *La Pluralité des mondes habités, Les Merveilles célestes* (1866), *Les Terres du ciel* (1877) und in vielen anderen Werken. Doch geht Flammarion nicht nur von wissenschaftlichen Ergebnissen, sondern auch von einem philosophischen Postulat aus. Er kann nicht glauben, daß nur unsere Erde Leben birgt und daß die anderen Himmelskörper »einfach so« existieren: »Die Erde nimmt im Sonnensystem keine bevorzugte Stellung ein, die sie dazu bestimmt, allein bewohnt zu sein. Vom astronomischen Standpunkt aus sind die anderen Himmelskörper ebenso wie sie dazu geeignet, Leben zu beherbergen.«[3] So gilt das, was Flammarion über den Mond sagt, für jeden beliebigen Himmelskörper: »Unserer Meinung nach hat der Mond eine andere Bestimmung zu erfüllen als diejenige, einsam seine Bahn um unseren Erdball zu ziehen. Entweder ist er bewohnt, oder er war bewohnt, oder er wird eines Tages bewohnt sein.«[4]

Flammarion glaubt nicht, daß die physikalischen Bedingungen, selbst wenn sie vom irdischen Standpunkt aus »unmöglich« sind, die Entwicklung des Lebens verhindern können: »Warum sollte man der Natur die Fähigkeit abstreiten, auf einer von uns verschiedenen Welt Lebensformen zu entwickeln, die mit den bei uns existierenden nichts gemein haben?«[5] Für Flammarion steht also fest, daß alle Welten bewohnt oder zumindest bewohnbar sind. Im übrigen müssen die lebenden Organismen verschieden sein, wenn sie sich in einem unterschiedlichen Milieu entwickeln. »Die Menschen anderer Welten können uns nicht ähnlich sein«[6], schreibt er. Doch fällt auf, daß Flammarion stets das Wort »Mensch« verwendet, wenn von den hypothetischen Bewohnern anderer Welten die Rede ist. Und in der Tat, die Unterschiede, die er vorschlägt, entfernen sich nur selten von einem gewissen Anthropomorphismus. Selbst wenn hin und wieder die äußere Form dieser fremden Intelligenz eine andere ist, so bleiben doch immer die moralischen und intellektuellen Werte bestehen, von denen er annimmt, daß sie universal sind und eine gegenseitige Verständigung ermöglichen.

Flammarion deswegen zu kritisieren, wäre ungerecht. Er lebte in einer anthropozentrischen Zeit, besser gesagt in einer »eurozentrischen«, die alles in bezug zur europäischen Wertewelt beurteilte. Inzwischen hat man einsehen müssen, daß es schwierig ist, für die verschiedenen irdischen Zivilisationen eine gemeinsame Werteskala zu finden, von den hypothetischen Zivilisationen des Universums ganz zu schweigen. Aber wie dem auch sei, Flammarion ist bei seiner Suche nach außerirdischen Lebensformen wagemutiger als die meisten seiner Zeitgenossen.

Unter den Planeten interessiert der Mars Flammarion am meisten. Noch vor Erscheinen der Arbeiten von P. Lowell und G.V. Schiaparelli betont er die Analogie Mars–Erde und leitet daraus die Existenz einer uns ähnlichen »Menschheit« ab. Wir verdanken ihm das umfangreichste Kompendium der Marsforschung, zwei dicke illustrierte Bände über den Mars, die 1892 und 1908 unter dem Titel *La planète Mars et ses conditions d'habitabilité* erschienen sind. Neben seinen astronomischen Schriften hat Flammarion auch zwei Romane verfaßt, *Uranie* (1889) und *Stella* (1897), die einander so ähnlich sind, daß der zweite Roman wie eine Bearbeitung des ersten anmutet. Beide Romane beschäftigen sich zum Teil mit dem Marsthema. Wie in den theoretischen Werken wird auch hier von Flammarion die Idee von einem Mars verteidigt, dessen Zivilisation der irdischen überlegen ist. Ein logischer Schluß, wenn man bedenkt, daß der rote Planet älter als die Erde ist. Die geringe Schwerkraft ist ein Argument für die Existenz geflügelter Lebewesen, die von der materiellen Welt nicht so abhängig sind wie wir. Flammarion nimmt an, daß die fliegenden Marsianer größer und leichter als wir sind und sich, wie die Pflanzen, durch das Atmen ernähren. Auf alle Fälle sind sie nicht so »grobschlächtig wie die Bewohner der Erde, sondern zarter, feinfühliger, ätherischer, reiner«.[7]

Die Venus gleicht ebenfalls der Erde, doch handelt es sich um eine jüngere, wärmere Welt, die auf einer niedrigeren Zivilisationsstufe steht. Folglich müßten die Venusianer unseren Vorfahren in frühgeschichtlicher Zeit gleichen. Wir stehen in unserer Entwicklung zwischen den primitiven Venusianern und den vergeistigten Marsianern. Es läßt sich annehmen, daß die Merkurianer noch primitiver als die Venusianer sind. Jupiter, von Meeren bedeckt und von einer brodelnden Atmosphäre umgeben, bietet das Bild einer Welt in ihrem Anfangsstadium. Eine Menschheit, die uns ähnlich ist, könnte sich eines Tages dort entwickeln, aber das will nicht heißen, daß im augenblicklichen Stadium Leben ausgeschlossen ist: »Es wäre durchaus möglich, daß dieser schöne Planet schon jetzt von Wesen bewohnt wird, die sich von uns unterscheiden, und vielleicht in gasförmigem Zustand in den höheren Schichten der Atmosphäre leben.«[8] Und selbst die gasförmige Welt des Saturn könnte eventuell Saturnianer beherbergen, »die durchsichtige Körper haben ... nie das Gewicht der Materie spüren und ohne Flügel in einer ›Nähratmosphäre‹ schweben«.[9] Und so ist, laut Flammarion, jeder Planet in den Weiten des Weltalls fähig, Leben zu schaffen, das seinen bestehenden physikalischen Bedingungen entspricht.

2. *Die Etappen der Zukunft*

Flammarion hat sich in seinen Werken auch mit der Zukunft der menschlichen Rasse beschäftigt. Der wichtigste Text zu diesem Thema ist sein Buch *La Fin du monde* (1894), das gleichzeitig ein Roman und eine wissenschaftlich sein wollende Reflexion über die Zukunft des Menschen bis zu seinem Verschwinden von unserem Erdball ist.

Die erste Etappe ist das 25. Jahrhundert. Man lebt in einer Welt, die keine Kriege mehr kennt. Das ist zum großen Teil den Frauen zu verdanken, deren Rolle im politischen und sozialen Leben ständig gewachsen ist. Die europäischen Länder (mit Ausnahme Rußlands!) haben im 24. Jahrhundert einen föderativen Staatenbund gebildet. Bürokratie und Militarismus sind verschwunden, was die Steuern erheblich verringert und gleichzeitig die Einzelinitiative gefördert hat. Man sieht, Flammarion war kein Freund staatlicher Macht und staatlicher Organisationen! Unter den wissenschaftlichen und technischen Erfindungen nimmt die Luftschiffahrt die erste Stelle ein. Überall findet man Flugapparate und auf den Dächern der Wolkenkratzer erbaute Flugplätze. Typisch für diese Gesellschaft der Zukunft sind die »Hausaffen«: »Sie ersetzen schon seit einem halben Jahrhundert die immer seltener gewordenen menschlichen Dienstboten.«[10] Man erfährt nichts oder fast nichts über die sozialen und politischen Fortschritte der Menschheit, und das zeigt, daß Flammarion an das Fortbestehen des europäischen Systems seiner Zeit glaubte – mit kleinen Modifikationen, das versteht sich.

Die zweite Etappe ist das 25. bis 30. Jahrhundert. Die Weltbevölkerung beträgt bereits 3–4 Milliarden (in Wirklichkeit werden es 1980 bereits 4,5 Milliarden sein!). Flammarion hat, wie viele seiner Zeitgenossen, die unglaubliche demographische Entwicklung des 20. Jahrhunderts nicht vorhergesehen, die seine Voraussagen für das Jahr 3000 längst überschritten hat. Man spricht »europäisch« – ein Gemisch aus Englisch und Französisch, mit einigen Wörtern, die etymologisch gesehen griechischer Herkunft sind. Dazu kommen ein paar Ausdrücke aus dem Deutschen und dem Italienischen.[11] Die Grenzen zwischen den Ländern sind verschwunden, es herrscht ein völlig unbegrenzter »Waren- und Ideenaustausch«. Erschreckend, weniger für Flammarion als für die zukünftige Menschheit, ist die Zerstörung der Umwelt: »Die Wälder waren gänzlich verschwunden, Opfer der Nutzbarmachung des Bodens und der Papierherstellung.«[12] Die Elektrizität ist die Universalenergie geworden, daneben verwendet man aber auch die Sonnenenergie und die geothermische Energie. Eine andere bedeutende Erfindung der Zukunft ist die »Telephonoskopie« – eine Einrichtung, die ungefähr unserem heutigen Fernsehen entspricht.

In einer der folgenden Etappen, dem 50. Jahrhundert, arbeiten nur noch Affen und Maschinen, d. h. die Affen sind mit der Überwachung der automatisierten Maschinen beauftragt. Man beginnt mit der synthetischen Nahrungsherstellung. Zwischen dem 60. und dem 100. Jahrhundert ereignen sich große biologische Veränderungen. Das menschliche Nervensystem wird immer vollkommener, das Gehirn vergrößert sich (freilich bleibt das weibliche Gehirn weiterhin etwas kleiner!), die Windungen vervielfältigen und vertiefen sich. »Der Kopf war größer, der Körper kleiner geworden.«[13] Die europäischen Nationen sind in der Zwischenzeit verschwunden. »Unerbittlich haben eine Milliarde Chinesen ganz Westeuropa erobert. Durch ihre Vermischung mit der angelsächsischen Rasse entstand eine neue menschliche Rasse«[14], eine ziemlich kleine, hellhäutige Rasse, die sich mit leichten Flugapparaten bewegte. Doch wird die Menschheit erst viel später wirklich vollkommen: »Um das 20. Jahrtausend hörte der Mensch endlich auf, dem Affen zu gleichen.« Zu diesem Zeitpunkt ist auch die Erde endgültig vom Menschen umgeformt worden, der sie jetzt beherrscht. »Wenn die jetzige Menschheit auf den Mars auswanderte, würde sie sich wahrscheinlich weniger fremd dort fühlen als einer von uns, der nach diesen verschiedenen Etappen der Zukunft die Erde besucht. Die wilden Tiere waren völlig verschwunden ... Der gesamte Planet war zu einem Garten der Menschheit geworden, und dieser Garten wurde auf intelligente, rationelle und wissenschaftliche Weise bestellt.«[15] Die Menschheit hat ihren absoluten Höhepunkt erreicht, und der menschliche Organismus ist an die Grenze seiner Vervollkommnung gelangt. Eine Ära bricht an, in der Intelligenz und Schönheit herrschen und der Mensch immer vergeistigter wird (»der alte bestialische Kiefer war verschwunden«). Er lebt immer länger, oft mehr als 150 Jahre, die Jugend dauert 100 Jahre, die Krankheiten sind verschwunden. Es gibt nur noch eine Rasse, eine Sprache, eine Religion (die »astronomische Philosophie«). Zu den bekannten fünf Sinnen gesellen sich zwei andere: der elektrische und der psychische Sinn.[16] Man kann sich telepathisch untereinander verständigen, und selbst mit den »unsichtbaren Wesen, die um uns existieren und sich nicht körperlich materialisieren«[17], ist eine Verständigung möglich. Der Mensch nützt maximal die verschiedenen Energieformen (geothermische Energie, Sonnenenergie, hydraulische Energie). Auf diesen Höhepunkt wird bald ein Abstieg folgen, hervorgerufen durch die Zerstörung der natürlichen Lebensbedingungen, die das Ende der Menschheit mit sich bringt.

Am interessantesten erscheinen uns bei Flammarions Zukunftsentwurf die Betrachtungen über die biologischen und psychischen Modifikationen der Menschheit zu sein. Flammarions Meinung nach befindet sich der Mensch seiner Zeit erst am Anfang seiner Entwicklung und steht dem Tier noch sehr nahe. Ein langer Weg liegt vor ihm, auf dem er sich körperlich und geistig in immer stärkerem Maß vervollkommnen wird. Bei den Aussichten, die für die zukünftige wissenschaftliche und technische Entwicklung eröffnet werden, erweist sich Flammarion als schüchtern, obgleich er einige interessante Ideen entwickelt, z. B. das Energieproblem betreffend, die aber schon heute ihre Anwendung finden und nicht, wie Flammarion annahm, in einer fernen Zukunft.

3. *Kataklysmen und das Ende der Welt*

Das Thema vom Ende der Welt und von allen erdenklichen Kataklysmen war Ende des 19. und zu Beginn des 20. Jahrhunderts sehr beliebt, und Flammarion erhebt Anspruch darauf, ein Spezialist auf diesem Gebiet zu sein. Er ist der wichtigste Vertreter einer Richtung, die an ein natürliches und wissenschaftlich erklärbares Ende unserer Erde glaubt, wobei er zwar die Phase einer abergläubischen Angst überwindet, aber der geringsten Intuition entbehrt, was die neuen Ängste unserer Zeit betrifft, die aus der Möglichkeit heraus entstanden sind, daß der Mensch selbst eines Tages seinen Planeten in die Luft jagen könnte.

Flammarion behandelt diese Thematik vor allen Dingen in seinem Buch *La Fin du monde,* aber auch in zahlreichen Artikeln, die dem Buch folgen. Wahrscheinlich haben seine Arbeiten dazu beigetragen, eine gewisse Furcht vor einem möglichen planetaren »Unfall« zu schüren, und zwar zu einem Zeitpunkt, da es an wirklichen Kataklysmen wahrlich nicht fehlte (Krakatoa 1883, Saint-Pierre de Martinique 1902, San Francisco 1906, Messina 1908, ganz zu schweigen von der Panik, die das Wiederauftauchen des Halleyschen Kometen 1910 hervorrief).

Flammarion hat die Tatsache unterstrichen, daß das Ende unserer Erde und selbst unseres Sonnensystems wenig bedeuten würde, wenn man an die Unermeßlichkeit des Universums denkt. Übrigens hatten die Astronomen bereits dem Untergang von 26 Welten in der Folge der verschiedensten kosmischen Unfälle beigewohnt. Das Ende der Erde ist gewiß. Man weiß nur nicht, wie und wann es kommen wird. »Ob wohl unser Planet seine äußerste Altersgrenze erreichen wird? Unfälle und Krankheiten lauern ebenfalls auf ihn.«[18]

Einen ersten Grund zu Befürchtungen bilden die immer möglichen kosmischen Kollisionen, vor allen Dingen der Zusammenstoß mit einem Kometen. In *La Fin du monde* wohnen wir einem solchen Ereignis bei, das Flammarion in das 25. Jahrhundert verlegt. Obwohl das Ereignis katastrophale Folgen hat, zerstört es doch bei weitem nicht den ganzen Planeten. Der Schock trifft Europa, über das ein »Feuerregen« niedergeht. Die Brände, die entstehen, die Meteoriten, die niedergehen, vor allen Dingen aber die damit verbundene Panik haben zur Folge, daß ein Vierzigstel der Bevölkerung dieses Kontinents den Tod findet. In seinen Theorien hat Flammarion folgenschwerere Möglichkeiten analysiert, die der Zusammenprall mit einem Kometen zur Folge haben könnte, z.B. ein Verbrennen der Atmosphäre, das, wegen des Sauerstoffmangels, eine Asphyxie allen Lebens mit sich brächte. Umgekehrt könnte es nach einer chemischen Reaktion zu einem Sauerstoffüberschuß kommen, der zu allgemeinem Wahnsinn führen würde, dessen letzte Konsequenz das Aussterben der Menschheit wäre. Flammarion nennt noch zahlreiche andere Varianten kosmischer Unfälle. So würde beispielsweise bei einem Zusammenstoß mit der Sonne die freiwerdende Wärme alles Leben auf der Erde vernichten. – Flammarion stellt seine Betrachtungen mit der sachlichen Nüchternheit eines Astronomen an, um dann den Schluß zu ziehen, daß diese Szenarien nur geringe Aussichten haben, sich zu verwirklichen. Seine Leser urteilten freilich anders. Flammarions Schriften wie auch diejenigen anderer Astronomen oder wissenschaftlicher Popularisatoren, die um 1900 auf die Möglichkeit einer kosmischen Tragödie hinwiesen, haben ihren Anteil an der Panik gehabt, die das Erscheinen des Halleyschen Kometen 1910 auslöste.

Auch die Erdkruste und ihre mangelnde Stabilität sind für Flammarion ein Grund zur Besorgnis. Er hat sich eingehend mit der Vulkan- und Erdbebenforschung beschäftigt und zu diesem Thema ein Buch veröffentlicht, *Les éruptions volcaniques et les tremblements de terre* (1902). Zwar zog er 1883 bei der Explosion der Insel Krakatoa den Schluß, daß derartige Kataklysmen »uns nicht dazu verführen dürften, die allgemeine Stabilität unseres Erdballs in Frage zu stellen«[19], doch wird er mit den Jahren immer pessimistischer werden und schließlich sogar behaupten, daß »die Formation unseres Planeten noch nicht beendet ist« und daß »sich die menschliche Rasse zu früh entwickelt hat«.[20] Um genauere Auskünfte über die Zusammensetzung und die Stabilität der Erdkruste zu erhalten, schlägt Flammarion vor, einen gigantischen vertikalen Tunnel von mehreren Kilometern Länge in die Erde zu bohren, der, abgesehen von der wissenschaftlichen Bedeutung des Unternehmens, auch dazu dienen könnte, die geothermische Energie aufzufangen. Eventuell ließen sich mit seiner Hilfe auch unbekannte Lebensformen im Erdinnern entdecken.[21]

Das allmähliche Vordringen der Meere, die eines Tages die Kontinente überfluten könnten, beschäftigt Flammarion ebenfalls. Mehrmals hat er in seinen Schriften die Pariser Bevölkerung davor gewarnt, daß eine geringfügige Bodensenkung ausreichen würde, um die französische Hauptstadt in den Fluten versinken zu lassen. (In seinem Buch *La Fin du monde* liegt Paris in 10 000 Jahren tatsächlich auf dem Meeresgrund.)

Wir müssen aber betonen, daß Flammarions Meinung nach ein durch einen Unfall hervorgerufenes Ende der Welt weit unwahrscheinlicher ist als ein Ende als das Ergebnis eines natürlichen Alterns. Zwar hätten solche Unfälle Katastrophen zur Folge, die aber – seien sie auch noch so dramatisch – die Entwicklung und Entfaltung der menschlichen Gesellschaft nicht verhindern könnten. Das Ende allerdings ist unvermeidlich, eine natürliche physikalische Entwicklung wird es hervorrufen. Die wichtigste Ursache ist der allmähliche Verlust an Wasser, das entweder von der Erde absorbiert wird oder in der Atmosphäre verdunstet. Dieser Prozeß ist unabwendbar: »Das Wasser an der Erdoberfläche war immer weniger geworden. Der atmosphärische Wasserdampf sicherte noch eine Weile die Wärme und den Fortbestand des Lebens. Sein Verschwinden brachte eine Abkühlung und schließlich den Tod der Erde mit sich.«[22] Wegen dieser Entwicklung wird alles Leben in 10 Millionen Jahren auf der Erde ein Ende nehmen.[23] Ein ewiger Winter wird über der Erde herrschen. Die meisten Tiere und Pflanzen werden verschwinden, und die menschliche Gesellschaft wird in die Barbarei zurückfallen. Die letzten zivilisierten Menschen werden noch eine Weile in »zwei gigantischen Glasstädten« in der Äquatorialzone mit Hilfe der Sonnenenergie überleben. Die Atmosphäre wird immer dünner und das flüssige Wasser immer seltener werden. In *La Fin du monde* beschreibt uns Flammarion den Tod der letzten beiden Vertreter der zivilisierten Menschheit: »Danach blieben auf der Erde nur noch einige Horden verkümmerter Menschen, die wilden, mit Tierhäuten bekleideten Eskimos glichen und die allmählich verhungerten oder erfroren ... Die intelligente menschliche Rasse war ausgestorben. Degenerierte Tierrassen überlebten noch einige Jahrtausende. Dann erlosch allmählich und unerbittlich alles irdische Leben.«[24] Das Erbe der Erde wird an die Bewohner des Jupiter weitergegeben und entfaltet sich dort zu neuer Blüte. Während die letzten Menschen auf unserem Planeten sterben, »befahren auf diesem großen Planeten Schiffe die riesigen Meere, in den Lüften tummeln sich Flugapparate, die Ufer der Meere und die Mündungen der großen Flüsse sind der Schauplatz einer lebhaften Tätigkeit«.[25]

Man stellt fest, daß Flammarion dem Menschen keine sehr aktive Rolle zugesteht. In Werken, die nach ihm geschrieben wurden und die eine ähnliche Thematik behandeln, findet man entweder Menschen, die ihren eigenen Untergang herbeiführen (z. B. durch eine Zerstörung der Umwelt oder durch einen Atomkrieg), oder Menschen, die alle ihnen zur Verfügung stehenden Mittel nützen, um sich dem Schicksal entgegenzustellen, und die notfalls bereit sind, die Erde zu verlassen und sich auf einem anderen Planeten niederzulassen. Für Flammarion ist die Natur, trotz aller Fortschritte, die der menschliche Geist machen wird, immer stärker als der Mensch, und sie bestimmt das Schicksal der Menschheit.

4. *Unbekannte Naturkräfte*

Flammarion glaubte an die Existenz einer unsichtbaren Welt, die er für mindestens ebenso wichtig hielt wie die sichtbare. Er ist keine Ausnahme, zahlreiche Wissenschaftler interessierten sich zu seiner Zeit für parapsychologische Probleme und suchten für diese eine wissenschaftliche Grundlage. Die Gegner sprachen von einer »Renaissance der Magie«.[26] Die Science-fiction hat sich oft an parapsychologischen Themen inspiriert. Der französische Schriftsteller Gustav Le Rouge (1867–1938) schickt beispielsweise die Helden seiner kosmischen Abenteuerromane mit Hilfe der psychischen Energie auf den Mars, und sein Landsmann Jean de la Hire (1877–1956) geht noch weiter, indem er die Seelen von einem Planeten zum anderen reisen läßt, wo sie sich jeweils in neuen Körpern reinkarnieren.

Der Spiritismus war zu Flammarions Zeit Mode, und Flammarion selbst war in seiner Jugend ein begeisterter Leser der Schriften von Allan Kardec (1803–1869) gewesen, einer der bedeutendsten Persönlichkeiten dieser neuen Religion. In der Rede, die er bei Kardecs Tod hielt, äußerte Flammarion einige interessante Ideen, die Rolle der Wissenschaft bei der Eroberung dieser neuen Welt betreffend: »Der Spiritismus ist keine Religion, sondern eine Wissenschaft«, sagte er und wies darauf hin, daß dieses »Studiengebiet jetzt in sein wissenschaftliches Stadium tritt«. Doch haben die folgenden Worte wenig mit Wissenschaft und viel mit Science-fiction zu tun: »Wir leben folglich inmitten einer unsichtbaren Welt, und es ist nicht unmöglich, daß Wesen (die ebenfalls für uns unsichtbar sind) auf unserer Erde in einem von uns vollkommen verschiedenen Zustand von Empfindungen leben, ohne daß wir ihre Gegenwart zu würdigen wissen.«[27]

Flammarion glaubte an die Unsterblichkeit der Seele und an ihre Wanderung von einer Welt zur anderen, um andere Leben zu leben. Die Helden seiner Romane *Uranie* und *Stella,* die auf der Erde bei einem Unfall ums Leben kommen, reinkarnieren sich auf dem

Mars und finden dort ein neues Glück. Bevor die letzten Menschen in *La Fin du monde* sterben, haben sie das Recht auf eine »Konferenz«, die ihnen der Schatten des Pharaos Cheops hält: »Nein, ihr werdet nicht sterben. Niemand ist je gestorben. Die Welten lösen einander im Raum und in der Zeit ab.«[28] Und der Pharao hat recht, nach ihrem Tod schwingen sich die beiden letzten Menschen zum Jupiter auf.

Es handelt sich bei Flammarion nicht um einen literarischen Kunstgriff, er ist zutiefst von der Richtigkeit der vorgetragenen Ansichten überzeugt. Flammarion hat dieses Thema auch in theoretischen Schriften behandelt, so in *Les orces naturelles inconnues* (1907), in *La Mort et son mystère* (3 Bände 1920–1923), *Les Maisons hantées* (1923), die er als rein wissenschaftliche Arbeiten verstanden wissen wollte.

Die Autonomie der Seele oder der Gedanken vom Körper wird – laut Flammarion – eines Tages eine interplanetarische Verständigung erlauben, eine Art telepathisches Netz herstellen. Eine interessante Idee entwickelt Flammarion in *Lumen. Entretien astronomique d'outre-terre* (entstanden zwischen 1866 und 1869, veröffentlicht 1873): Wenn die Geschwindigkeit des Lichts geringer als die der Gedanken (oder die einer durch das Weltall reisenden Seele) ist, so müßte man – vorausgesetzt, man findet die richtigen optischen Mittel – die eigene Vergangenheit sehen können, oder sogar die Geschichte der Erde, die dann in umgekehrter Folge von der Gegenwart zur allerfernsten Vergangenheit ablaufen würde. Der Schriftsteller gibt uns ein Beispiel: eine Seele, die 1864 die Erde verläßt und auf einem Planeten Station macht, der sich 72 Lichtjahre von uns entfernt befindet, kann von dort aus die Ereignisse der Französischen Revolution, aber auch seine eigene Kindheit erblicken. Wenn diese Seele dann zur Erde zurückkehrt, hat sich ihr ganzes Leben an einem Tag vor ihren Augen abgespielt.

Durch eine unendliche Zahl von Reinkarnationen kann jede Seele eine unendliche Vielfalt von Existenzen leben. In *Lumen* beschreibt uns Flammarion zum Beispiel eine von Bäumen und Pflanzen »bevölkerte« Welt: »Es gibt dort Pflanzen, die wie wir leben, fühlen, denken und sprechen . . . Diese intelligenten Pflanzen existieren tatsächlich, ich selbst gehörte vor fünfzehn Jahrhunderten zu ihnen und war ein vernunftbegabter Baum.«[29] Das Problem der Seelenwanderung führt Flammarion also letztlich wieder zum Problem der »Vielzahl der bewohnten Welten«.

Flammarions Hypothese von den unbekannten und unsichtbaren Naturkräften oder vom Ende der Welt nachzuprüfen, ist gewiß kein leichtes Unterfangen. Was die Bewohnbarkeit der Planeten unseres Sonnensystems betrifft, so hat die Wissenschaft inzwischen seine Vorstellungen widerlegt. Man könnte freilich einwerfen, daß damit seine Theorie von der Vielzahl der bewohnten Welten nicht gänzlich hinfällig geworden ist, denn er hatte sie ja auf das ganze Weltall und nicht nur auf unser Sonnensystem anwenden wollen. Doch ist man heute skeptischer geworden, und man ist sich der privilegierten Situation unserer Erde stärker bewußt. Aber selbst wenn man annimmt, daß wir nicht allein im Universum leben, so handelt es sich doch auf keinen Fall um ein überbevölkertes Weltall mit sichtbaren und unsichtbaren Wesen, die sich auf jedem Planeten den Platz streitig machen.

Flammarions schwacher Punkt – der teilweise erklärt, warum sein Werk heute ignoriert wird – liegt in der systematischen Ablehnung jeglicher Möglichkeit einer kosmischen Reise. Ein psychischer Kontakt ist möglich, ein physischer unmöglich. Ein für diesen Punkt typischer Dialog lautet in *Stella* folgendermaßen: »– Aber werden wir niemals persönlich mit Mars oder Venus in Verbindung treten oder diesen Planeten in eigener Person besuchen können? – Nein, niemals. Das ist eine der wenigen negativen Gewißheiten, die wir aussprechen können. Der interplanetarische Raum ist für unsere irdischen Körper unüberwindlich. Doch wenn es auch nicht möglich ist, unsere Körper von einer Welt zur anderen zu transportieren, so wäre es gewagt zu behaupten, daß solche Reisen nicht von unsichtbaren Geistern, von Seelen, menschlichen Seelen, gemacht werden könnten und daß nicht eines Tages eine Verbindung zwischen dem Mars und der Erde durch die Verwendung psychischer Kräfte hergestellt würde.«[30] Noch zu Beginn des 20. Jahrhunderts, als die Luftfahrt rasche Fortschritte machte, legte Flammarion Wert darauf, die mögliche Eroberung der Luft streng von der ihm unmöglich erscheinenden Eroberung des Weltraums jenseits der irdischen Atmosphäre zu trennen.[31] Seine starre Haltung in dieser Frage unterscheidet ihn von den meisten seiner Zeitgenossen zu einem Zeitpunkt, da die modernen astronautischen Forschungen, angeregt durch Konstantin E. Ziolkowski und andere, gerade ihren Anfang genommen hatten, und ein einziges Mal beweist sogar Jules Verne mehr Phantasie als sein sonst so phantasievoller Landsmann.

Eine andere, inzwischen überholte Tendenz von Flammarions Werk ist die absolut optimistische Utopie, die er von unserer zukünftigen Entwicklung entwirft. Eine kontinuierliche Vervollkommnung der menschlichen Rasse, ein fortschreitendes Anwachsen der individuellen Freiheiten, das Ende der Kriege – alles wird in dieser Zukunftsvision in rosarotem Licht gesehen. Flammarion glaubte zu sehr an die Wissenschaft und übersah die rauhe Wirklichkeit des 20. Jahrhunderts, die andere Schriftsteller in literarischen Anti-Utopien zum Teil vorausgesehen haben. Um nur ein Beispiel von Flammarions Optimismus zu geben: Flammarion war überzeugt davon, daß durch die Fortschritte im Flugverkehr die Grenzen hinfällig würden. Die Folge des Flugverkehrs wäre die Entstehung der Vereinigten Staaten von Europa. Er sprach von der »Beseitigung der Grenzen, diesem letzten Überbleibsel feudaler Unterdrückung« und von den »ärgerlichen, lästigen und primitiven Zollschranken« und schloß mit der Bemerkung, daß es nicht einzusehen sei, »wie bei einem mehr oder weniger verallgemeinerten Luftverkehr die Zöllner weiterhin ihre lächerlichen Schikanen ausüben könnten«.[32] Wiederum hat Flammarion, der die zukünftige Wirklichkeit beschreiben wollte, eine Science-fiction-Geschichte erzählt.

Der Fall Flammarion ist seltsam. Entweder war er zu kühn (z.B. in seinen Hypothesen über das Leben auf anderen Planeten oder über die unbekannten Naturkräfte) oder zu schüchtern (in Hinblick auf die wissenschaftlichen und technischen Fortschritte oder auf die Erforschung des Weltalls), verglichen mit der tatsächlichen Entwicklung der Gesellschaft im 20. Jahrhundert und den die Menschen betreffenden Erkenntnissen. Fast immer hat er auf die Nummer gesetzt, die verlor! Es ist nur allzu verständlich, daß man heute lieber den vorsichtigen Jules Verne liest, der sich von der Realität seiner Zeit nur geringfügig entfernt hat. Doch richten sich diese Bemerkungen in erster Linie an den Wissenschaftler Flammarion, weniger an den Science-fiction-Schriftsteller, der er auch war. Flammarions Werk hat heute seine wissenschaftliche Brillanz eingebüßt, es kann aber als autonome Konstruktion des Geistes noch weiterbestehen. Flammarion hat eine Welt, ein Universum geschaffen, und wenige Schriftsteller können sich einer solchen Leistung rühmen. Es handelt sich um ein höchst kohärentes und auf seine Weise logisches Werk, das mit einer ungewöhnlichen Überzeugungskraft in einem geschliffenen Stil geschrieben ist.

Wenn das wirkliche Weltall anders ist, so ist das nicht Flammarions Schuld. Sein Universum ist mit Sicherheit schöner und gerechtfertigter als das wirkliche Universum. Er hat, indem er als Schöpfer mit Gott rivalisiert, eine Parallelwelt geschaffen. Ein schwieriges Unterfangen für einen Gelehrten, aber eine bewundernswerte Leistung für einen Schriftsteller, vor allen Dingen für einen Science-fiction-Schriftsteller.

Anmerkungen

1 Im *Lexikon der Science Fiction Literatur* (Hrsg. von H.-J. Alpers, W. Fuchs, R. M. Hahn, W. Jeschke, München 1980), das annähernd 600 biographische Artikel enthält, ist Flammarion nicht vertreten. Im Text wird er nur einmal zitiert (Band I, S. 37) als einer der großen Vertreter der utopischen Literatur, ohne daß man weitere Einzelheiten über sein Werk erfährt.

2 *La Grande Encyclopédie,* Band XVII, Paris o. J., S. 561.

3 C. Flammarion, *La Pluralité des mondes habités,* Paris, Ausgabe von 1864, S. 122. Dieses und die folgenden Zitate sind direkt aus dem Französischen übersetzt worden.

4 Ebd., S. 89.

5 C. Flammarion, *Les Terres du ciel,* Paris, Ausgabe von 1884, S. 520.

6 Ebd., S. 377.

7 C. Flammarion, *Stella,* Paris 1897, S. 201.

8 C. Flammarion, *Les Terres du ciel,* a. a. O., S. 621.

9 Ebd., S. 700.

10 C. Flammarion, *La Fin du monde,* Paris 1894, S. 46–47.

11 Ebd., S. 231.

12 Ebd., S. 247.

13 Ebd., S. 254.

14 Ebd., S. 260–261.

15 Ebd., S. 272–273.

16 Ebd., S. 277.

17 Ebd., S. 283.

18 C. Flammarion in einem Artikel »La fin du monde« in der Zeitschrift *Je sais tout,* 15. Februar 1905, S. 56.

19 C. Flammarion, »L'intérieur de la Terre«, in der Zeitschrift *L'Illustration,* 15. Dezember 1883, S. 378–379.

20 In: *Bulletin de la Société Astronomique de France* 1909, S. 57 und S. 297.

21 C. Flammarion, »La science veut percer la Terre«, in: *Je sais tout,* 15. Juli 1909, S. 733–741.

22 C. Flammarion, *La Fin du monde,* a. a. O., S. 302.
23 In seinem Buch *Le Monde avant la création de l'homme* (1886) zeigt Flammarion, daß das Leben auf der Erde vor 10 Millionen Jahren begonnen hat und daß der Mensch mehr als 100 000 Jahre alt ist. Diese Zahlen erschienen dazumal beachtlich, doch liegen die Werte weit unter den gegenwärtigen Schätzungen. Heute berechnet man die Vergangenheit und die mögliche Zukunft des irdischen Lebens in Milliarden Jahren. Indem Flammarion zu dem Schluß kommt, daß das Leben in ca. 10 Millionen Jahren erlöschen wird, stellt er eine Art Symmetrie zwischen der Vergangenheit und der Zukunft her und situiert seine eigene Zeit auf halbem Wege zwischen dem Anfang und dem Ende.
24 C. Flammarion, *La Fin du monde,* a. a. O., S. 359.
25 Ebd., S. 339.
26 Gustav Le Bon, »La Renaissance de la magie«, in der Zeitschrift *Revue scientifique,* 26. März 1910, S. 391–397. G. Le Bon schreibt u. a.: »Seit ungefähr zwanzig Jahren wohnen wir diesem unerwarteten Phänomen bei: eminente Professoren werden zu überzeugten Verteidigern aller möglichen Formen von Magie.«
27 C. Flammarion, *Les forces naturelles inconnues,* Paris, Ausgabe von 1907, S. 51–52.
28 C. Flammarion, *La Fin du monde,* a. a. O., S. 356.
29 C. Flammarion, *Lumen,* Paris 1873, S. 206.
30 C. Flammarion, *Stella,* a. a. O., S. 209–210.
31 C. Flammarion, »Quand nous aurons des Ailes«, *Je sais tout,* 1907, S. 147–156.
32 Ebd., S. 148.

Helga Abret

Liebe, Astronomie und Metaphysik:

Camille Flammarion als Romancier

Als der französische Astronom Camille Flammarion (1842–1925) auf Drängen seiner Kollegen, Freunde und Verehrer 1908 daran ging, seine Erinnerungen niederzuschreiben, hatte er bereits an die vierzig, zum Teil sehr umfangreiche wissenschaftliche und populärwissenschaftliche Bände und unzählige Zeitschriftenbeiträge veröffentlicht. Einige dieser Bücher waren zu Bestsellern geworden, viele von ihnen waren bald nach ihrem Erscheinen in die bekanntesten europäischen Sprachen, aber auch ins Arabische, Türkische und Chinesische übersetzt, ja sogar in die Blindenschrift übertragen worden. Ohne Übertreibung kann sich also Flammarion im Vorwort zu seinen Erinnerungen als bekanntesten Astronomen der Welt bezeichnen.[1] Doch hat sich Flammarion nicht nur als Wissenschaftler, sondern auch als Schriftsteller einen Namen gemacht. Aus seiner Feder stammen einige »astronomische« Erzählungen, ein romanciertes Weltendkompendium, *La Fin du monde* (1894), und zwei Romane, *Uranie* (1889) und *Stella* (1897).[2]

Was mag wohl den berühmten Astronomen dazu bewegt haben, hin und wieder in der Belletristik sein Glück zu versuchen? Da war zunächst ein natürlicher Hang zum Fabulieren, den es in den wissenschaftlichen Werken (mit mehr oder weniger Erfolg) in Zaum zu halten galt. Dazu gesellte sich ein immer wieder geäußertes Ungenügen an den zeitgenössischen literarischen Strömungen, ein Unbehagen am naturalistischen Roman z.B., dem Flammarion seine Vulgarität und das Fehlen von Idealen vorwarf, aber auch an der literarischen »décadence«, die er als »hohl« und »unwahr« verurteilte.[3] Flammarion war überzeugt davon, als Schriftsteller Besseres leisten zu können als die meisten seiner zeitgenössischen Kollegen. Er fühlte sich als Pionier einer neuen epischen Gattung, der es gelingen würde, die Kluft zwischen den Naturwissenschaften und der »geisteswissenschaftlichen« Literatur zu überbrücken. Doch waren es nicht nur literarische Ambitionen, die ihn zur Feder greifen ließen, sondern höchst pragmatische Absichten. Flammarion war ein Vollblutastronom, der sein Leben der Astronomie verschrieben hatte. Dieser Wissenschaft immer neue Adepten zuzuführen, die Menschheit davon zu überzeugen, daß die Astronomie die Wissenschaft, ja sogar die Religion der Zukunft sei, darin sah Flammarion seine Lebensaufgabe. Mit seinen belletristischen Schriften unternahm er den Versuch, eine Leserschaft zu erreichen, die ihm, trotz der Breitenwirkung seiner wissenschaftlichen Werke, entgangen war. Doch Flammarion wollte noch mehr. Er wollte nicht nur über den Forschungsstand der Astronomie berichten, er wollte seinen Lesern auch eine »Lebenshilfe« geben. Auf Grund seiner astronomischen Erkenntnisse hatte er sich nämlich eine Art »astronomische Philosophie« konstruiert, von deren Richtigkeit er genauso fest überzeugt war wie von der seiner astronomischen Hypothesen. Er glaubte nun, diese neue Religion in literarischem Gewand leichter unter die Leute bringen zu können.

Lucian Boia hat in seinem Beitrag *Zwischen Wissenschaft und Science-fiction* den hybriden Charakter von Flammarions wissenschaftlichen Schriften herausgearbeitet, die eine starke Tendenz zur Literarisierung charakterisiert. Flammarions als Romane konzipierten Werke sind ebenfalls hybride Gebilde, die einer »belletristischen Norm« wegen der Verquickung des epischen Geschehens mit Informativem und Weltanschaulichem nur teilweise entsprechen. Doch gewährt Flammarion in den Romanen seiner Phantasie einen größeren Spielraum als in den wissenschaftlichen und populärwissenschaftlichen Schriften und entscheidet sich für eine epische Erzählhaltung, d.h. er erzählt den größten Teil des Geschehens nicht als real vom Autor erlebte, sondern als erfundene Welt. Aus diesem Grund wollen wir im folgenden die beiden Werke, auf die sich unsere Untersuchung stützt, nämlich *Urania* und *Stella*, als Romane behandeln, obgleich sie sich einer eindeutigen Genrezuordnung entziehen und, wie seine wissenschaftlichen Schriften, in einer Grauzone angesiedelt sind.

Urania und *Stella* sind heute weder dem französischen noch dem deutschen Leser bekannt, eine kurze Inhaltsangabe der beiden Romane läßt sich folglich nicht umgehen.

Urania »zerfällt« in drei Teile. Den Mittelteil *(Georg Spero)* bildet die Liebesgeschichte des Astronomen Spero und der Norwegerin Iklea, die von dem Astronomen in die Geheimnisse der Sternenwelt eingeweiht wird. Bei einer Ballonfahrt in Norwegen verunglücken die Liebenden tödlich. Den Rahmen dieser recht dürftigen Handlung bilden die Erlebnisse eines Ich-Erzählers, der ebenfalls Astronom ist. Im ersten Teil des Buches *(Die Muse des Himmels)* wird er im Traum von Urania durch die Weiten des Weltalls geführt, wobei ihm die Muse des Himmels die Mehrheit der bewohnten Welten vor Augen führt und die Aufgaben einer zukünftigen Astronomie erklärt. Im letzten Teil *(Himmel und Erde)* macht der Erzähler, zwanzig Jahre nach Ikleas und Speros Tod – wiederum im Traum –, einen Ausflug auf den Mars und erfährt dort aus dem Mund der Marsianer Einzelheiten über das Marsleben. Bald nach diesem Traum hat er eine Vision, in der ihm der Geist Speros berichtet, daß Iklea und er sich auf dem Mars reinkarniert haben. Nach Speros Verschwinden entdeckt der Erzähler dessen geistiges Testament in Form von aphorismenhaften Aufzeichnungen, mit deren Wiedergabe der Roman schließt. – Selbst diese knappe Zusammenfassung läßt wahrscheinlich die strukturellen Schwächen von *Urania* erkennen. Dem Autor ist es nur mit großer Mühe gelungen, die drei Teile des Romans aneinanderzukitten. Das Strukturmittel des Traums, mit dem im ersten Teil die Himmelsreise und im letzten die Marsreise ermöglicht wird, entbehrt jeglicher Originalität. Speros Testament ist nicht in die Handlung integriert worden, sondern wirkt wie ein traktathafter Anhang. Die reduzierte Figurenkonstellation (Spero-Iklea und der Ich-Erzähler, der auf weiten Strecken wie ein Alter ego des Helden wirkt) läßt nicht die geringste Spannung aufkommen, und diese Spannungslosigkeit wird durch die monologische Struktur des Ganzen (Reden der Urania, Vorträge Speros, Bericht der Marsianer über ihr Leben) noch verstärkt.

Bei der Lektüre von *Stella* wird deutlich, daß Flammarion in den dazwischenliegenden Jahren erhebliche Fortschritte in der Romantechnik gemacht hat. Der Roman liest sich flüssig, die Handlung bewegt sich kontinuierlich vorwärts. Der Autor vermittelt die astronomischen Informationen und sein weltanschauliches Anliegen nicht mehr in nichtendenwollenden Monologen, sondern in sehr lebendigen Gesprächen, was ihm durch eine größere Anzahl von zum Teil profilierten Handlungsträgern erleichtert wird. Nach einem kurzen Vorwort, in dem ein fiktiver Erzähler dem Leser mitteilt, er wolle die Geschichte eines außergewöhnlichen Liebespaares erzählen, folgt dann, ohne weitere Eingriffe des Erzählers, diese Geschichte: Stella von Ossian, ein (allerdings begütertes) Waisenmädchen, erhält eine klösterliche Erziehung und wird im 18. Lebensjahr von ihren Verwandten, dem Grafen und der Gräfin von Noirmoutiers, in die Pariser Gesellschaft eingeführt. Sie scheint an dem mondänen Leben Gefallen zu finden, und als sich der Herzog von Jumiège, ein charmanter Lebemann, um sie bewirbt, ist sie dieser Verbindung nicht abgeneigt. Eines Tages stößt Stella in der Bibliothek ihres Onkels auf astronomische und philosophische Schriften, die ein Unbekannter unter dem Pseudonym »der Einsame« (le Solitaire) veröffentlicht hat. Der Inhalt dieser Bücher fesselt Stella, und sie beginnt, die Oberflächlichkeit des gesellschaftlichen Lebens zu durchschauen. Bei einem Sommeraufenthalt in den Pyrenäen lernt sie den Verfasser der Schriften, Raphael Dargilan, kennen und lieben. Doch müssen zunächst einige Hindernisse beseitigt werden (Stella löst ihre Verlobung und verzichtet auf ihr Vermögen), bevor die beiden, fern von allen gesellschaftlichen Verpflichtungen, ihrer Liebe und eifrigen astronomischen Studien leben können. Nur selten unterbrechen sie ihre wissenschaftliche Arbeit, um kleine Reisen zu unternehmen. Auf einer solchen Reise, zehn Jahre nach dem Beginn ihrer Bekanntschaft, wollen sie auf dem Dachstein bei Innsbruck einen Sternschnuppenfall beobachten, den ein vorbeiziehender Komet hervorruft. Am Morgen wird das Paar von den Bergführern tot in seinem Zelt gefunden. Das letzte Kapitel schildert, als Schlußtableau, die »Himmelfahrt« von Stella und Dargilan. Ein Komet entführt die Liebenden auf den Mars, wo ein neues Leben auf sie wartet.

Auf die strukturellen Unterschiede der beiden Romane haben wir bereits hingewiesen. In der sprachlichen Gestaltung stimmen sie freilich (sieht man von der perfektionierteren Dialoggestaltung in *Stella* ab) weitgehend überein. Die Leser der wissenschaftlichen Arbeiten Flammarions waren von seiner »literarischen Ader« überrascht, viele zeitgenössische Kritiker haben ihm eine glänzende Diktion bescheinigt. Die exakte, vorwiegend denotative Sprache, die gewöhnlich die Wissenschaftssprache charakterisiert, sucht man in seinen wissenschaftlichen Schriften vergeblich. Oft setzt Flammarion sein ganzes rhetorisches Talent ein, bemüht andere Dichter, zitiert Verse, um die Leser von der Richtigkeit seiner Argumentation zu überzeugen. Doch ist er sich auch der Gefahr bewußt, die eine Literarisierung der wissenschaftlichen Arbeiten birgt, und hin und wieder äußert er Bedenken an seiner eigenen Methode.[4] Als Romancier darf Flammarion jedoch auf alle Bedenken verzichten, und er setzt in seinen Romanen die ihm zur Verfügung stehenden literarischen und rhetorischen Kunstmittel hemmungslos ein. So beobachtet man eine Kumulation der Reize, z.B. durch Adjektivhäufungen, die bei Personen- und Landschaftsbeschreibungen besonders aufdringlich wird. Als Beispiel sollen nur einige Sätze aus der Beschreibung Ikleas zitiert werden: »Ihr blondes Haar umspielt ihre Stirn mit einem duftigen Glorienschein und fällt in reichen Ringeln auf ihre feine schlanke Taille herab; ihre blauen, von langen schwarzen Wimpern beschatteten Augen erscheinen wie ein Abglanz des azurfarbenen Himmels; ihre weißen Arme, ihr Hals verraten ein Fleisch von milchiger Weiße ...«[5] Ähnliche Beispiele ließen sich in beiden Romanen zur Genüge finden, und sie könnten in jeder Kitschanthologie ihren Platz einnehmen. Abgesehen vom lyrischen Ton vieler Textstellen gibt es auch eine Reihe von lyrischen Einlagen, die den Leser wahrscheinlich in Stimmung versetzen sollen. Was sie verdächtig macht, ist ihre Auswechselbarkeit. Da unser Beitrag für eine genaue sprachliche Analyse der Romane keinen Platz bietet, begnügen wir uns mit der Feststellung, daß die von Flammarion eingesetzten Stilmittel oft eine persuasorische Funktion haben und die Distanzierung des Lesers verhindern sollen.

Nun wird sich der moderne Leser die Frage stellen dürfen, warum Flammarions Romane, deren Handlungsfaden uns heute eher dünn anmutet, deren sprachliche Gestaltung höchst anfechtbar erscheint, Ende des 19. Jahrhunderts zu Publikumserfolgen geworden sind?

In seinem Beitrag »Kleiner Versuch über den großen Erfolg« hat Jürgen Peters versucht, die Kriterien des Erfolgs zu definieren: »Erfolge korrespondieren mit massenhaften Bedürfnissen. Die Bedürfnisse sind sehr gemischt. Man will Unterhaltung, Weltflucht, Orientierung. Man will aber auch signalisieren, daß man zu einer Gruppe gehört, zu der Gruppe, die sich mit dem Auserwählten identifiziert.«[6] Auch Flammarions Romane scheinen auf sehr gemischte Bedürfnisse zugeschnitten zu sein, und es ist anzunehmen, daß ihr Erfolg gerade auf ihrem Mischcharakter beruht. Sie kommen den von Peters genannten Bedürfnissen nach Unterhaltung, Weltflucht und Orientierung entgegen, aber auch dem Ende des 19. Jahrhunderts sehr verbreiteten Bedürfnis nach wissenschaftlicher Information. Flammarions Erfolgsrezept für seine beiden Romane lautet ungefähr so: Man nehme eine außergewöhnliche Liebesgeschichte, vermische sie mit allerlei astronomischen Informationen und vielen metaphysischen Reflexionen. Das Endergebnis ist dann ein Erfolgsroman.

Wir wollen uns Flammarions drei Ingredienzen, nämlich Liebe, Astronomie und Metaphysik, nacheinander genauer anschauen.

In *Stella* steht mehrmals die zeitgenössische Literatur im Mittelpunkt der Gespräche. So übt zum Beispiel der Graf von Noirmoutiers Kritik an ihr und am Geschmack seiner Gesprächspartner: »Das bedeutet also für Sie die Literatur: Prosa oder Verse, die einen nichts lehren, Romane, in deren Mittelpunkt immer wieder dieselben Geschichten stehen von Leuten, die sich küssen, um sich später zu betrügen, die sich amüsieren, die essen und trinken, sich duellieren oder sich gegenseitig umbringen; immer wieder werden die allergewöhnlichsten und allerseichtesten menschlichen Handlungen geschildert, und manchmal, aber viel zu selten, ist von ein paar raffinierteren und edleren Gefühlen die Rede.« (St. 144) Kein Wunder also, daß Flammarion in seinen Romanen dem Leser mit einer ungewöhnlichen Liebesgeschichte, die Neues, Nie-Erlebtes bieten will, aufwartet.

Ungewöhnlich sind zunächst die Berufe der beiden Helden. Sie sind Astronomen und haben bis zur Begegnung mit ihren Partnerinnen ein Leben geführt, das nur der Wissenschaft und der Lösung »ewiger Probleme« gewidmet war. So haben sie keinen Kontakt zu ihren Mitmenschen. Von Spero wird gesagt, daß er weder Freundschaft noch Kameradschaft kannte. Dargilan hat sich schon in jungen Jahren weitab vom gesellschaftlichen Treiben in einen Turm zurückgezogen und dort sein Observatorium eingerichtet. Die beiden Heldinnen sind selbstverständlich schön: Iklea ist eine blauäugige Blondine, Stella schwarzäugig und von »venezianischem Blond«. Aber Schönheit ist nicht ihre einzige Qualität. Was die beiden Frauen von den übrigen weiblichen Wesen unterscheidet, ist ihre Klugheit und ihr Wissensdrang. Iklea hat als Norwegerin eine freiere Erziehung als ihre französischen Altersgefährtinnen erhalten, wollte zunächst Medizin studieren, hatte sich aber zu dem Zeitpunkt, als sie Spero kennenlernte, der »psychologischen Physiologie« zugewandt. Sie erscheint dem Leser als ein modernes junges Mädchen. Auch Stella zeichnet sich (trotz ihrer konventionellen klösterlichen Erziehung) durch einen unabhängigen Charakter aus. Sie bildet sich allein durch die Lektüre wissenschaftlicher Werke weiter. Die Weltfremdheit der Gelehrten erklärt, warum in beiden Romanen die ersten Annäherungsversuche von seiten der Frauen erfolgen, die durch die Lektüre der wissenschaftlichen Werke auf die Person, die sich dahinter verbirgt, neugierig geworden sind. Die aktive Rolle der Frau bei den ersten Begegnungen mag Flammarions Lesern genauso ungewöhnlich erschienen sein wie die Tatsache, daß diese Annäherung zunächst auf geistigem Gebiet erfolgt. Von Iklea heißt es, daß sich ihr Geist noch energischer als ihr Herz an Spero klammert. Deshalb bemüht sie sich immer wieder, »die Frauen gegen die wissenschaftliche Verachtung mancher Männer zu verteidigen und ihre wissenschaftlichen Fähigkeiten zu betonen« (U. 80). Stella sucht Dargilan regelmäßig in seinem Observatorium auf und nimmt an seinen wissenschaftlichen Beobachtungen teil. Der Astronom schätzt »ihre Intelligenz, ihr Interesse für die Wissenschaft und ihre philosophische Neugier« (St. 210). In dieser ersten Phase der Begegnung versuchen die Männer der »Anziehungskraft des Fleisches« zu widerstehen, doch spüren alle Beteiligten, daß der Beziehung etwas fehlt: »In diesem Leben zu zweit, so vertraut und charmant es auch war, fehlte etwas« (U. 105). Dieser Zwischenzustand führt sogar dazu, daß die bis dahin so arbeitsamen Astronomen ihre wissenschaftlichen Forschungen vernachlässigen. Spero kann keine Zeile mehr schreiben, und Dargilan »hatte die Fähigkeit zum intellektuellen Arbeiten verloren und war nicht mehr imstande, seine Aufmerksamkeit fünf Minuten auf ein Thema zu konzentrieren. Ein einziger Gedanke, ein einziges Bild beschäftigten seine Seele Tag und Nacht« (St. 245). Doch dann springt endlich der »elektrische Funke« (Flammarion ist ein Fanatiker der Elektrizität!) über, und die bis dahin verdrängte sinnliche Leidenschaft kommt zu ihrem Recht. Und das, ohne daß der Bund, wie es die herrschende Moral verlangte, sofort vor dem Altar besiegelt wird. Dieses »ekstatische Leben, daß sie einen Augenblick die Metaphysik und ihre Probleme vergessen läßt« (U. 107), dauert einige Monate. Aber zum Glück sind beide Frauen Intellektuelle, und so entgehen die Astronomen der Gefahr, für immer vom Weg der Wissenschaft abzuweichen. »Iklea war so verführerisch, daß Spero vielleicht die Anziehungskraft der Wissenschaft vergessen hätte, wenn sie nicht selbst einen so unersättlichen Wissenshunger gehabt hätte.« (U. 121/22) Auch Stella erinnert nach einer Reihe von Liebesnächten ihren Geliebten wieder an seine astronomischen Pflichten. Dann erst beginnt das wahre Leben zu zweit, das der Autor seinen Lesern als erstrebenswerten Idealzustand ausmalt. Es hat nichts »mit den gewöhnlichen Verbindungen gemein, die für die meisten Menschen die Liebe bedeuten« (U. 113). Es ist eifrigen astronomischen Forschungen und metaphysischen Diskussionen gewidmet, die aber hin und wieder durch Liebeserklärungen und Liebesbeweise unterbrochen werden. Und nach dem Tod dürfen die Liebenden, auch das unterscheidet sie von der Masse der Erdenbürger, ihr gemeinsames Leben auf dem Mars in neuer Gestalt fortsetzen.

Die Liebesgeschichte, die Flammarion in *Urania* und *Stella* seinen Lesern und Leserinnen zur Unterhaltung und Erbauung erzählt, hat also auf den ersten Blick nichts mit den »gewöhnlichen«, »seichten« Geschichten der zeitgenössischen Literatur zu tun, über die sich Flammarion so bitter beklagt, und an edlen Gefühlen wird eher zu viel als zu wenig geboten. Es ist anzunehmen, daß Flammarion mit seinen paradigmatischen Liebesgeschichten breite Leserschichten aus der trivialen Alltagswelt heraus- und in höhere Sphären hinaufziehen wollte. Wie der Erfolg der Werke bewies, war dieser Drang zum Höheren latent beim Publikum vorhanden. Die dargestellten Zweierbeziehungen mögen die meisten Leser und Leserinnen als vorbildlich empfunden haben. Männliche Leser konnten sowieso wenig gegen das Liebesverhältnis einwenden, weil in ihm (und davon soll gleich die Rede sein) ihre dominierende Rolle letztlich, wenn auch auf originelle Weise, bestätigt wird. Die Leserinnen werden sich nicht selten in ihren Wunschvorstellungen mit Iklea und Stella identifiziert haben, mit Heldinnen also, die weder mütterliche Heimchen am Herd noch männerumgarnende Kokotten sind, sondern moderne und kluge Frauen, so modern, daß sie die Eheschließung als notwendiges Übel erst nach den leidenschaftlichen Liebesnächten in Kauf nehmen, so klug, daß sie zu Mitarbeiterinnen ihrer Männer werden. Untersucht man freilich die Zweierbeziehungen mit dem historischen Abstand von fast hundert Jahren etwas kritischer, so steigen einem allerlei Zweifel auf. Sind die Geschichten wirklich so ungewöhnlich, wie es auf den ersten Blick erscheint? Handelt es sich tatsächlich um moderne Liebesbeziehungen, die zu Flammarions Zeit noch einer Elite vorbehalten waren, aber für zukünftige Partnerverhältnisse Modellcharakter haben sollten? Bei einer kritischen Lektüre fällt beispielsweise auf, daß Iklea und Stella von Anfang an die Rollen gelehriger Schülerinnen übernommen haben. Sie sind Adepten der Astronomen, schauen zu ihnen auf, bewundern und vergöttern sie. Die größere Erfahrung der Männer scheint dieses Rollenverhältnis zunächst zu rechtfertigen. So lauschen die Frauen belehrenden Vorträgen, hören den Männern zu, wie man »einem Apostel, einem vielgeliebten Apostel zuhört« (U. 95/96). Doch bewahren sie sich zunächst eine geistige Autonomie, um die es erst endgültig geschehen ist, als sie sich ihren Aposteln hingeben. »Ich gehöre dir. Für mich existiere ich nicht mehr, ich bin in deinem Licht, in deinem Glück, in deiner Liebe zu einem Nichts geworden. Ich will nichts mehr«, das sind Worte Ikleas (U. 119), die ihre Freiheit zur intellektuellen Arbeit verliert: »Sie sah nur noch durch seine Augen, handelte nur noch für ihn« (U. 111). Auch Stella ergeht es nicht anders: »Du bist mein Meister, mein Gott, mein alles« (St. 301), sagt sie zu Dargilan, und an ihre Freundin Cécile schreibt sie: »Mein Mann ist ein Engel. Ich habe seine Religion angenommen. Ich habe keine andere mehr« (St. 366). Sie wird Dargilans »Sache«, sein »Ding«, und so nennt sie nicht nur der stolze »Besitzer«, auch Stella verwendet diese Worte: »Mein Geliebter, ich bin dein Ding. Du hast mich ja schon gewarnt: Liebe bedeutet Sklaverei. Aber es ist höchst angenehm, deine Sklavin zu sein« (St. 336).

Und wie sieht das Leben einer solchen intellektuellen Sklavin aus? »Sie half ihm bei seinen Forschungen, las trockene wissenschaftliche Werke, wurde seine Sekretärin, übersetzte für ihn theoretische Abhandlungen aus dem Englischen, Deutschen, Italienischen und Spanischen, die zu überfliegen er nicht die Zeit hatte, beobachtete mit ihm die Merkwürdigkeiten des Himmels und fertigte astronomische Zeichnungen an« (St. 333). Stella ist also perfekt auf die Anforderungen eines männlichen Intellektuellen zugerichtet worden. Lobend erwähnt der Autor, daß sie trotz ihrer Arbeit kein Blaustrumpf wurde, immer weiblich und phantasievoll blieb und keinen hervorragenden wissenschaftlichen Ehrgeiz entwickelte! In beiden Romanen haben die Integrationsmechanismen auf ähnliche Weise funktioniert: durch ihre hingebungsvolle Liebe sind Iklea und Stella in die Falle geraten, auch wenn ein Observatorium vielleicht eine interessantere Falle ist als eine Küche oder ein Salon.

Wie es um das Mann-Frau-Verhältnis wirklich bestellt ist, enthüllt folgende kleine Episode: Nach ihrem Tod kommen Iklea und Spero auf den Mars, einen Planeten, »auf dem sich in der Tierwelt und bei den Menschen das weibliche Geschlecht durch Schönheit, Stärke und Klugheit auszeichnet« und folglich »das weibliche Geschlecht vermöge dieser unbestrittenen Überlegenheit über das männliche unumschränkt herrscht«. Da ergibt sich also für Spero, der auf der Erde seiner Überlegenheit gewiß war, die Möglichkeit, in die Rolle des Unterlegenen zu schlüpfen. Aber nein, »in Anbetracht der organischen Bedingungen dieses Planeten« nimmt Spero flugs das weibliche Geschlecht an, und Iklea »fühlt sich unwiderstehlich zu einer männlichen Fleischwerdung hingetrieben« (U. 210). Und damit wäre auch auf dem Mars alles wieder beim alten! In *Stella* wird die Möglichkeit eines Geschlechtertauschs nur in einem Gespräch zwischen Stella und Dargilan angeschnitten. Auf die Frage des Astronomen, ob sie nicht in einem zukünftigen Leben ein Mann sein wolle, antwortet Stella mit einem kategorischen »Nein. Ich bin ganz und gar damit zufrieden, deine kleine Frau zu sein. Das genügt mir« (St. 436).

Einem kritischen Blick halten also die idealisierten Liebesbeziehungen in *Urania* und *Stella* nicht stand. In der *Allgemeinen deutschen Real-Encyclopädie für die gebildeten Stände* aus dem Jahr 1865 kann man über das Geschlechterverhältnis folgendes lesen: »Der Mann war stets in der Staats- und Religionsschöpfung, in der Philosophie, in Kunst und Wissenschaft produktiv, neugestaltend und maßgebend. Das Weib nahm an seinen Entwicklungen aufnehmend und mitempfindend teil.«[7] Diese Definition trifft genau auf die in Flammarions Romanen dargestellten Geschlechterbeziehungen zu. Mögen die Geschichten auch noch so ungewöhnlich erscheinen, letztlich bestätigen sie doch nur die dominierende Rolle des Mannes und die absolute Hingebungsfähigkeit der Frau. Spero und Dargilan haben das Recht auf ein schöpferisches Werk, Iklea und Stella dürfen bei dessen Entstehung mithelfen und es danach bewundern. So hat Flammarion mit seiner Liebesgeschichte zweierlei erreicht: es ist ihm gelungen, die Leser in eine ideale Welt zu versetzen, die scheinbar nichts mit der realen zu tun hat, und gleichzeitig die in der Realität herrschenden Verhaltensnormen zu bestätigen.

Immer wieder beklagt sich Flammarion in seinen Schriften und auch in zahlreichen Vorträgen und Konferenzen über die allgemeine Gleichgültigkeit der Erdenbewohner dem Universum gegenüber: »Sie fragen sich nicht einmal, wo sie leben (...), gehen ihren alltäglichen Geschäften oder ihren Vergnügungen nach, ohne etwas von den Wundern des Weltalls zu ahnen« ... »Wie kommt es, daß die Bürger des Himmels so wenig den Stern kennen, den sie bewohnen, wo es doch auf der Welt nichts Interessanteres als das Universum gibt.« (Mém. 439/440)

Für Flammarion ist die Astronomie die älteste der Wissenschaften, ihre Anfänge fallen mit denen des Menschengeschlechts zusammen. Sie ist nicht nur die Königin der Wissenschaften, sondern gleichzeitig die Grundlage aller anderen Wissenschaften und der Philosophie. Flammarion als Romancier verfolgt eine didaktische Absicht, er will die Astronomie einer breiten Öffentlichkeit allgemeinverständlich darstellen und auf diese Weise eine Bresche in die Unwissenheit seiner Zeitgenossen schlagen. In *Urania* verknüpft er seine astronomischen Exkurse und Erläuterungen noch recht ungeschickt mit dem Handlungsfaden, in *Stella* geschieht diese Vermittlung auf überzeugendere Weise.

In einer Unterhaltung über den »wissenschaftlichen Roman«, die in *Stella* geführt wird, wirft einer der Gesprächspartner die Frage auf: wird der Leser imstande sein, die dichterische Fiktion von der wissenschaftlichen Realität zu unterscheiden? Wenn nicht, dann wäre es durchaus möglich, daß der wissenschaftliche Roman, statt zur Aufklärung, zur Verwirrung der Geister beitrüge. Darauf antwortet ihm der Graf von Noirmoutiers, der in dem Roman oft Wortführer von Flammarions Ideen ist, daß in einem wissenschaftlichen Roman alles, was die Wissenschaft betrifft, unbedingt wissenschaftlich bleiben müsse. Dann spricht er über die belletristischen Werke Dargilans und sagt: »Ich behaupte, daß sich in ihnen nicht der geringste Irrtum oder die geringste Erfindung entdecken läßt. Es gibt nicht einen Satz, nicht ein Wort, die widerlegt werden könnten. Man muß wirklich sehr naiv, sehr kurzsichtig sein, wenn man nicht in der Lage ist, den eindeutig wissenschaftlichen Stoff von der Erzählung zu trennen, die dazu bestimmt ist, ihn einzurahmen und lesbar zu machen« (St. 146).

Wie steht es nun mit dem wissenschaftlichen Gehalt von *Urania* und *Stella*? Schaut man sich beispielsweise die astronomischen Passagen genauer an, so wird man unschwer feststellen können, daß nur wenige, trotz des professoral-belehrenden Tons, wirklich wissenschaftlich-informativen Charakter besitzen. Informativ ist Flammarion immer dann, wenn er, wie es hin und wieder geschieht, von Entdeckungen anderer Astronomen in früheren Zeiten berichtet. Dem wissenschaftlichen Forschungsstand in der zweiten Hälfte des 19. Jahrhunderts entsprechen eine Reihe von Angaben über die Länge des Marsjahres, über die Marsjahreszeiten und das Marsklima. Auch Flammarions verschiedene Spekulationen über mögliche kosmische Unfälle lassen sich mit den dominierenden Hypothesen in Einklang bringen. Doch weicht Flammarion auf weiten Strecken von seinem wissenschaftlichen Programm ab und entfaltet seine Phantasie in einer Reihe von gewagten Hypothesen, die er in seinen wissenschaftlichen und populärwissenschaftlichen Werken nur andeuten durfte, wenn er seine Autorität als Wissenschaftler nicht aufs Spiel setzen wollte.

Von allen astronomischen Themen liegt Flammarion das Thema von der Pluralität der bewohnten Welten im Universum am meisten am Herzen. Die alte Idee von der Vielfalt der bewohnten Welten war im 19. Jahrhundert wieder aufgegriffen worden, und das Interesse an unseren kosmischen Brüdern hatte nach der Entdekkung der Marskanäle durch den italienischen Astronomen G.V. Schiaparelli 1877 erheblich zugenommen. Camille Flammarion war einer der eifrigsten Verfechter der Idee von der Vielfalt der bewohnten und bewohnbaren Welten und wollte diese Idee mit dem ihm eigenen Optimismus wissenschaftlich beweisen. Bei seiner »Beweisführung« geht er von einem Postulat aus: das Leben ist der Zweck der gesamten Schöpfung. Daraus zieht er die Folgerung: es darf keine nutzlosen Planeten geben. Zwar müssen nicht alle Planeten jetzt bewohnt sein, aber das bedeutet nur, daß sie bereits bewohnt waren oder eines Tages bewohnt sein werden. Unsere Erde nimmt folglich keine bevorzugte Stellung im Sonnensystem ein, sie ist nicht die bestmögliche aller Welten, andere Himmelskörper stehen in ihrer Entwicklung unendlich höher als sie. Und nach diesen »wissenschaftlichen« Erklärungen läßt Flammarion in den Romanen seinen Bewohnbarkeitsphantasien freien Lauf. So sieht der Erzähler in *Urania* bei seiner Reise durch das Universum Planeten, deren Bewohner 6, 15, 18, ja sogar 25 Sinne haben. Auf einem Planeten verändern sich die Augen je nach der Leidenschaftlichkeit der Empfindung, und die Willenskraft der »Menschen« ist so stark, daß ihre Blicke tatsächlich töten können (U. 27). Auf einer anderen Welt verbieten die ungewöhnlich hohen Temperaturen das Tragen von Kleidungsstücken, und da die Atmosphäre gleichzeitig hochgradig mit Elektrizität geladen ist, äußert sich das Gefühl durch »Erleuchtung« des Körpers: bei leidenschaftlicher Erregung »erglüht« das starke Geschlecht in rotem Licht, während das schwache in »anmutig bläulichem Licht schimmert« (U. 30). Es gibt Welten, auf denen bei zwei liebenden Wesen der Geschlechtertausch möglich ist (von den Hintergründen dieser so demokratisch wirkenden Einrichtung haben wir schon gesprochen). Andere, auf denen die Wissenschaft so weit fortgeschritten ist, daß neugierige Historiker die Möglichkeit haben, sich in einen Winterschlaf versetzen zu lassen, um zweihundert Jahre später wieder aufzuwachen. Dem Erzähler wird sogar ein Planet vorgeführt, auf dem die Menschen nicht nur die Augen, sondern auch die Ohren schließen können. Dieser Umstand ist nützlich und ärgerlich zugleich: zwar gibt es weniger Streit als auf der Erde, doch sind die politischen Parteien stärker getrennt als bei uns, weil man vor den Argumenten der Gegner im buchstäblichen Sinn die Ohren verschließt. Selbstverständlich greift Flammarion auch das Thema der Reinkarnation wieder auf. Während bei den Erdenbürgern erst der Tod eine Reinkarnation ermöglicht, darf auf höherentwickelten Planeten die Seele »ohne den traurigen Umstand des Todes« den Körper wechseln und sich in einen anderen Körper reinkarnieren. Ein alternder Gelehrter kann also in den Körper eines jungen Mannes schlüpfen. Immerhin bedarf es dazu der Zustimmung des jungen (und aufopferungsvollen!) Mannes und (Wissenschaft verpflichtet!) der »magnetischen Einwirkung eines Arztes« (U. 27/28).

Bei der Beschreibung der Bewohner anderer Planeten fällt auf, daß Flammarion, der in seinen theoretischen Überlegungen über die Pluralität des Universums versucht hat, sich vom Anthropomorphismus zu entfernen, in seinen Romanen einem recht primitiven Anthropomorphismus das Wort redet. Vielleicht läßt sich diese Vorsicht aus ästhetischen Rücksichten erklären. Kurd Laßwitz (1848–1910), Zeitgenosse von Flammarion und wie dieser Schriftsteller und Naturwissenschaftler, hat in einem theoretischen Artikel erklärt, warum die Poesie (bzw. die Dichtung) seiner Meinung nach anthropomorphisieren müsse: »Denn es ist eine unentbehrliche Voraussetzung für die dichterische Wirkung, daß wir uns in das Erlebnis der geschilderten Geschöpfe mit unserm eigenen Erlebnis versetzen können. (...) Die dargelegte ästhetische Rücksicht zwingt den Dichter, seinen Bewohnern anderer Planeten menschliche Gestalt und menschlichen Sinn zu geben, wenn auch in idealistischer Form; sonst könnten wir nicht mit ihnen leben.«[8]

Im Bereich der Phantasie bewegt sich Flammarion auch in den Marsepisoden seiner beiden Romane, sieht man von einigen wissenschaftlichen Angaben den Mars betreffend ab, die wir bereits erwähnten. Die Marsianer sind mit zwölf Sinnen ausgestattet, darunter einem magnetischen und einem telepathischen Sinn. Sie essen nicht (töten folglich auch nicht) und ernähren sich wie die Pflanzen atmend. Da ihr Planet älter als die Erde ist, sind sie in ihrer Entwicklung fortgeschrittener als die irdischen Menschen, und das drückt sich vor allen Dingen in ihrer »Vergeistigung« aus: sie arbeiten nicht mehr körperlich, leben nur noch für den Geist und meditieren über die großen und geheimnisvollen Probleme der Natur. Auf dem roten Planeten überwiegen die fliegenden Rassen, und überhaupt spielt sich ein Teil des Lebens in den Lüften ab. Die technischen Errungenschaften unserer so fortgeschrittenen Nachbarn interessieren Flammarion weit weniger als die meisten seiner Schriftstellerkollegen, die Ende des 19. Jahrhunderts das Marsthema behandelten. Flammarion beschreibt z. B. einen »Telephotographen«, der alle Ereignisse unserer Erdgeschichte aufgezeichnet hat und betont immer wieder, daß die elektrische Energie auf dem Mars die gesamte Technik beherrscht. Die Möglichkeit einer kosmischen Reise wird von Flammarion nicht nur in den Romanen, sondern auch in allen wissenschaftlichen Schriften kategorisch abgelehnt. Nur die Reinkarnation läßt er (für besonders hochentwickelte Seelen!) als Reisemittel gelten. Hingegen wird die Möglichkeit eines Nachrichtenaustauschs mit anderen Planeten durch Zeichen oder Telegrafie verteidigt.

Der Mars wird als eine ideale Welt dargestellt, verglichen mit ihr erscheint unser irdisches Treiben primitiv und lächerlich. Es ist eine Welt ohne religiösen Fanatismus, ohne Henker und Märtyrer, ohne internationale Zwistigkeiten und Kriege. Indem Flammarion eine vorbildliche Marswelt schildert, kritisiert er indirekt die irdischen Verhältnisse, doch zielt seine Kritik nicht wirklich auf Veränderung der bestehenden irdischen Zustände. Immer wieder wird betont, daß es genügt, Geduld zu haben, denn in einer fernen Zukunft wird unsere irdische Welt ebenso ideal aussehen wie die Marswelt. Das lehrt das »Gesetz des Fortschritts«. »Es besteht kein Grund, völlig zu verzweifeln«, so tröstet in *Urania* Speros Geist den Erzähler. »Der Fortschritt wird auch euch mitreißen. Eines Tages werdet ihr wissen, was es bedeutet, Bürger des Himmels zu sein« (U. 231).

Eine genauere Untersuchung von Flammarions astronomischen Romanen führt also zu dem Ergebnis, daß beide Werke im Grunde genommen nicht der Definition entsprechen, die der Autor selbst zu wiederholten Malen vom wissenschaftlichen Roman gegeben hat. Freilich informiert Flammarion hin und wieder in seinen Romanen über den astronomischen Forschungsstand seiner Zeit, vor allen Dingen über den Stand der Marsstudien, aber auf weiten Strecken setzt er seinen Lesern astronomische Phantasien vor, und diese werden tatsächlich Mühe gehabt haben, das, was noch Wissenschaft war, von dem, was schon Fiktion ist, zu unterscheiden. Der Autor hat nichts getan, um eine Abgrenzung zu erleichtern. Zwar schildert er, um nur ein Beispiel zu geben, in *Urania* die Marsreise als einen Traum, aber wenn der Erzähler beim Erwachen sagt: »Die Dinge, die ich gesehen habe, standen in vollkommener Übereinstimmung mit den wissenschaftlichen Angaben, die wir bereits über das Marsleben haben ...« (U. 205), dann wird der Leser damit aufgefordert, diesen Traum als bare Münze zu nehmen.

Flammarions Absicht, in seinen Romanen nicht nur zu unterhalten, sondern auch zu belehren, kam einem wachsenden Bedürfnis breiter Leserschichten nach naturwissenschaftlicher Information entgegen. Doch hat der Schriftsteller – ob wissentlich oder unwissentlich, das sei dahingestellt – seine Leser vor allen Dingen desinformiert. Indem der Informationswert seiner Romane gering, die Desinformation hingegen groß ist, sind Flammarions ursprünglich didaktische Absichten fehlgeschlagen. Man könnte sogar noch weitergehen und sagen, daß Flammarions Bewohnbarkeitsphantasien die Leser zur Abkehr von der Wirklichkeit und zu einer Weltflucht aufforderten. Wenn die Erde nicht der einzige bewohnte Planet in unserem Sonnensystem und nicht die beste aller Welten ist, wozu dann noch seine Kraft und seinen Verstand an die Veränderung der irdischen Zustände verschwenden? Es genügt (vorausgesetzt, man gehört zur irdischen Elite) zu sterben und sich auf einer besseren Welt zu reinkarnieren.

Hätte sich Flammarion als Romancier damit begnügt, eine Liebesgeschichte mit einigen astronomischen Informationen und vielen astronomischen Hypothesen zu verknüpfen, so wäre der Erfolg seiner Romane sicher nicht so groß geworden. Aber Flammarion bietet seinen Lesern mehr, nämlich das, was Jürgen Peters in dem bereits zitierten Aufsatz über den Erfolg »Orientierung« nennt. Er bietet Lebenshilfe in Form einer »astronomischen Philosophie«.

Flammarion erzählt in seinen Erinnerungen, daß er in jungen Jahren eine religiöse Krise durchmachte und als Achtzehnjähriger aufhörte, »an die Göttlichkeit von Jesus, an die heiligen Sakramente und an das, was die Lehre der Kirche ausmacht«, zu glauben (Mém. 184). Er berichtet u.a. von einem minutiösen Examen der Schöpfungsgeschichte, das ihn zu dem Ergebnis führte, daß die christliche Erklärung eine naive, nicht zu beweisende und widersprüchliche Fiktion ist. Seine eigenen Zweifel hat Flammarion in den Romanen auf verschiedene Romanfiguren übertragen, am eindeutigsten wohl auf Stella, die auf die gleiche kritische Art wie der Autor selbst die christliche Lehre von der Schöpfung der Welt und der Entstehung des Menschen untersucht und dem Leser sogar ihre Untersuchungsergebnisse in Form einer wohlgeordneten Tabelle vorlegt. Sie kommt zu dem Schluß, daß zwischen der christlichen Lehre und der »astronomischen Wahrheit« ein unüberbrückbarer Widerspruch besteht. Iklea hat ebenfalls die Überzeugung von der Richtigkeit der kirchlichen Dogmen verloren. Der Verlust ihres Glaubens stürzt die beiden Frauen zunächst in Verzweiflung, weil damit die Idee des Todes übermächtig wird. Von Iklea heißt es: »Der Tod erschien ihr als eine grausame Ungerechtigkeit« (...), »sie fühlte sich durchdrungen von der allbeherrschenden Sehnsucht, immer zu leben« (U. 86). Auch für Stella ist der Verlust des Glaubens ein Schock. Sie schläft und ißt nicht mehr, Tag und Nacht wird sie von der Frage gequält, was nach dem Tod aus ihr werden wird. Während die Heldinnen in einer »eher ästhetischen und sentimentalen als wissenschaftlichen Form« an den Tod denken, versuchen die Männer das Problem kraft ihres Verstandes zu lösen, denn: »Wir haben einen Glauben nötig«, schreibt Flammarion. »Die Geister, die sich vermessen, kein Bedürfnis nach Glauben zu haben, verfallen in erster Linie in Aberglauben oder gehen in Gleichgültigkeit auf.«[9] Auf der Suche nach einer neuen Religion wird für die Astronomen die Sternenkunde zur Richtschnur. »Die Astronomie muß die Grundlage jeder philosophischen und religiösen Überzeugung sein«, heißt es in Speros Testament (U. 283). Die moderne Religion, die sowohl Spero als auch Dargilan entwickeln, verzichtet nicht auf den Gottesbegriff, doch wird dieser im Namen der Wissenschaft umgeformt, Gott ist jetzt, sehr abstrakt, ein Wille, ein Plan, eine Idee. Das Gesetz des Fortschritts wird zum obersten Naturgesetz erhoben, es bestimmt die Entwicklung der Natur und des Universums: »Leben, Denken, ewiger Fortschritt sind der Endzweck der Schöpfung« (U. 103).

Das Problem des Lebens nach dem Tod führt Flammarion auf das Gebiet des Spiritismus und des Seelenlebens. Bereits 1861 hatte er das Buch *Le livre des Esprit* (1859) von Allan Kardec (1803–1869) entdeckt und sich am Ideengut dieses englischen Spiritisten bereichert. Kardec vertrat die Idee von einem dauernden Verkehr zwischen Menschen und Geistern und von einer wiederholten Reinkarnation. Flammarion setzte sich mit dem Autor in Verbindung, trat mit französischen spiritistischen Gruppen in Kontakt, nahm mehrmals an Séancen teil und fertigte sogar Protokolle an. Wenn der Ich-Erzähler in *Urania* eine Séance in Nancy beschreibt, so kann man sicher sein, daß Flammarion in dieser Szene des Buches aus seinen eigenen spiritistischen Erfahrungen geschöpft hat. In *Urania* besteht auch ein ganzes Kapitel aus zahlreichen Zitaten (mit genauen Quellenangaben), die Flammarion der zeitgenössischen spiritistischen Literatur entnommen hat und mit deren Hilfe er beweisen möchte, daß Tote durchaus mit Lebenden in Kontakt treten können. In seinen Erinnerungen hat Flammarion allerdings zugegeben, daß ihn selbst nie eine Kommunikation aus dem Jenseits erreicht hat.

In Zusammenhang mit Flammarions spiritistischen Interessen stehen allerlei obskure Hypothesen, so z. B. die von einem »psychischen Gehirnatom«, das unvergänglich wie alle Atome ist, aber auf einer »höheren Rangstufe« steht, da ihm »die Seele anhaftet«, oder die Annahme eines Astralleibes, der Sympathien und Antipathien, Vorgefühle und Träume erklären soll (St. 370). Gefährlich erscheint uns heute vor allen Dingen die Tatsache, daß Flammarion seine oft sehr nebulösen Ideen den Lesern als wissenschaftliche Wahrheiten aufdrängen will. So wird die »wissenschaftliche Psychologie« als die neue Wissenschaft des 20. Jahrhunderts angepriesen, und Spero verkündet: »Die Astronomie und die Seelenlehre sind die einzige Basis, auf welcher eine definitive Philosophie aufgebaut werden darf« (U. 284). In *Stella* lesen wir: »Das Leben ist wie ein Traum. Die Realitäten, die wir um uns zu sehen glauben, sind nur verlogene Trugbilder, die Astronomie, die Physik, die Chemie beweisen es« (St. 455). Daß das Leben ein Traum sei, das haben schon andere Dichter vor Flammarion ausgesprochen, neu ist, daß es nun von der Naturwissenschaft bewiesen werden soll (Flammarion beläßt es bei einem Postulat). Noch ein Beispiel soll genannt werden, um zu verdeutlichen, mit welcher Autorität Flammarion vage Ideen als wissenschaftliche Tatsachen hinstellt: »Ja, die unsichtbare Welt ist die Grundlage von allem. Aber es handelt sich um eine wirkliche, der Wissenschaft zugängliche Welt und nicht um eine imaginäre oder übernatürliche Welt. Das Übernatürliche existiert nicht. Die Religion der Zukunft wird die Religion der Wissenschaft sein, der Wissenschaft, die nie lügt« (St. 374).

Diese Religion der Zukunft, die Flammarion durch den Mund seiner Helden predigt, ist zunächst noch die Religion einer Elite, die Religion der »vornehmen Geister« (U. 42). In *Stella* werden sogar genaue Zahlen angegeben: einer von einer Million gehört bis jetzt zu dieser geistigen Vorhut (St. 203), deren Aufgabe es ist, die Massen für die neue Religion empfänglich zu machen.

Flammarion hat seine astronomische Philosophie aus einem Ungenügen an den bestehenden Religionen heraus entwickelt, die er allesamt als Dogmen und Irrtümer abtut. Er bietet seinen Lesern, d.h. den »höheren Geistern« unter ihnen (wiederum spekuliert Flammarion mit dem Drang nach dem Höheren), eine angeblich moderne wissenschaftliche Weltanschauung an, besser gesagt, er drängt sie ihnen mit missionarischem Eifer auf. »Der Tag wird kommen«, so predigt Spero als Marsianer, »wo es sogar auf Eurem Planeten keinen anderen Glauben, keine andere Religion mehr geben wird als die Kenntnis vom Universum und die Gewißheit von der Unsterblichkeit in den unendlichen Regionen des Weltalls ...« (U. 228).

Flammarion war der Meinung, daß ein Astronom gleichzeitig Philosoph sein mußte, also »Astrosoph«, wie er diese Mischung in *Urania* (U. 141) nannte. Es läßt sich nicht bestreiten, daß der Romancier mit der Verkündigung seiner Weltanschauung eine löbliche Absicht verfolgte. Er glaubte, eine wissenschaftliche Basis gefunden zu haben, die es noch einmal möglich macht, die Einheit von Mensch und Universum herzustellen. Freilich ist es, wie wir gesehen haben, mit der Wissenschaftlichkeit dieser neuen Religion nicht weit her, und selbst der Unterschied zur christlichen Religion ist nicht so groß, wie es Flammarion seine Leser glauben machen möchte. Trotz aller Angriffe gegen die Kirche und ihrer Dogmen bietet Flammarions Weltanschauung im Grunde genommen eine ähnliche Jenseitsvertröstung wie das Christentum und propagiert den Tod als eine Erlösung: »Der Tod ist das Tor, durch das die Seele zu ihrer Bestimmung kommt« (St. 398). Zwar wird Flammarions Adepten nach dem irdischen Jammertal kein Paradies verheißen, aber unzählige »Erden des Himmels« warten auf die vom Körper befreiten Seelen. Mit Dichtung haben die zahlreichen Stellen der

Romane, in denen Flammarion seine irrationale Weltanschauung mit unverrückbarer Gewißheit als Wissenschaft verkündet, nichts mehr zu tun. Gerade die Einseitigkeit, mit der die Ideen als Doktrin vorgetragen werden, und der Mangel an einer spielerischen Behandlung ihrer Widersprüche sind unserer Meinung nach die Faktoren, die einem modernen Leser die Lektüre der Romane verleiden. Flammarion ist sich nicht der Gefahr bewußt gewesen, die Indoktrinierung und Dogmatisierung für ein Kunstwerk bedeuten. Kurd Laßwitz, dessen Meinung wir bereits bemüht haben, hat diese Gefahr erkannt. Doch glaubte er, daß sie nur für den Wissenschaftler bestehe und daß ihr der Dichter entgehe: »Die Poesie ist dieser Gefahr [der Dogmatisierung] entzogen, weil ihr das wissenschaftliche Zeitbewußtsein nur als Stoff dient. Ist es einmal durch die Dichtung in Form umgewandelt, so besitzt es eine neue Realität, eine eigene Bestimmung, die es unabhängig macht vom Wandel der Erkenntnis. Es besteht von nun ab nicht mehr als Ergebnis der Wissenschaft, sondern als Idee. Es gründet sein Bestehen nicht mehr auf Naturerkenntnis, sondern hat sein eigenes Leben im Reich der Phantasie, als jene Macht, die wir den schönen Schein nennen. Sie ist es, die das künstlerische Produkt unwiderlegbar macht, weil es auf eigenem, auf ästhetischem Gesetz beruht.«[10] – Dem Schriftsteller Flammarion, der so unnachgiebig den Wissenschaftsanspruch seiner Hypothesen betont und die Leser um jeden Preis zu seiner Weltanschauung bekehren will, ist die Umwandlung des wissenschaftlichen Gedankengutes in ein autonomes Gebilde, ein Kunstwerk, nicht gelungen. Seine Romane sind Konsumliteratur, zum alsbaldigen Gebrauch bestimmt, nicht haltbar über Jahrhunderte hinweg, ja nicht einmal ein Jahrhundert lang haltbar.

Flammarion, der sich als Astronom in den Weiten des Universums zu Hause fühlte, wußte um den ephemeren Charakter jeglichen Ruhms: »Papierblätter sind ebenso dazu bestimmt wegzufliegen wie die Blätter eines Baumes. Seit Gutenberg haben die Drucker Milliarden dieser Blätter in alle Himmelsrichtungen geschickt. Wie viele von ihnen werden in den Bibliotheken überleben?« (Mém. 454)

Trotz dieser Einsicht in die Vergänglichkeit des geschriebenen Wortes ist anzunehmen, daß Flammarion sehr erstaunt gewesen wäre, hätte ihm jemand vorausgesagt, daß seine Werke, sowohl die wissenschaftlichen als die belletristischen, so schnell und wahrscheinlich endgültig in Vergessenheit geraten würden. Die wissenschaftlichen Arbeiten des Astronomen sind heute längst von neuen Erkenntnissen überholt worden, und seine kühnen Hypothesen haben sich als hinfällig erwiesen. Doch ist die Kenntnis der wissenschaftlichen Veröffentlichungen Flammarions für alle diejenigen, die sich mit den Anfängen der Science-fiction beschäftigen, wichtig und aufschlußreich. Wegen ihres kompilativen Charakters fungierten sie, wie Darko Suvin schreibt, für Phantastik und SF des späten 19. Jahrhunderts »als Vorratskammern von Ideen und Topoi«.[11]

Die literarischen Ambitionen, die Flammarion mit seinen Romanen verfolgte, haben sich nicht erfüllt. Als Schriftsteller ist es ihm nicht gelungen, der Vorläufer eines neuen literarischen Genres zu werden, das Unterhaltung und Wissenschaft in einem Kunstwerk vereinigt. Daß Flammarion zu seiner Zeit die erstrebte Breitenwirkung nicht nur mit seinen wissenschaftlichen Veröffentlichungen, sondern auch mit seinen Romanen erreichte, liegt am Mischcharakter dieser Romane, die verschiedenen Leserbedürfnissen entgegenkamen: sowohl dem Bedürfnis nach einer modernen Liebesgeschichte als auch dem Bedürfnis nach wissenschaftlicher Information und nach einem Religionssurrogat. Die elitären Ansprüche, die in den Romanen gestellt wurden, dürften ebenfalls den Ansprüchen der meisten Leser entsprochen haben, die sich, zumindest während der Lektüre dieser Werke, der Illusion hingeben konnten, der »Vermassung« zu entgehen. Bei der Analyse dieser populären Mischung haben wir aufzuzeigen versucht, daß die Romane im Grunde genommen die Leserbedürfnisse und Leseransprüche nicht wirklich befriedigten, sondern nur kompensierten, und daß weder in *Urania* noch in *Stella* die herrschenden Verhaltensnormen oder die Strukturen der Gesellschaft ernsthaft angegriffen wurden. Doch läßt sich annehmen, daß der gesellschaftlich-affirmative Charakter der Romane und ihre systemstabilisierende Funktion ein zusätzlicher Faktor ihrer Popularität waren. Das von Flammarion in den beiden Romanen verwendete Erfolgsrezept ist übrigens immer noch nicht überholt, einfach deshalb, weil sich die Leserbedürfnisse, die Flammarion vor fast einem Jahrhundert mit seinen Romanen zu befriedigen suchte, auch heute nicht grundlegend verändert haben. Die schwerverdauliche Mischung aus Liebe, ein wenig Wissenschaft und viel nebulöser Weltanschauung funktioniert selbst in unseren Tagen noch. Wer's nicht glaubt, der schaue sich Robert A. Heinleins *Stranger in a Strange Land* einmal kritisch an.

Anmerkungen

1 Flammarions Erinnerungen, erschienen unter dem Titel *Mémoires biographiques et philosophiques d'un astronome* (Paris 1911), werden im folgenden unter der Abkürzung *Mém.* zitiert. Die Seitenzahlen beziehen sich auf die Originalausgabe, doch geben wir aus Platzgründen nur die deutsche Übersetzung der Zitate.
Diese Erinnerungen sind die ausführlichste Quelle für biographische Auskünfte über Flammarion. Der Astronom berichtet in ihnen u.a. über seine Herkunft, seinen Bildungsweg, seine Lektüren und Interessen. Wir verzichten in unserem Beitrag auf biographische Angaben und verweisen diesbezüglich auf den Artikel von L. Boia.

2 Zu Flammarions astronomischen Erzählungen gehören *Lumen* und *L'Histoire d'une comète*. Sie wurden erst getrennt in Zeitschriften abgedruckt und dann 1872 von Flammarion unter dem Titel *Récits de l'infini* veröffentlicht. Beide Erzählungen erschienen in deutscher Übersetzung in der Zeitschrift *Die Romanwelt* und dann 1900 zusammen unter dem Titel *Lumen* im Berliner Vita Verlag (Übersetzung Anna Rau). *L'Histoire d'une comète* wurde noch einmal in einer neuen Übersetzung von J. Cassirer im Kometenjahr 1910 herausgegeben (*Komet und Erde*, Reclams Universalbibliothek no. 5183).
Uranie und *La Fin du Monde* wurden ebenfalls ins Deutsche übersetzt (*Urania*, Pforzheim 1894, und *Das Ende der Welt*, Pforzheim 1896).
In seinen Erzählungen berichtet Flammarion von einem »Poem in Prosa« *(Voyage extatique aux régions lunaires)*, das er als Halbwüchsiger verfaßte, das aber nie veröffentlicht wurde. Dieses 200 Seiten umfassende Opus verband eine Liebesgeschichte mit einer Mondreise und philosophischen Überlegungen.
Flammarion gesteht auch, daß er sich in jungen Jahren hin und wieder als Lyriker versuchte und in Oden, Stanzen oder Sonetten die Natur, die Schönheit der Frauen und die Nacht besang. Er gibt sogar dem Leser einige Proben seines lyrischen Talents.

3 Eine ausführliche Polemik gegen die zeitgenössische Literatur befindet sich in *Stella* (St. 105–115). Die Kritik am Naturalismus gipfelt in dem Vorwurf, daß es sich um eine »schweinische« und »skatologische« Literatur handle. Die ästhetisierenden Strömungen kommen nicht glimpflicher weg, und Stéphane Mallarmé wird z.B. als Dichter Etienne Bienarmé karikiert. Doch ließen sich viele andere Beispiele

nennen, in denen Flammarion gegen zeitgenössische Literaturströmungen ins Feld gezogen ist. So z. B. in einem Vorwort zum 1. Band eines astronomischen Romanzyklus von G. Le Faure und H. de Graffigny (*Aventures extraordinaires d'un savant russe,* 1889), in dem er die »leeren« und »verdorbenen« modernen Romane angreift, die den »pervertierten Geistern« als Futter vorgeworfen werden und die »weder Wahrheit noch Licht« enthalten.

4 Wir nennen nur ein Beispiel: im Vorwort zur 2. Ausgabe seines Buches *Les Merveilles célestes* (1867) schreibt Flammarion, daß einige Kritiker ihm bei der ersten Ausgabe vorgeworfen hätten, er verwende zu viele literarische Anspielungen und Zitate. In der 2. Ausgabe habe er nun eine Reihe von Versen herausgenommen und durch wissenschaftliche Zeichnungen ersetzt, denn, so gibt er selbstkritisch zu: »Die Poesie des direkten Schauspiels ist in der Tat allen literarischen Interpretationen vorzuziehen« (S. I).

5 in: *Uranie,* S. 59. Wir werden im folgenden mehrmals aus *Uranie* (Abkürzung U.) und *Stella* (Abkürzung St.) zitieren, wobei wir die Zitate aus dem Französischen übersetzen. Die Seitenangaben beziehen sich auf folgende französische Ausgaben:
Uranie, Paris 1889 (Illustrationen von Bieler, Gambard und Myrbach),
Stella, Paris o. D. (1897).

6 Jürgen Peters, »Kleiner Versuch über den großen Erfolg«. In: A. Rucktäschel/H. D. Zimmermann (Hrsg.), *Trivialliteratur,* Wilhelm Fink Verlag München 1976, S. 143.

7 *Allgemeine deutsche Real-Encyklopädie für die gebildeten Stände,* 11. Auflage, Leipzig 1864, 6. Band (1865), zitiert nach Peter Domagalski, *Trivialliteratur,* Freiburg im Breisgau 1981, S. 88.

8 Kurd Laßwitz, »Unser Recht auf die Bewohner anderer Welten«, in K. Laßwitz, *Traumkristalle.* Herausgegeben und mit einem Nachwort von Hans Joachim Alpers, Moewig Verlag München 1981, S. 346–347. Der Artikel erschien zum ersten Mal in der *Frankfurter Zeitung* vom 16. 10. 1910.

9 in: C. Flammarion, *Dieu dans la nature,* Paris 1867. Zitiert nach der deutschen Ausgabe *Gott in der Natur* (Übersetzung von Theodor F. Grigull), Halle 1901, S. 1.

10 K. Laßwitz, »Unser Recht auf die Bewohner anderer Welten«, op. cit., S. 349.

11 Darko Suvin, *Poetik der Science Fiction,* Suhrkamp Verlag Frankfurt a. Main 1979, S. 258.

Kurd Laßwitz
Apoikis

Motto: »Im Schoße der Götter«

Tristan da Cunha, 28. Dezember 1881

Verehrter Freund! Fernab vom Wege des Weltverkehrs, im südlichen Teil des Atlantischen Ozeans, schreibe ich Ihnen heute auf einsamer Berginsel, wo ich der siebenundachtzigste Bewohner bin und der achtundachtzigste wohl sobald nicht ankommen wird, und ich täte vielleicht besser, hierzubleiben und ein beschauliches Einsiedlerleben zu führen, als aus der Gemeinschaft seliger Götter, die ich vor wenigen Tagen verlassen, wieder in das Barbarentum Europas zurückzukehren, das meine Berichte verlachen wird. Ach, hätten Sie einmal den Fuß in das Seelenschiff gesetzt, einmal vom ambrosischen Tisch gegessen und, wie ich, wenigstens einen Blick in das intelligible Paradies geworfen! Sie würden gleich mir zwischen stolzer Wonne und unstillbarer Sehnsucht nach dem Unerreichbaren schwanken. Doch Ihnen mit Ihrem zeitlichen Bewußtsein muß man ja in historischer Ordnung erzählen, wenn Sie hören sollen.

Der Einladung Lord Lyttons folgend, hatte ich, wie Sie wissen, die Archäologie für einige Monate beurlaubt und mich ganz der Reiselaune unseres generösen Freundes anvertraut. Wir schwammen auf seiner Dampfjacht »Moonshine« unter der Obhut des wackeren Kapitäns Clynch bei prächtigem Wetter in dem einsamen, selten besuchten südlichen Teile des Atlantik. Am 11. Dezember 1881, mittags um 12 Uhr, als wir unter 28° 34´ westlicher Länge (von Greenwich) und 39° 56´ südlicher Breite uns gerade zum Frühstück setzen wollten, wurde uns die Nähe von Eisbergen gemeldet. Bald tauchten nicht nur einzelne helle Massen, sondern eine meilenlange hohe, weißglänzende Mauer vor unseren Blicken auf – das seltsame Phänomen mußte untersucht werden. Während sich die »Moonshine« in sicherer Entfernung hielt, ruderten vier kräftige Matrosen den Arzt des Schiffes, Mr. Gilwald, und mich nach den glitzernden Kolossen hin. Je näher wir dem Gebirge kamen, um so mehr bemerkten wir zu unserem Erstaunen, daß wir es gar nicht mit schwimmenden Eismassen, sondern mit dem steilen Felsenstrande einer Insel zu tun hatten. Ein tief eingeschnittener

Fjord eröffnete unserem Boote eine Einfahrt, und es gelang uns, einen passenden Platz zum Anlegen zu finden. Und nun überzeugten wir uns zu unserer Überraschung, daß das vermeintliche Eis nichts anderes war als eine Felswand von riesigen Kalkspatkristallen, die allerdings aus der Ferne mit ihren Reflexen im Sonnenlichte Eisbergen täuschend ähnlich sah. Hierin lag jedenfalls der Grund, weshalb an dieser Meeresstelle auf der Karte zwar die Beobachtung von Eisbergen, aber nichts von einer Insel verzeichnet war. Ich begann die Felswand, deren Höhe etwa hundert Meter betragen mochte, hinaufzuklettern, da die vorspringenden Kristalle das Unternehmen nicht sehr schwierig machten.

Kaum hatte ich den oberen Rand erreicht und einen Blick hinübergeworfen, als ich wie verzaubert stehen blieb, unfähig vor Erstaunen und Bewunderung mich zu rühren. Die Felswand fiel, einem Riesenwall ähnlich, zuerst steil ab, dann aber ging sie in ein hügeliges Gelände über, das, im blühenden Grün eines reichen Pflanzenschmucks prangend, sich allmählich zu einer stillen Meeresbucht hinabsenkte. Hinter der Bucht erhoben sich neue Hügel, auf denen zwischen dem Grün der Lorbeer- und Olivenbäume die glänzend weißen Häuser und Paläste einer ausgedehnten Stadt aufstiegen, alles überragt von jenem Wunderbau der Akropolis, wie er einst die Stadt der Pallas Athene geschmückt hatte. Auf diesem entzükkenden landschaftlichen Hintergrunde spielte sich das regste Leben ab; auf dem Meere Fahrzeuge von seltsamer Gestalt und Menschen, die über das Wasser zu huschen schienen, am Ufer eine zahlreiche Menge in lebhafter Bewegung, aber in Trachten und Formen, wie ich sie noch nie beobachtet. Nach den ersten Augenblicken regungslosen Hinstarrens suchte ich mich zu besinnen. Meinen Gefährten zuzurufen getraute ich mich nicht, weil ich noch gar nicht an die Wirklichkeit des Gesehenen glaubte. Wie sollte diese bunte Welt, die einerseits entschieden an das griechische Altertum mahnte, andererseits aber wieder einen unbeschreiblichen, mit nichts vergleichbaren Eindruck des Märchenhaften machte, wie sollte diese Welt in die Öde des Atlantischen Ozeans kommen? Während ich, solcher Frage nachhängend, auf das seltsame Treiben zu meinen Füßen starrte, mochte ich wohl langsam auf dem Felsenwall fortgegangen sein, denn ich befand mich plötzlich vor einer zwar steilen, jedoch gangbaren Treppe, welche von der Höhe nach den Hügeln hinabführte. Jetzt begann ich doch zu zweifeln, ob ich mich ohne meine Gefährten in dieses unbekannte Reich wagen sollte, aber ehe ich noch mit mir einig wurde, tauchte ein Einwohner des Landes vor mir auf, der mich durch eine Handbewegung einlud, die Stufen hinabzusteigen. Dieser Aufforderung mußte ich Folge leisten – warum, das hätte ich nicht angeben können, aber die Einladung war zwingend wie der Wink einer Gottheit. Ich kann auch das Gefühl, das ich hatte, als ich gegen meine kurz vorher gehegte Absicht nun unbedingt und doch willig dem Unbekannten nachgab, mit nichts anderem vergleichen als mit der Stimme des Gewissens, das uns zu einer Handlung treibt ohne Wahl, es mag unsere Reflexion sagen, was sie will.

Der Bewohner des Landes, der einen leichten Mantel von einem goldglänzenden Stoffe über einem dicht anliegenden Untergewand trug, war von kleiner Statur, aber edler Haltung, eine Waffe konnte ich an ihm nicht bemerken; stolzen Ganges schritt er voran, während ich, gleichwie im Traume, machtlos ihm nachwandelte. Als wir an das Ufer der Meeresbucht gelangt waren, wendete er sich nach mir um (daß ich ihm gefolgt war, schien er mit absoluter Sicherheit zu wissen, denn er hatte sich während des zehn Minuten langen Weges nicht um mich bekümmert) und richtete eine Frage an mich. Die Sprache klang mir im ersten Augenblicke fremd, und ich hätte ihn vielleicht nicht verstanden, wenn nicht der hellenische Gesamtcharakter unserer Umgebung plötzlich den Gedanken in mir hätte aufleuchten lassen: Das ist griechisch. Und als er seine Frage wiederholte, verstand ich sie auch, nur die ungewohnte Aussprache hatte mich stutzig gemacht. Er fragte mich, aus welchem Lande ich stamme und wie ich auf diese Insel gekommen sei, auch, ob ich wüßte, welche Stadt vor meinen Augen läge. Es schien mir, daß er wohl keine Antwort auf seine Fragen erwartete, sondern sie nur gestellt hatte, um sich von meinem Barbarentum zu überzeugen; denn als ich nach bestem Vermögen in klassischem Griechisch, freilich in ihm offenbar befremdlicher, aber doch verständlicher Aussprache Antwort gab, nahmen seine Mienen den Ausdruck freudigen Erstaunens an. Er wurde plötzlich freundlich, reichte mir die Hand und sagte: »Willkommen in *Apoikis,* wer du auch seist; die Sprache der Hellenen bewahrt dir die Freiheit.« Darauf nahm er vom Uferrande ein Paar eigentümlich geformte Schuhe, die er mir reichte, während er ein gleiches Paar an seinen Füßen befestigte und damit aufs Wasser hinaustrat, als sei es festes Land. Ich stand natürlich höchst verdutzt da, unwissend, was ich beginnen sollte, etwa wie ein Feuerländer, dem man ein Opernglas reicht mit der Bitte, sich zu bedienen. Der Apoikier lächelte und erklärte mir den Gebrauch der Anthydors, wie er die Schuhe nannte. Ich muß gestehen, daß ich ihn nicht ganz verstand, und ich kam mir immer mehr barbarisch diesem zivilisierten Hellenen gegenüber vor. Doch ersah ich so viel, daß die Sohlen, welche aus Metallstreifen zusammengesetzt waren, bei der Berührung mit dem Wasser dasselbe unter lebhaftem Aufbrausen so stark zersetzten, daß ein Einsinken unmöglich wurde. Ich faßte Mut, legte die Anthydors an und bewegte mich, von meinem Führer gestützt, zu Fuß über das Wasser, nicht ohne Bangen und Beschämung ob meiner Unkenntnis. Ach, mein Stolz auf die europäische Kultur des neunzehnten Jahrhunderts sollte bald noch tiefer, ganz tief sinken. Ich sah jetzt, daß gleich uns viele andere über das Wasser gemütlich fortschritten, ich sah aber zugleich in ihren Händen Instrumente und rings um mich, auf dem Wasser, an den Ufern und an den Häusern Vorrichtungen aller Art, die mir gänzlich fremd waren. Ein Wilder, der eine unserer europäischen Hauptstädte betritt, kann vor allen Erfindungen der Neuzeit nicht dümmer stehen als ich vor den Kunstwerken von Apoikis.

Mein Führer bog aus einer Straße auf einen weiten Platz ein, als plötzlich aus dem uns umgebenden Gewühl von Menschen ein Mann, in ähnlicher Kleidung wie mein Begleiter, hervorstürzte und mir ungestüm um den Hals fiel. »Ehbert«, rief er auf deutsch, »wie kommst du nach Apoikis?«

Mein Führer trat nicht ohne Ehrerbietung vor dem Herankommenden zurück, während ich mich kurze Zeit besinnen mußte, wen ich vor mir habe. Denn das ungewohnte Kostüm befremdete mich. Dann erkannte ich zu meiner freudigsten Überraschung – nun raten Sie – unseren lieben Studienfreund Philandros, mit dem wir im Sommer 1872 so herzerhebende Stunden in Heidelberg verlebten.

Jetzt war ich geborgen. Philandros erklärte sich zu meinem Gastfreunde – er ist hier eine höchst angesehene Persönlichkeit – und führte mich in sein Haus. Meine stürmischen Fragen beantwortete unser Freund mit seinem stillen, olympischen Lächeln, das Sie an ihm kennen. »Mit der Zeit«, sagte er, »sollst du erfahren, soviel du vermagst; nur halte dich maßvoll, willst du bestehen. Wir sind nicht wie ihr an die sinnliche Welt der Erscheinung gebunden – doch ich merke, daß du augenblicklich von einem phänomenalen Hunger gequält wirst.«

Er stellte mich seiner Gattin vor, einer graziösen, in Violett und Gold gekleideten Dame, die ich in dem Verdacht habe, daß sie bei meinem Anblicke das Lachen nur mit Mühe unterdrückte. In der Tat mochte mein Erstaunen über meine Umgebung bewirken, daß ich noch einfältiger aussah, als ich bin. Sie führte mich indes durch einen freundlichen Wink in ein weites Gemach, das als Speisekammer, Küche und Eßzimmer zugleich diente. »Bei uns gibt es keine Bedienung«, sagte sie, »jeder bereitet seine Nahrung selbst.«
Eine zweite Handbewegung wies mich auf die Vorräte an den Wänden hin, die ich nicht kannte, auf die Geräte, deren Gebrauch ich nicht verstand – ich zuckte die Achseln, und Frau Lissara lächelte nun wirklich, nur ein klein wenig, aber ich sah es doch.

Philandros nahm einige Früchte und Fleischstücke, legte sie in eine Schale und goß eine Flüssigkeit darüber, die er Diapetton nannte, und die Berührung mit derselben vollbrachte in einer halben Minute die Wirkung eines trefflichen Bratofens. Vor mir stand ein garniertes Filet, dessen Genuß mir nicht nur vorzüglich mundete, sondern auch meine Seele in eine erhöhte Stimmung versetzte, mich von jeder Müdigkeit befreite und mir die Lust erweckte, einige der schwierigsten philosophischen Probleme zu lösen, wie man etwa bei uns zum Nachtisch Nüsse knackt.

Frau Lissara fragte mich, was die europäischen Damen für Ansichten über die Identität des ethischen und logischen Noumenons hätten und ob meine Frau an die Transzendenz oder die Immanenz des Gefühles glaube; und sie schlug die Hände über dem Kopfe zusammen, als ich ihr sagte, daß bei uns weder Ethik noch Logik in der Mädchenerziehung eine Rolle spielten.

»Auch nicht im Leben?« fragte sie.

Ihr Gatte ersparte mir die Verlegenheit der Antwort, indem er sich bereit erklärte, mir einige Aufhellung über die Verhältnisse von Apoikis zu geben. Was ich von seinen Ausführungen verstand, kann ich Ihnen nur ganz kurz skizzieren, soweit es überhaupt im Rahmen unserer Begriffe möglich ist.

Nach der Hinrichtung des Sokrates (399 vor Christi Geburt) verließ bekanntlich eine Anzahl seiner persönlichen Freunde, Gesinnungsgenossen und Schüler Athen. Gleich ihrem Meister erkannten sie, daß, nachdem der naive Glaube an die Unerschütterlichkeit der Volkssitte einmal gestört war, nicht das Zurückgehen auf das Alte, sondern nur die Erneuerung der Sitte von innen heraus zu helfen vermöge, daß aus dem Eingehen in das Bewußtsein des einzelnen und die Berechtigung der freien persönlichen Überzeugung der Fortschritt von engherziger nationaler Starrheit zu edlem Menschentum geschehen müsse. In der Absicht, an noch unbesiedelter Küste, sei es in Spanien oder in Afrika, ein selbständiges Staatswesen zu gründen, welches, nach den Grundsätzen ihrer Erkenntnis verwaltet, sich vollständig frei entwickeln sollte, rüstete ein begütertes Brüderpaar, Chairephon und Chairekrates, von Megara aus, wohin sie sich, wie bekanntlich auch Platon, zunächst begeben hatten, eine Anzahl von Schiffen, die mit allem versehen wurden, was zur Gründung einer Kolonie gehörte. Jedoch sollte diese Ansiedlung sich möglichst unabhängig stellen und nur auf ihre eigene Kraft bauen. Ein eigentümliches Geschick wollte es, daß hier in der Tat die Pflanzstätte eines neuen Menschentums gelegt wurde, denn nachdem die Expedition die Reede von Megara verlassen, hat kein Mensch auf dem Erdenrund mehr eine Kunde von ihr erhalten; die Ausgewanderten selbst und ihre Nachkommen sind von jedem Verkehr und Einflusse anderer Menschen und Völker abgeschnitten gewesen. Ich bin der erste, dem es gestattet ist, Kunde von jenen erhabenen Wesen nach Europa zu bringen, auf das sie mitleidig herabsehen.

Durch Stürme über die Säulen des Herkules hinausgetrieben, wurde die Expedition nach wochenlangen Gefahren bis an jene Felseninsel verschlagen, wo heute Apoikis steht. Hier fand sie Rettung. Der Fjord, in welchen auch unser Boot eingefahren war, windet sich weiterhin rückwärts und bildet das versteckte Binnenmeer, an dessen blühenden Ufern die Stadt Apoikis gegründet wurde. Das Land im Innern der Insel, sobald man die hohen Kalkspatmauern, die sie umgeben, überstiegen hatte, erwies sich als außerordentlich fruchtbar, das Klima milde und angenehm. Eine Bevölkerung von 7000 bis 8000 Seelen findet hier reichliche Nahrung, bei sehr geringer Arbeit. Eine größere Zahl von Einwohnern aber hat Apoikis niemals erreicht. Denn, wie mein Gastfreund sagte, das Glück eines Volkes besteht nicht in der möglichst großen Menge von einzelnen Zentren des Bewußtseins, sondern in der intensiven und gleichmäßigen Konzentration des Bewußtseins in jedem einzelnen Individuum.

Als ich ihn fragte, ob denn Apoikis nie an Übervölkerung leiden könne, da lächelte er und sprach: »Das kann ich dir schwer erklären. Wenn du die ganze Entwicklung unseres Kulturzustandes kenntest und die Tiefe unserer sittlichen Weltauffassung zu begreifen vermöchtest, dann würdest du einsehen, daß deine Frage zu jener unberechtigten gehört, wie zum Beispiel, warum die Welt existiert, ob die Seele im Gehirn sitzt, ob die Tugend blau oder grün ist.«

»Erzähle nur unsere Geschichte weiter«, warf Frau Lissara ein.

»Als wir hierherkamen«, fuhr Philandros fort, »Schüler des Sokrates und Freunde des Platon, mit den Versen des Sophokles auf den Lippen und vor den Augen die Erinnerung an die Bilder des Phidias, im Herzen die Lehren des weisesten der Menschen, als wir hier ein sorgenloses Leben fanden, da bildeten wir eine kleine, aber glückliche Gemeinde philosophischer Seelen, und frei von jeder Nötigung, äußeren Gefahren entgegenzutreten, richteten wir alle Kraft auf die harmonische Ausgestaltung unseres inneren Lebens, Vertiefung des Denkens, Erziehung des Willens, maßvollen Genuß heiterer Sinnlichkeit. Zwei volle Jahrtausende verflossen, ohne daß ein Segel am Horizonte von Apoikis aufgetaucht wäre. In dieser Zeit haben wir uns unter Bedingungen, wie sie die menschenerfüllte Erde keinem Volke bieten kann, hier einer ungestörten, fortschreitenden Entwicklung erfreut. Was wir indessen erreichten, das könnt ihr nie und nimmer gewinnen, auch wenn eure Kultur in gleichem Maße, wie in dem letzten Jahrhundert, noch ein paar Jahrtausende emporstiege, denn ihr steht auf ganz anderen historischen Grundlagen als wir. Hunderte von Millionen wollen glücklich werden; dazu müßt ihr erst das Leben in mühseligem Kampfe erstreiten und dann in hundert Millionen Herzen das Gefühl maßvoller Bescheidung wecken. Das letztere könnt ihr vielleicht erreichen durch eine Religion, welche die Gemüter fortreißt. Aber *leben* müßt ihr doch. Und wie *ihr* gestellt seid, so kann die Linderung des äußeren Elends auch nur erreicht werden durch äußere Arbeit, und darum geht alle eure Kultur nur auf Machtentwicklung der Menschheit. Sie muß darauf gehen, weil ihr das Leben nicht anders zu bezwingen vermögt. Die unsere aber verachtet und kann verachten die ungemessene Höhe, auf welche der Mensch durch Bezwingung der äußeren Kräfte der Natur gelangen kann. Denn sie hat erreicht die Tiefe, in welcher das Bewußtsein die Welt der Erfahrungen gestaltet und in welcher ihr alles andere von selbst zufällt. Ihr seht nur das Zifferblatt der großen Weltenuhr und studiert den Gang der Zeiger; wir aber blicken in das Räderwerk und auf die treibende Feder, die wir selbst sind, und verstehen das Werk zu rücken. Euch trifft damit kein Vorwurf, ihr konntet nicht anders vorwärts schreiten, denn wo ihr es versuchtet, die Welt zu verachten und das Glück aus dem Innern zu gewinnen, da riß euch immer die hungernde Masse in den Zwang der Wirklichkeit, ehe ihr mit dem Bewußtsein der Gesamtheit in das Idealreich zu dringen vermochtet. Ihr konntet die äußere Macht nicht entbehren. Um sie zu gewinnen, mußtet ihr die Natur, die ihr verachten wolltet, wieder in eure Rechnung aufnehmen; ihr mußtet beobachten und sammeln, und nur durch Erfahrung könnt ihr die Kenntnis gewinnen, die euch mächtig macht. Und darin müßt ihr fortfahren, ihr habt kein anderes Mittel, denn euer Denken ist nicht anders fähig, die Welt zu erkennen. Sie ist euch nur zugänglich in Raum und Zeit und Notwendigkeit, und so müßt ihr gehorchen.

Wir aber bedurften zwei Jahrtausende lang nichts von der Natur, als was sie uns von selbst schenkte. Hier gab es keine darbende und unwissende Menge, keine habgierige und übermütige Gesellschaft, keine Herren und Sklaven, sondern nur eine bescheidene Anzahl gleichmäßig harmonisch durchgebildeter, sich selbst beschränkender Menschen. Wir bedurften keiner Teilung der Arbeit und keiner Fachkenntnisse, begnügten uns mit dem, was jeder verstehen konnte. Und so kamen wir auf einem ganz anderen Wege als ihr zur Kultur, die ihr bei uns erblickt, und zu Erfindungen und Bequemlichkeiten, die ihr nicht kennt. Jetzt freilich seht ihr hier Prachtbauten und tausenderlei Verfeinerungen, aber jeder macht nur freiwillig, was er gerade kann und will, und wir sind jetzt so weit in der Kultur des Bewußtseins, daß jeder den Gesamtzusammenhang und sich selbst begreift, daß Pflicht und Wunsch in des Apoikiers Seele nicht mehr getrennt bestehen. Wir sind nicht Sklaven der Sitte, wie die Naturvölker, nicht Herren der äußeren Natur, wie die gesitteten Nationen Europas, wir sind nur Herren von uns selbst, Herren unseres Willens, Herren des Bewußtseins überhaupt, und darum sind wir frei. Uns stört keine Sorge um darbende Völker noch um eigennützige Tyrannen, wir haben keine Gesetze, denn jeder trägt das Gesetz in sich selbst. Wir haben keine Naturwissenschaft und keine Industrie in eurem Sinne, wir brauchen der Natur keine Geheimnisse abzulauschen und ihre Kräfte nicht in unseren Dienst zu zwingen. Die Entwicklung unseres Geistes, frei von dem Druck der europäischen Millionen, ging einen anderen Weg. Bei uns folgte auf Platon kein Aristoteles, keine Scholastik, kein Dogmatismus, so brauchten wir keinen Galilei, keinen Newton, keinen Darwin. Wir hatten keine Römerherrschaft, keine

Völkerwanderung, kein Feudalsystem, so brauchten wir keine Revolution. Zu der Zeit, da Achaja römische Provinz wurde, da lehrte man bei uns, was euch Kant und Schiller offenbarten. Als die christlichen Märtyrer in den Gärten Neros brannten, da emanzipierte sich unser Denken von den Schranken der Sinnlichkeit und lernte seine Bedingungen im Absoluten kennen. Als in euren Klosterschulen die spärlichen Reste der Neuplatoniker studiert wurden, da hatte man bei uns die Metaphysik als empirische Wissenschaft begründet. Und während eure Metaphysiker sich luftige Wolkenbauten im unbeschränkten Reich der Träume errichteten, da hatten wir die inneren Wesensbedingungen des Bewußtseins erfaßt und das Geheimnis der Schöpferkraft uns angeeignet. Was ihr nun messend und wägend und rechnend an Entdeckungen und Erfindungen der Natur abringt, das schaffen wir, nachdem sich unser Verstand aus seinen Fesseln befreit und in Intuitivkraft gewandelt hat, aus unserem eigenen Selbst in freier Wahl. In unserer Welt besteht kein Gegensatz von Zwang und Freiheit. Wollen, Sollen und Können sind nicht mehr getrennt. Und das haben wir errungen durch die alleinige Pflege des wollenden, fühlenden und denkenden Bewußtseins. Ihr konntet es nicht, denn ihr mußtet Völker ernähren und Kriege führen.

In den äußeren Formen haben wir die Überlieferungen unserer Vorfahren festgehalten, soweit sie uns passend erschienen; schönere haben wir bei euch nirgends gefunden. Seit den letzten beiden Jahrhunderten, in denen, wenn auch selten, sich hie und da Schiffe in unseren Gewässern zeigten, haben wir uns auch um die Geschichte der übrigen Menschheit gekümmert. Wir senden alle zehn Jahre einen Erwählten nach Europa, die Zeitverhältnisse zu studieren. Ich war der letzte, der drüben war, und dabei lernten wir uns kennen. Wir verschweigen die Existenz unseres Staates, denn wir würden nicht verstanden werden und wollen nicht gestört sein.«

»Und fürchtet ihr nicht«, fragte ich, »daß Europäer euch entdekken, daß sie eure kleine Insel in Besitz nehmen und eure Freiheit unterdrücken?«

Mein Freund lächelte wieder. »Ich sehe«, sagte er, »du hast unser Wesen noch immer nicht begriffen. Frage dich doch, konntest du dem Winke des Apoikiers widerstehen, der dich zur Stadt führte? So wenig, als der Ehrliche das Unrecht zu wollen vermag. Deine Gefährten haben wir aufgegriffen, das Schiff selbst vorläufig weggenommen, um zum Vergnügen der Einwohner, welche die Stadt nicht verlassen, ihnen die fremden Barbaren zu zeigen. Wir werden euch wieder freigeben, ihr mögt nach Europa zurückkehren. Wir werden wollen, daß deinen Gefährten jede Erinnerung an dieses Land verschwindet; keiner wird imstande sein zu erzählen, daß er unsere Insel gesehen. Du allein magst eine Ausnahme machen. Du bist nicht Gefangener, sondern Gastfreund. Dich soll nichts binden; aber ich sage dir im voraus, daß dir niemand glauben wird. Aber auch dies möge sein: Laß die Kriegsflotte Englands vor unserer Insel auffahren, laß die Armeen Europas auf unseren Kalkspatwällen stehen – wir werden *wollen,* und kraft des Zusammenhanges alles Bewußtseins im Absoluten werden die Kommandierenden keinen anderen Befehl auszusprechen vermögen als den des Rückzuges.«

Ich mochte wohl ein sehr dummes Gesicht zu diesen Worten machen, denn mein Freund fuhr fort: »Ich sehe wohl, du kannst das Gesagte nicht fassen. Es ist dies ebenso, als wolltest du einem Indianerstamm klarmachen, daß er nie die weißen Männer aus Amerika vertreiben könne, weil die moralische Macht der Zivilisation die Besetzung jenes Erdteils unumgänglich erzwingt. Du kannst ihn nur überzeugen durch die physische Macht, indem du auf die Zahl der Kanonen und Gewehre hinweist. Du bist uns gegenüber in dem unzureichenden Fassungsvermögen des Indianers, so will ich auch deine Sprache reden. Wenige Minuten genügen, um unsere Insel mit einem Strome freien Äthers zu umziehen. Kein Körper kann diesen Strom durchdringen, in Atome aufgelöst wird er fortgewirbelt werden. Granate und Panzerschiff verschwinden in ihm wie der Strohhalm in der Flamme.«

Ich schwieg. Das Mahl war zu Ende. Mein Freund führte mich durch die Stadt. Was ich staunend sah und erlebte, hoffe ich Ihnen mündlich zu erzählen, wie die Fahrt auf dem Seelenschiff, die psychische Schaukel, das Begriffsspiel und zahlloses Andere. Im Hafen sah ich das große submarine Eilschiff, welches alle zehn Jahre unter der Oberfläche des Wassers nach Europa fährt. Die treibende Kraft ist auch hier die chemische Zersetzung des Wassers, diese selbst aber wird durch Ätherströme bewirkt; der nähere Mechanismus ist mir nicht bekannt. Zu Fahrten in der Nähe der Insel werden dreireihige Ruderboote gebraucht, die genau nach dem Muster der athenischen Trieren gebaut sind. Man betreibt diese Ruderfahrten als einen Sport. Dann führte mich mein Freund in das Haus, in welchem meine gefangenen Gefährten untergebracht waren. Man hatte es europäisch eingerichtet, aber die eine Seite offengelassen; dort standen die Apoikier in dichten Scharen und amüsierten sich über unsere Leute, wie wir uns über die Feuerländer im zoologischen Garten amüsiert hatten. Und ebenso verblüfft und verständnislos wie jene Wilden waren hier die Europäer. Lord Lytton las in einer alten Nummer des »Standard«, Kapitän Clynch trank Grog, Dr. Gilwald mikroskopierte ein hier gefangenes, unbekanntes Insekt. Ein Apoikier warf ihm ein kleines Rohr zu, Gilwald hielt es vor das Auge und an das Ohr, und da er nichts damit anzufangen wußte, warf er es fort unter dem Gelächter der Apoikier. Es war ein Noumenalrohr, das, auf den Nacken gelegt, die Raumvorstellung aufhebt und das intelligible All-Eins empfinden läßt.

Die Abschiedsstunde nahte. Lord Lytton wollte nach seiner Entlassung seine Reise nach dem südlichen Eismeer fortsetzen, ich aber bat, meine schnelle Rückreise nach Europa zu ermöglichen. Man lud mich ein, eine Triere zu besteigen, schlank und schön, wie sie schmucker kein Nauarch in des Perikles Zeit aus dem Piräus geführt hat. Sie hieß »Odysseus« und trug das Bild des Dulders als Parasemeion am Vorderteil, in lebensvoller Schönheit in Holz geschnitzt. So mochte der verschlagene Mann auf der meerumflossenen Ogygia, dem Eilande der Kalypso, gesessen sein, wenn er, die Augen mit der Hand beschattend, sehnsüchtig über das Meer hinausblickte und die unnahbare Ferne suchte. Und wie die Phäaken den Odysseus an Ithakas Strand, so setzten mich die Apoikier schlafend auf Tristan da Cunhas Küste aus und legten ihre Gastgeschenke neben mich: einen goldenen Syllogismusbecher mit Urteilswürfeln, und die am Feuer der Götterinsel versengten Flügel meiner Psyche. Als ich erwachte, standen zwei nach Tran duftende Walfischjäger vor mir und versetzten mich durch einen Schluck aus der Rumflasche in die Welt der Sinne zurück, in welcher Sie wehmütig grüßt Ihr

R. Ehbert.

Rudi Schweikert

Am Anfang war der Höhepunkt

Apoikis von Kurd Laßwitz als literarisches Kabinettstück aus der Frühzeit deutscher Science-fiction von A bis O unter die Lupe genommen

A – *wie Apoikis*

›An ihren Titeln sollt ihr sie erkennen.‹ Prägnanz und Polyvalenz einer Überschrift spiegeln in vielen, wenn nicht gar den meisten Fällen die Qualität einer literarischen Arbeit wider. So auch bei der kleinen Erzählung in Briefform von Kurd Laßwitz, *Apoikis*. Was dieses Wort bedeutet, sagt er in der Geschichte nicht – und sagt es doch, auf indirekte Weise. Dies signalisiert bereits die literarische Technik, mit der das ganze Stück komponiert ist: die des Anspielens, des spielerischen Verbergens und Enthüllens, der artistischen Hermetik.

Als »Pflanzstätte eines neuen Menschentums« wird Apoikis im Text einmal bezeichnet, und Pflanzstadt oder -stätte, Kolonie also, heißt im Griechischen ἀποικίς. Dies wiederum signalisiert die subtile Genauigkeit, mit der erzählt wird; denn Laßwitz verwendet die spätgriechische Prägung und nicht die ältere Form ἡ ἀποικία, da er die Entwicklung der Felseninsel-Kolonie Apoikis zwischen 400 und 300 v. Chr. einsetzen läßt und der Wortgebrauch ἡ ἀποικίς sich nach 300 v. Chr. durchsetzt.

Daß ein altgriechisches Wort als Titel dient, signalisiert des weiteren eine der utopischen Tendenzen der Kurzgeschichte, die nämlich der renaissancehaften Rückbesinnung auf klassisch-humanistische Ideale – über Futurisches antiker Form sich nähernd.

Daß das Wort für Kolonie die Überschrift bildet, signalisiert darüber hinaus das zeitgeschichtlich aktuelle Rahmenthema dieses Textes, der das Prädikat ›(vielbezügliches) Wortgewebe‹ wahrlich verdient, die Kritik nämlich an den (deutschen) Kolonialisierungsbestrebungen in Übersee.

Und schließlich signalisiert die Bezeichnung ›Pflanzstätte‹ die poetische Rahmenorientierung von *Apoikis* an Johann Gottfried Schnabels *Wunderlichen Fata*, in denen »Pflantz-Stadt« ein Schlüsselbegriff ist.[1]

B – wie Biobibliographisches

Apoikis erschien erstmals am 12. März 1882 in der »Wiener Allgemeinen Zeitung«. Wie während der ersten Hälfte der achtziger Jahre häufiger, hatte Kurd Laßwitz an einem Wettbewerb der schreibenden Zunft teilgenommen, und er war, wie üblich, unter den Gewinnern.[2] Kurz darauf druckten zwei weitere Zeitungen die Geschichte ab, Zeitungen aus den beiden ›Hauptstädten‹ seines Lebens, Breslau und Gotha.[3] In ersterer wurde Laßwitz 1848 geboren, und in ihr wuchs er auf. In letzterer lehrte er (am Gymnasium Ernestinum) für knapp über die Hälfte seines Lebens, und in ihr starb er 62jährig. Wien war dagegen ›nur‹ die einzige außerdeutsche Hauptstadt seiner publizistischen Tätigkeiten. Maßgeblichen Anteil daran hatte sein langjähriger, ja lebenslanger Freund Max Kalbeck, der seit 1880 Redakteur der »Wiener Allgemeinen Zeitung« war, in der Laßwitz 1881 zum ersten Mal veröffentlichte.[4]

C – *wie Castor und Pollux*

Sogar an ihren Pseudonymen kann man sie erkennen, die enge Freundschaft zwischen Kurd Laßwitz und Max Kalbeck: Jeremias Heiter nannte sich der eine, Jeremias Deutlich der andere (und letztere). Ersterer erwies dieser Verbindung immer wieder poetische Reverenz. So auch in *Apoikis*. Aus naheliegenden Gründen mußte sie sublim hermetisch und kaum wahrnehmbar ausfallen. Wer den feinen, aber auch frechen Witz des alten Laßwitz kennt, dem erscheint es kaum zu waghalsig, in dem namenlos bleibenden »verehrten Freund«, an den der Brief, der *Apoikis* ausmacht, gerichtet ist, (auch) Max Kalbeck zu sehen – selbst wenn es nur ein stützendes Indiz gibt, das alles andere als eindeutig ist: Eine gemeinsame Studienzeit von Erzähler-Adressant und unbekanntem Empfänger, auf 1872 datiert; eine Zeit, 1871/72, die Laßwitz und Kalbeck zusammen an der Universität Breslau verbrachten, bevor dieser nach München ging. Daß Laßwitz als Studienort nicht Breslau nennen konnte (sondern das unverdächtige, beliebt-renommierte Heidelberg wählte), versteht sich dann fast von selbst. Ein klitzekleiner Jokus im damaligen Literaturbetrieb, der seinen Urheber nicht wenig amüsiert haben dürfte.[5] Wenn die Situation es erlaubte, deutlich zu werden, verhüllte Laßwitz auch gern deutlicher sichtbar. Wie beispielsweise in der späten Kurzgeschichte »Die

Universalbibliothek« (1904), wo Kalbeck und er in einer typischen Szene auftreten, er als Professor Wallhausen (eine genüßliche Wortwipperei über polnisch Lasowice, Walddorf, Waldhausen), Freund Kalbeck als Redakteur Max Burkel (wieder genüßlich wortgewippt, doch diesmal nicht auf semantischem, sondern lokker anagrammatischem Wege). Und die Szene ist natürlich die: Burkel besucht Wallhausen und fragt – na? – nach einer neuen Geschichte für sein Blatt ...[6] Deutlich und Heiter: die Dioskuren aus Breslau.

D – wie deutscher Kolonisierwille

Doch nicht nur Privatgeschichte spiegelt sich in *Apoikis.* Anders aber als bei den liebevoll foppenden autobiographischen Spiegelkabinettstückchen vexierte Laßwitz seine Zeitgenossen, wenn's ihm um allgemein interessierende politische, und zwar brandaktuelle, ›heiße‹ Themen ging, unbequemer, scharf-kritisch zumeist und manchmal ganz schön mutig.

Sollte das Deutsche Reich – nachdem der Erd-Kuchen Afrikas, Asiens, Australiens und Amerikas unter England, Frankreich, Spanien und Portugal verteilt war – noch in aktive Kolonialpolitik ›einsteigen‹ oder nicht? Das war anfangs der achtziger Jahre des letzten Jahrhunderts eine durchaus heiß diskutierte Frage. Noch gab es, zum Veröffentlichungszeitpunkt von *Apoikis,* keine bejahenden kolonialpolitischen Beschlüsse mit weiterreichenden Konsequenzen; im Gegenteil: 1880 war die sogenannte Samoa-Vorlage im Reichstag abgelehnt worden, die der Stützung des Hamburger Bankhauses Godeffroy wegen seiner samoanischen Besitzungen dienen sollte. Den Umschwung leitete dann doch dieses Bankhaus ein, und zwar durch seinen Zusammenbruch, der zur Gründung des Deutschen Kolonialvereins im Dezember 1882 führte. Mittelbare weitere Folge: Zwei Jahre später begann Bismarck überseeische Expansions- und Protektoratspolitik zu praktizieren.

Das ›im Reich‹ rumorende Kolonisierungsthema ging auch mit Laßwitz lange Jahre um. Um am Ende zu beginnen: Zum letzten Mal tippte er es an in dem Kunstmärchen »Das Lächeln des Glücks« (1900), einer leis-melancholisch erzählten Geschichte von der Macht der Verhältnisse und der Ohnmacht der Dichter, in der das Glück viel weint und wenig lacht: »⟨›⟩Die weißen Männer sind aus ihren Schiffen gestiegen⟨‹⟩«, berichtet aufgelöst ein

(Schutz)Engel dem weinenden Glück »irgendwo im Raume, fern von den Menschen«, »⟨›⟩ und ihre Kugeln strecken unsere Freunde ⟨= die gelben Brüder⟩ nieder. O gieb den Unsrigen den Sieg in der Schlacht, sie kämpfen für die Freiheit, die man ihnen rauben will!‹ – ›Siehst du nicht, daß ich weine?‹ sprach das Glück. ›Wenn ich weine, so kann ich niemand helfen.‹ «[7] Das ist, angesichts der militärischen Erzwingung der ›Schutzherrschaft‹ über Kiautschou durch die Deutschen 1898 und des Boxeraufstands zwei Jahre später, der Seufzer eines enttäuschten Verfechters von Vernunft und Humanität. Drei Jahre zuvor, 1897, sah es noch ganz anders aus. Voller Energie und aufklärerischem Optimismus hatte Laßwitz in seinem korpulenten Fast-Tausendseiter *Auf zwei Planeten* vehement und offensiv wie nie die Kolonialismus-Problematik aufgegriffen und fiktional durchgespielt bis zur Lächerlichmachung von Majestät und ›modernem Militärstaat‹, als den viel zu viele das Deutsche Reich damals begriffen. Dabei wandte Laßwitz den einfachen Spiegeltrick an, den er bereits beim ersten Antippen des Themas erprobt hatte – in *Apoikis*: Stellt euch vor, ihr tatendurstigen Kolonisierwilligen von Rhein, Elbe und Spree, ihr wärt die ›entsprechend‹ zu Kolonisierenden!

E – wie Eros, pädagogischer allerdings, und Erzutopisten, englische

Zwar gelang Laßwitz in beiden Fällen (in *Auf zwei Planeten* wie in dessen Vorstufe *Apoikis*[8]) die satirische Umkehrung, die scheinbar kulturell und technologisch so Hochstehenden als tumb lallende Barbaren sich entpuppen zu lassen, die Absicht aber, durch eine derartige Schock-Illustration des kategorischen Imperativs (›Was du nicht willst, daß man dir tu, das füg auch keinem andern zu‹) nationales Problembewußtsein zu schärfen und moralische Kräfte gegen gewaltsames Kolonialisieren freizusetzen, war natürlich nicht von Erfolg gekrönt. »Völker lernen nichts, und die Deutschen noch weniger.« Der dies rund sechzig Jahre später sagte, Hermann Hesse, kannte freilich auch, wie Laßwitz, die Dialektik des Aufklärers: »Aber gerade aus dieser Depression heraus kommt mir auch immer wieder der Eigensinn und trotzige Wille, das scheinbar Unnütze dennoch weiter zu tun.«[9] Die Pfeile von Laßwitzens pädagogischem Eros trafen also ziemlich ins Leere (auch der Schulmann Laßwitz kam häufig nicht umhin, sich dies zu diagnostizieren, poetisierte's aber, sich befreiend, flugs[10]), obwohl der Wind günstig stand: ›Aufklärung breitester Bevölkerungsschichten‹ lautete nämlich eine Forderung nicht weniger aus dem Gelehrtenbetrieb jener Zeit. Angesichts der immer rascher in immer Spezieller-Unverständlicheres expandierenden Wissenschaften und ideologisch untermauert durch die neuerliche philosophische Orientierung an Kant in den Universitäten, waren geschickte Popularisatoren gefragt. »So einer war auch er«, um mit Arno Holz zu reden, er, Laßwitz, dessen Intentionen und Interessen ihn förmlich zum Vermittler von naturwissenschaftlich-technischem und philosophischem Wissen prädestinierten. Ergo surfte er eifrig und publizistisch einigermaßen erfolgreich auf dieser Aufklärungswelle mit, schrieb Zeitungsartikel und Bücher, in denen er Hochwissenschaftliches in Leichtverdauliches verwandelte (wer's schon mal versucht hat, weiß, daß dies keine kleine Kunst ist), und setzte als wohlschmeckenden Sahneklacks noch die Verzauberung des Leichtverdaulichen in Dichtung obendrauf.[11]

Die Titel, die er den späteren Sammlungen solcher Geschichten gab, wie *Seifenblasen, Nie und Immer* oder *Traumkristalle*, deuten an, in welchen literarästhetischen Mantel er normalerweise seine Erzählungen hüllte: in den der Utopie. Da er ein gründlicher Mann war, schaute er sich mit Bedacht auch an, was bereits vor ihm da war im Schatzhaus der Literatur, und Spuren seiner Utopien-Lektüre finden sich, sinntragend und zugleich (in seiner ganzen Bedeutungsbreite) hermeshaft-untergründig integriert, besonders in *Apoikis*.

Einstieg in diesen Text-Untergrund gewähren schon die ersten Worte des eigentlichen Einstiegs in den fiktionalen Gang der Ereignisse. »Der Einladung Lord Lyttons folgend«, lauten sie, hatte sich der Erzähler »ganz der Reiselaune unseres generösen Freundes ⟨nämlich Lord Lyttons⟩ anvertraut.« Das ist, mit viel Witz, doppelzüngig gesprochen; denn diese ersten Worte verweisen insgeheim aus der Fiktion ins Faktische: Einen Lord Lytton gab es tatsächlich, Edward Bulwer hieß er vor seiner Ernennung zum Lord, neben etlichem anderem Schriftsteller seines Zeichens und unter anderem Verfasser eines Romans, *The Coming Race* mit Namen, zwölf Jahre vor *Apoikis* erschienen, und mit der gleichen Thematik.[12] Die Eingangsworte kommen also – Wendung vom Faktischen wieder in die Fiktion – auch einer Einladung zu einer Reise durchs weite Land der Literatur gleich, die hinab zu den Dichter-

Vätern dieser Erzählung führt mit Hilfe des angebotenen Bulwer-Schlüssels. Er führt wortwörtlich hinab, denn Bulwer wählte als Nirgendwo-Ort seiner homines superiores nicht – wie Laßwitz und viele andere vor und nach ihm – die entlegene, noch unentdeckte Insel, sondern – wie so mancher vor und nach ihm – den noch abgeschiedeneren Hohlraum in der Erde. Analog erzählt in beiden Geschichten, der ausfabulierten Utopie Bulwer Lyttons wie der utopischen Skizze von Laßwitz, der weitgereiste einzelne. Das ist ein Topos dieses literarischen Genres. Nicht so allerdings der Umstand, daß er auf menschliche Wesen trifft, deren mentale Fähigkeiten die des homo sapiens weit übersteigen. Auch daß die Lebensformen der Apoikier und Vril-ya auf uns prinzipiell nicht übertragbar sind, markiert eine entscheidende Grenzüberschreitung weg von der traditionellen Sozialutopie hin zur Warnutopie (Bulwer) beziehungsweise Science-fiction (Laßwitz). Neben solchen herausragend-wichtigen Verbindungen die Glitzerpünktchen der geringfügigeren: Beide Erzähler werden von einem der Neuen Menschen in deren Isolierten Staat geführt – ein Vorgang mit großer Vergangenheit, man denke an Hermes Psychopompos oder den danteschen Vergil. Beide Erzähler empfinden gleichermaßen ihre übergroße Unterlegenheit. Sie haben den Eindruck, götterähnlichen Wesen gegenüberzustehen: gelassenen, erhabenen, stolzen. Sie können nichts ausrichten gegen deren telepathischen Kräfte. – Verbindungen werden aber auch in Form von Umkehrungen sichtbar. So zehrt *Apoikis* von *The Coming Race* beispielsweise ebenso dann, wenn am Ende die melancholische Bewunderung für die Unerreichbaren steht, anstatt der unverhohlenen Furcht vor den Unbesiegbaren. (Die Destruktivität der Vril-ya gegenüber ›Minderwertigem‹ scheint bei Laßwitz erst im Verhalten der Nume vornehmlich im zweiten Buch von *Auf zwei Planeten* durch.[13])

Die Fahrt zu Laßwitz' Utopia führt demnach über England. Doch nicht allein über Bulwer Lyttons *Coming Race*. Die Spuren, die zu diesem Buch leiten, sind lediglich dem Text recht markant eingeprägt. Im Gegensatz zu den folgenden Anspielungen auf der ›englischen Linie‹, die zum Teil direkt nach Ur-Utopia reichen und sogar bis zu dessen Ursprung: Die Apoikier sind wie die Utopier griechischer Abstammung. Diesen Umstand kann man aber auch als Fingerzeig auf die breite Berührungsfläche zwischen *Utopia* und *Apoikis*: dem Propagieren humanistischer Ideen und Ideale, deuten. Vollkommene Durchdringung aller Bereiche des Geistes und der Natur, wie sie die Apoikier erreicht haben, ist für die Utopier freilich fast so utopisch wie für uns. Näher an dieses Ziel gelangen jedoch die Bewohner von Bensalem durch die Erkenntnisse des Hauses Salomons, der Bruderschaft der Forscher und Wissenschaftler in Francis Bacons *Nova Atlantis*, an dem Laßwitz für *Apoikis* ebenfalls nippte, angezogen sowohl von dem Vor-Bild eines seinem Entwurf nah verwandten Bildungsideals als auch von dem hübsch länglichen Leporello technologischer Innovationen, der eine köstlich anregende Vorlage gerade für einen über die Jahrhunderte hinweg derart gleichgestimmten nüchtern-einbildungskräftigen Geist wie Laßwitz gewesen sein muß. (Möglicherweise verdanken bereits seine beiden frühen utopischen Ulke mit ernsten Absichten, »Bis zum Nullpunkt des Seins« (1871) und »Gegen das Weltgesetz« (1877), einige Ideen für SF-Gerätschaften den diversen Werkstätten und Laboratorien auf Bensalem.[14])

Über solche Allusionen und Anklänge, von denen wir bis jetzt nur einen Bruchteil kennengelernt haben, läßt Laßwitz die ganze Untergattung ›Utopie‹ mit all ihren Spielarten im literarischen ›Echoraum‹ seiner Kurzgeschichte pars pro toto hörbar werden. Die englischen Utopien repräsentieren dabei die Sozial- beziehungsweise Warnutopien. Außerdem stehen sie für die stärker poetisch (Bulwer) beziehungsweise stärker philosophisch ausgerichteten Utopien (Morus, Bacon). Auf weitere Prototypen weiterer Varianten werden wir noch treffen.

Darüber hinaus sind hier im *E*-Abschnitt zwei Grundpfeiler des intellektuellen Lebens von Laßwitz freigelegt worden, die ihm Standfestigkeit und Stärke gaben: Humanismus und Aufklärung.[15]

F – wie Fakt und Fata, Fiktion und Felsenburg, aber auch wie Fleck, weißer

Apoikis ist, ausgestattet mit viel lukianischer Ironie, eine Wahre Geschichte. Dichterisches Initialproblem dabei: Wie Fiktion möglichst mimikrymäßig an Wirklichkeit schmiegen?

Laßwitz löste diese Schwierigkeit elegant und pfiffig, indem er seinen (dem Umfang nach) Prosa-Zwerg auf die Schultern eines alten Prosa-Riesen hievte; indem er, heißt dies, eine bereits poetisch erprobte Problemlösung modernisierend übernahm; indem er, weniger abstrakt gesagt, als Lage seiner fiktiven Insel die Südatlantik-Region wählte, die 150 und ein Jahr vor ihm schon mal einer für seine Phantasie-Insel ausersah, und dem Eiland auch, mit einem kleinen, aber entscheidenden Unterschied, das gleiche Aussehen gab; indem er, konkret gesprochen, sich an Johann Gottfried Schnabels *Insel Felsenburg* orientierte und seine Felseninsel in die Gegend projizierte, in der Schnabels Eiland liegen mußte, nimmt man Fiktion für Faktum.[16]

Doch war's mit dem Dorthin-Verlegen so einfach nicht: Auch Insel-Fiktionen haben ihre Fata. Anderthalb Jahrhunderte nach Gisandern war das betreffende Ozeangebiet einigermaßen genau erfaßt und erforscht. Die ›weißen Flecke‹ auf den Seekarten waren klein geworden, zu klein, um eine Landmasse ohne weiteres auf 40° südlicher Breite und ungefähr 30° westlicher Länge verlegen zu können. Aus dieser ›Verlegen-heit‹ half sich Laßwitz mit einem bestechenden Sprach-Gauklertrick: Um den nötigen Plausibilitätsgrad für eine Installation der imaginierten Insel in der Umgebung von Tristan da Cunha zu erzielen, wurde das Ideal-Eiland buchstäblich zum weißen Fleck, zur Masse aus leuchtend rein-weißem Calcit, die das bislang vorbeischippernde Seefahrervolk selbstverständlich für einen kolossalen Eisberg halten mußte.

Vom Wasser her gesehen, türmt sich die Insel der Apoikier ebenso steil, mächtig und dräuend auf wie die Insel der Felsenburger. Nur der ›Anstrich‹ ist anders; er ist – Prinzip Umkehrung – nicht dunkel, sondern hell. Die Steilküste umgibt wie ein gigantischer Ringwall beide Inseln. Beide haben die Form einer Schale mit erhöhtem Rand.[17]

Die Serie korrespondierender oder gar kongruierender Einzelheiten hat damit ihr Ende allerdings noch lange nicht gefunden. Die utopische Ur-Szene, der Blick ins Gelobte Land, ins Lichtland, spielte Laßwitz ebenfalls derjenigen im ersten Band der *Wunderlichen Fata* nach: Das erzählende Ich verläßt die Ebene, das Wasser, den schmalen Strand, die Ebene des flach-mühsamen, normal-bescheidenen Lebens, um, getrieben von Forscher-Neugier, die Felswand emporzusteigen, hochzuklettern, gespannt auf das, was ›jenseits‹ sein wird, bis der Gipfel, Höhepunkt der Anspannung, erreicht ist und höchst freudiger Schreck die Glieder durchzuckt beim Anblick des Paradies-Panoramas, das sich darbietet. Die zwei Betrachter (Albert Julius bei Schnabel, Ehbert bei Laßwitz) stehen starr und staunen. Sie schauen gebannt auf ein Ensemble üppiger Natur. Alles prangt. – Inmitten der jeweiligen Insel erhebt sich eine

Akropolis. Schnabels Großen See vergrößerte Laßwitz zum Binnenmeer. Die einzelnen Siedlungen in Schnabels Konzeption erscheinen in der von Laßwitz zusammengefaßt zu einer ausgedehnten Stadt. – Abgesehen von ihrer fremden, aber noblen Tracht ist das Äußere der Felsenburger wie der Apoikier nicht außergewöhnlich. (Woran man nebenbei Laßwitzens synkretistisches Verfahren bei der Anverwandlung heterogenen literarischen Materials beobachten kann: Die Apoikier sind ›Mischwesen‹, ihrer Erscheinung nach ›normal‹ wie die Bewohner der Insel Felsenburg, ihrer geistigen Kapazität nach übermenschlich wie die irritierend fremdartig aussehenden Vril-ya.) – Den Kontakt mit der Außenwelt, insbesondere mit Europa, scheut keine der zwei Mikro-Gesellschaften. Aber weder die Schar um den Altvater Albertus Julius mit ihrer noch nicht einmal hundert Jahre umfassenden utopischen Lebenspraxis in Harmonie und Seligkeit noch die (größere) Schar der Sokrates-Schüler mit ihrer zweitausendjährigen Erfahrung immerwährender selig-harmonischer, alle Grenzen übersteigender Evolution des Bewußtseins sind auf den Kontakt mit den barbarischen ›Kultur‹-Völkern sonderlich erpicht. Die Felseninsulaner schicken hin und wieder ein Schiff zu zivilisierten Küsten, um Menschen, die es wert sind, auf ihre Insel zu holen (und benötigte Versorgungsgüter zu laden), und von Apoikis zischt alle zehn Jahre (regelmäßig seit zwei Jahrhunderten) ein Unterseeboot zwecks Sondierung der allgemeinen Lage an ebendieselben Küsten. Keine Frage, daß die fabelländischen Herrschaften, wenn sie das okzidentale (meist Kriegs-)Treiben beobachten, inkognito bleiben und nicht daran denken, von ihrer insula amoena zu plaudern. – Und militärische Attacken auf die beiden Arkadien? Sie liegen natürlich, bei der europäischen Mentalität (fast) jeglicher Zeit, nahe wie kaum etwas anderes, doch kaum etwas anderes liegt ferner als die Aussicht auf Erfolg. Schnabel und ebenso Laßwitz immunisierten ihre Ideal-Eilande gegen Angriffe; Schnabel fabulierte dies spannend aus, während Laßwitz es einem seiner Muster-Menschen nur in den Mund legte: daß die parapsychischen Kräfte der Apoikier nichts mehr übrig lassen würden von eventuellen Aggressoren.[18]

Schnabels *Insel Felsenburg* steht in der Perlenkette utopischer Typen, mit denen Laßwitz seine Geschichte ausgestaltete, für die Fluchtutopien (mit sozialutopischem Aspekt). Läßt man die dargestellten und einander gegenübergestellten Einzelheiten und Grundsätzlichkeiten Revue passieren, wird eine Tendenz von

Apoikis besonders transparent: die der Überhöhung utopischer Topoi und ihrer Steigerung ins nicht mehr Steigerbare, ins Absolute.

G – wie griechischer Geist

Laßwitz suchte in *Apoikis* so intensiv wie selten das Land der Griechen mit der Seele. Stellte Schnabels *Insel Felsenburg* Lage und Landschaftskulisse für die Erzählung bereit (und Bulwer Lyttons *Coming Race,* so darf man annehmen, die Idee von den homines superiores), bereiteten vor allem Platons *Politeia, Timaios* und *Kritias* den Boden für die Geschichte der Apoikier. Diese Dialoge enthielten – im Doppelsinn – Richtungweisendes für die eidetische wie für die ideelle Konzeption des fiktionalen Briefberichts. Einerseits ließ Laßwitz seine Athener den Seeweg wählen, den auch Platons Athener fahren mußten, um nach Atlantis zu kommen – weit nach Westen, das Mittelmeer verlassend, vorbei an den Säulen des Herkules. Doch die im letzten Drittel des 19. Jahrhunderts ersonnenen Athener driften auf der Atlantis-Route weiter und weiter nach Süden ab, bis sie ›ihre‹ Insel erreichen. Sie entwickelt sich, anders als Atlantis, das nieder- und untergeht, hoch zum Elysium, zur Insel der Seligen auf der Basis gelebter klassischer Ideale, die – Richtungweisendes andererseits – bei Platon bündig dargestellt und diskutiert wurden.

Sich auf Platons Staatsphilosophie samt seiner Sage von der Insel Atlantis – sei's ausgesprochen oder nicht – (kritisch) zu beziehen, gehört für den Großteil der sozialutopischen Entwürfe zu den Standards. So direkt allerdings wie Laßwitz gedanklich und mimetisch am Höhepunkt ziemlich zu Anfang der abendländischen Geistesgeschichte anzuknüpfen, der durch Leben, Lehre und Letum des Sokrates (wie sie Platon und Xenophon vermitteln) umrissen wird, ist äußerst ungewöhnlich. Die Konsequenz und Radikalität, mit der Laßwitz hier, humanistisch geschult, ad fontes ging, übertraf die der Humanisten, sofern sie vom besseren, vom ihnen idealen Gemeinwesen schrieben, um Längen. Er folgte nicht dem Usus, imaginierte exotische Modell-Menschengruppen und Modell-Staaten gewissermaßen anzureichern mit wie auch immer modifiziertem platonischem Gedankengut, sondern probierte etwas Neues: Wie wäre es, wenn an der Veredelungsstelle am ›Menschheitsstamm‹, die datierbar ist auf die Zeit um 400 v. Chr., ein Austrieb, der alle bis dahin erreichten Kulturleistungen, insbesondere der theoretischen und praktischen Philosophie, in der Anlage rein enthielte, sich – quasi olympisch – besser-schneller-weiter parallel zum Hauptstamm, ihn überflügelnd, entwickelte?

Zur Ausgestaltung dieser Laßwitzschen Utopie-Idee. Auf Historisches griff er auch bei der Vorzeithandlung seiner Kurzgeschichte zurück (neben Sokrates' Tod als dem Ausgangspunkt von ›det Janze‹ Einbeziehung der Sokratiker-Schule von Megara, um sein Histörchen dem Leser glaubhafter zu machen). Aus der Menge Platonischer Philosopheme, mit denen er *Apoikis* unterfütterte, hier nur ein Querschnitt: Allein das Leben in der Polis kann zum besten Staat führen. Voraussetzung für möglichst problemlos funktionierendes Zusammenleben ist die Paideia. Philosophie treiben ist keine Sonderbeschäftigung, vielmehr eine Tätigkeit des täglichen Lebens. Alles Philosophieren dient der Perfektionierung vernunftgemäßen Handelns im Streben nach dem Guten schlechthin. – Die Eliminierung eines elementaren ›Konstruktionsfehlers‹, der sich seit der *Politeia* in den Idealstaat-Gedankenspielen gehalten hatte und den Laßwitz behob, ohne viel Aufhebens davon zu machen, bedingte aber auch die Umwertung einiger Sokratisch-Platonischer Werte. Das Experimentieren mit der Vorstellung von der mustergültigen Kommune hatte fast immer – Ausnahme zum Beispiel Schnabels *Insel Felsenburg* – den Haken, daß die Population darin schlicht zu hoch angesetzt wurde, um für den anthropologisch-skeptischen Betrachter das glückhafte Zusammenspiel von idealstaatlicher Ordnung und Individualität noch überzeugend geraten zu lassen. Also setzte Laßwitz die Zahl seiner Utopia-Insulaner entsprechend gering an. Folge: Ein Grundprinzip, auf dem Platons *Staat* fußte, war überflüssig – die Apoikier bedürfen keiner Arbeitsteilung. Unter ihnen gibt es keine Spezialisten; alle wissen alles. Futuristische Folge: Zwei Grundforderungen Sokratischen Philosophierens wurden hinfällig – die Apoikier steigern ihr Wissen derart, daß die methodische Regel von der Einsicht in das eigene Nichtwissen keinen Bestand mehr hat, und sie haben über die Maßen viel geforscht, so daß die Notwendigkeit stetiger Forschung überholt erscheint.

Der Gang der Geschichte von Apoikis gipfelt im Goldenen Zeitalter. Anders als für die Alten, die es in der Urvergangenheit ansiedelten, liegt es für die Ansiedler auf (wie man sagen könnte) Schnabel-Land im Heute: Unerschütterliche Glückseligkeit, Unschuld und Einheit des Geistes mit der Natur sind Ergebnis der Evolution. Dies deutet einen weiteren kompositionellen Webetrick von Laßwitz an – die Strukturierung klassisch-antiker Gedanken durch einen neuzeitlich-modernen, den der Entwicklung, dessen Wurzeln zwar zurückreichen bis zu Heraklit und Anaximander, dessen ›Anziehungskraft‹ bei den Herren Denkern aber erst im Laufe des 19. Jahrhunderts richtig ›durchschlug‹. Bekanntestes Beispiel dafür dürfte Darwins Abstammungslehre sein, die die Gelehrtenwelt zur Zeit der Entstehung von *Apoikis* noch einigermaßen stürmisch durcheinanderwirbelte.

Gelehrtenwelt, Gedanken, antike und moderne, Glückseligkeit, Goldenes Zeitalter, Gang der (apoikischen) Geschichte, Grundprinzip und Grundforderungen, das Gute schlechthin, ideales Gemeinwesen, Geistesgeschichte und Griechen, Land der – das *G*-Kapitel verabschiedet sich.

H – wie Homerischer Anfang und Homerisches Ende

Mit der unausdrücklich-nachdrücklichen Berufung auf Platons *Politeia* gelangte Laßwitz im Reigen der seiner Erzählung integrierten utopischen Typen zum ›Urbild‹ der Staatsutopie. An die tiefste historische Allusionsschicht ist man damit aber immer noch nicht vorgedrungen. Doch fällt's einem leicht, sie ausfindig zu machen. Für einen so hermetisch angelegten Text wie *Apoikis* überraschend offen und stutzig machend, tritt sie gegen Ende des Prosastücks zutage.

Die ›Berichte‹ vom irgendwo und dennoch nirgendwo befindlichen Glücksland sind traditionell bis ins vergangene Jahrhundert bevorzugt eingebettet in nautische Abenteuer, Schiffermärchen, Seefahrergeschichten; ihr Archetyp, poetischer Höhepunkt am Beginn abendländischer Kultur: Homers *Odyssee.* Sie beschwört der brieflich erzählende Ehbert schlußendlich, als er Apoikis verlassen muß. Er tut dies mit hübscher Finesse. Bei der Beschreibung der kunstvoll gebauten Triere »Odysseus«, die ihn nach Tristan da Cunha bringen soll, evoziert er die Szene, wie Odysseus auf Ogygia, von Kalypso gehalten, sehnsüchtig übers Meer schaut und das unnahbar ferne Ithaka mit Augen sucht. Ehberts Situation ist umgekehrt. Er ist im Land seiner Sehnsucht, in der archaischen Heimat, und kann nicht bleiben. Umkehrung auch dann, wenn es heißt: »Und wie die Phäaken den Odysseus an Ithakas Strand, so setzten mich die Apoikier schlafend auf Tristan da Cunhas Küste aus.« Die Tristesse der Daseinsniederungen und nicht die Elevation der odysseisch lang entbehrten Geborgenheit hat ihn wieder.

Wie kunstvoll gebaut *Apoikis* ist, zeigt, exemplarisch, diese Abschieds- und Ankunftssequenz. Zum ersten und gleichzeitig letzten Mal werden die literarischen Bezugnahmen massiv eindeutig. Das sonst herrschende Spiel mit der präzisen Vagheit literarhistorischer Allusionen erscheint hier aufgehoben. Grund: In der Perlenkette der verborgen-enthüllt vorgestellten Utopie-Typen fungieren die *Odyssee*-Erwähnungen gleichsam als kräftig glänzende Schließe. Sie markieren darstellungsästhetisch den Schlußpunkt der Reise ins intelligible Paradies und einen wirkungsästhetisch ausschlaggebenden Anfangspunkt utopischer Dichtung. Sie verbinden darüber hinaus das Ende mit dem Anfang von *Apoikis* (wo der Abschied von der ›normalen‹ Welt und die Ankunft in der Göttersphäre geschildert wird), denn das Motto stammt ebenfalls von Homer, aus der *Ilias*, aus dem 514. Vers des 17. Gesanges: »Θεῶν ἐν γούνασι κεῖται« – »Das ruht im Schoße der Götter«, und in diesem Motto ruht, und mit diesem Motto ist umschlossen die ganze Erzählung von Apoikis.

I – wie imitatio, doppelte

Eine Seitenbemerkung zur Erzählerfigur: Ohne artistischen Kniff ist auch sie nicht gestaltet. Mit den während des Handlungsverlaufs peu à peu gewissermaßen aufscheinenden paradigmatischen Utopie-Entwürfen nimmt die Erzählerfigur an dichtungsgeschichtlichem Volumen zu.

In seiner Reaktion auf die Apoikier gleicht Ehbert, wie bereits erwähnt, dem Erzähler in Bulwer Lyttons *Coming Race*. Sein Name – hier kommt wieder der verschmitzte Wortwipper Laßwitz zum Zuge – ist eine Silbenzusammenziehung des Vornamens von Schnabels Haupterzähler Eberhard Julius.[19] Er geht demnach, wenn man so will, ziemlich betont-›abdrücklich‹ in den Spuren seiner Vorläufer. »Tief ist der Brunnen der Vergangenheit«, schrieb Thomas Mann, und an manchen Stellen des Schachts warten Überraschungen. Über Raphael Hythlodeus, den Weltreisenden in Mores *Utopia*, der Kunde bringt von der Insel, ›unnahbar euren Schiffen‹, wird gesagt, er fahre nicht zur See wie Palinurus, der Steuermann des Aeneas, sondern wie Platon oder Odysseus[20] –

und Ehbert tritt in die Stapfen des einen (Hythlodeus), des anderen (Platon) und des dritten (Odysseus)! Laßwitz kultivierte also die Freude an Imitation und Nachfolge und potenzierte sie gegenüber Morus; ein subtiler Scherz, ganz im Sinne von Manns *Joseph und seine Brüder*: »... und ist etwa des Menschen Ich überhaupt ein handfest in sich geschlossen und streng in seine zeitlich-fleischlichen Grenzen abgedichtetes Ding? Gehören nicht viele der Elemente, aus denen es sich aufbaut, der Welt vor und außer ihm an ⟨?⟩ «[21]

J – wie Janus, wie Jokus

Nach dem Blick zurück in die Gedanken-Welten der Vergangenheit, die von *Apoikis* ›geschluckt‹ wurden, nun der Blick nach vorne. Mitgerissen von der wilhelminischen Aufschwung-Ideologie, dem überschwenglichen askeptisch-optimistischen Fortschrittsglauben und beeindruckt von der geradezu rasenden industriellen Technologieexpansion, konnte Laßwitz, geistes- und naturwissenschaftlich geschult und mit einiger Erfahrung im Umgang mit historischen Prozessen – immerhin über anderthalb Jahrzehnte Arbeit an der *Geschichte der Atomistik vom Mittelalter bis Newton* –, ein leises Unbehagen an dem sich verschnellernden ›Auseinanderdriften‹ von jeder allein in ihre Richtung stierender ›technisch-praktischer‹ und ›nur-geistiger‹ Kultur nicht unterdrücken. Poetisch zu ›packen‹ freilich vermochte er es lediglich in beschränktem Maße; sein den Hauptzügen nach aufklärerisch-kantianisch-idealistisches Weltbild stand ihm dazu zu oft zu sehr im Denk-Wege. *Apoikis* drückt dieses Unbehagen durch erlösendes Aufheben aus: Für die homines superiores sind die Scherenschenkel, die die beiden Kulturformen bilden, geschlossen (wohingegen sie für uns weiter denn je auseinanderklaffen).[22]

Solche Melancholie der Aufklärung – zu erkennen, daß das Licht der Vernunft nicht ausreicht, die Köpfe der Menschen hell zu machen – kontrapunktierte Laßwitz durch lächelnd und seufzend zugleich vorgebrachte und doch, und doch wieder auch sehnsuchtsvoll ernstgemeinte technische Jocosa, die er ein paar Jahre zuvor noch weitaus breiter und einschichtiger, schlicht lustig über seine *Bilder aus der Zukunft* verstreut hatte.[23] Man schaut zurück, man schaut nach vorn: Das biblische Wunder, übers Wasser gehen zu können, wird technisch machbare utopische Wirklichkeit. Man schaut zurück nach Kant, man schaut nach vorn und hat den Requisit gewordenen insgeheimen Kantischen Wunsch, das »Noumenalrohr, das, auf den Nacken gelegt, die Raumvorstellung aufhebt und das intelligible All-Eins empfinden läßt«. Man schaut zurück in die *Bilder aus der Zukunft* und erblickt das Geruchsklavier, Wetterfabrikationsapparate, Universal-Kraft-Extract-Pillen, Juckeplätzchen und Elektrotypie (»Bis zum Nullpunkt des Seins«); Psychokineten (nicht im Perry-Rhodanschen Sinn), Cerebratin, Chresim, Diaphot und das Taschen-Klinatorium (»Gegen das Weltgesetz«) – man schaut nach vorn und erblickt in dem drei Jahre nach *Apoikis* publizierten ›philosophischen Märchen‹ »Psychotomie« mit homerischem Gelächter servierte Raumproben vom Aussehen merkwürdiger Würstchen, Gefühle und Stimmungen in Form kaviarähnlicher Kügelchen und, in Gestalt cartesianischer Teufelchen, –: höheren Blödsinn.[24] – Ehbert blickt zurück in die Göttersphäre und sieht: »einen goldenen Syllogismusbecher mit Urteilswürfeln und die am Feuer der Götterinsel versengten Flügel meiner Psyche«; er blickt nach vorn in unsere Wirklichkeit und sieht: »zwei nach Thran duftende Walfischjäger«, die ihn »durch einen Schluck aus der Rumflasche in die Welt der Sinne zurück⟨versetzten⟩«.

Man schaut zurück; man schaut nach vorn, und melancholischer Scherz ist das, was einem übrig bleibt.

K – wie Kant, Kritik und Kunst

Der favorisierte philosophische Hausgott von Laßwitz hieß bis ins letzte Jahrzehnt des letzten Jahrhunderts Immanuel Kant. (Danach spielte sich mehr und mehr Gustav Theodor Fechner in den Vordergrund seines poetischen und wissenschaftlichen Interesses, Fechner, dessen intellektuelle Lebensbahn mit der seinen so mancherlei Berührungspunkte aufweist und in dem er sich, ob in Einzel-, ob in Grund-Zügen, mannigfach wiedererkannte.[25]) Von Anbeginn seines Schriftstellerdaseins lautete Laßwitzens Losung für futurische Phantastik: ›Anhand von Kant in die Zukunft‹. Wenn es um die Charakterisierung der menschen- oder humanoidenbewohnten ›Welt von morgen‹ ging, griff er ständig zurück auf ethische und erkenntnistheoretische Denkfiguren Kants.[26] Bezeichnenderweise waren es hauptsächlich solche, die ihren systematischen Ort bei Kant im Grenzbereich dessen haben, was uns entweder Erkenntnisgegenstand oder allein denkmöglich ist. In *Apoikis* machen bereits Kantische Termini dies klar: Im ersten Abschnitt fällt der Begriff ›intelligibel‹. »Ich nenne dasjenige an einem Gegenstande der Sinne, was selbst nicht Erscheinung ist, intelligibel«, definierte Kant in seiner *Kritik der reinen Vernunft*.[27] Da wir an die ›Welt der Sinne‹ gebunden sind und keine sinnliche Anschauung des Intelligiblen haben, können wir es nicht erkennen, sondern nur denken. Oder es ist die Rede von ›Noumenon‹. Darunter versteht Kant ein Etwas überhaupt ebenfalls außerhalb unserer Sinnlichkeit, einen Grenzbegriff, einen ›leeren‹ Begriff, da uns jede Anschauung von ihm fehlt.[28] Was uns fehlt – der Apoikier hat es – und Laßwitz sein gestalterisches Grunddilemma, denn ausgerechnet durch seine Entscheidung, utopische Zustände unter Zuhilfenahme Kantscher Umschreibungen dessen, was nicht innerhalb unseres Erkenntnisvermögens liegt, dichterisch zu formulieren, fehlt ihnen Entscheidendes: Anschaulichkeit, die über jenen Grad hinausreicht, den Kant selbst schon erreichte, als er in dem für *Apoikis* vor allem maßgeblichen dritten Hauptstück des zweiten Buchs der ersten Abteilung des zweiten Teils der transzendentalen Elementarlehre seiner *Kritik der reinen Vernunft* mit dem Titel »Von dem Grunde der Unterscheidung aller Gegenstände überhaupt in Phaenomena und Noumena« also anhob:

Wir haben jetzt das Land des reinen Verstandes nicht allein durchreist, und jeden Teil davon sorgfältig in Augenschein genommen, sondern es auch durchmessen, und jedem Dinge auf demselben seine Stelle bestimmt. Dieses Land aber ist eine Insel, und durch die Natur selbst in unveränderliche Grenzen eingeschlossen. Es ist das Land der Wahrheit (ein reizender Name), umgeben von einem weiten und stürmischen Ozeane, dem eigentlichen Sitz des Scheins, wo manche Nebelbank, und manches bald wegschmelzende Eis neue Länder lügt, und indem es den auf Entdeckungen herumschwärmenden Seefahrer unaufhörlich mit leeren Hoffnungen täuscht, in Abenteuer verflechtet, von denen er niemals ablassen und sie doch auch niemals zu Ende bringen kann. Ehe wir uns aber auf dieses Meer wagen, um es nach allen Breiten zu durchsuchen, und gewiß zu werden, ob etwas in ihnen zu hoffen sei, so wird es nützlich sein, zuvor noch einen Blick auf die Karte des Landes zu werfen, das wir eben verlassen wollen, und erstlich zu fragen, ob wir mit dem, was es in sich enthält, nicht allenfalls zufrieden sein könnten, oder auch aus Not zufrieden sein müssen, wenn es sonst überall keinen Boden gibt, auf dem wir uns anbauen könnten; zweitens, unter welchem Titel wir denn selbst dieses Land besitzen, und uns wider alle feindseligen Ansprüche gesichert halten können.[29]

Vor was soll man mehr erstaunen? Vor des ›trockenen‹ Kant Kunst der Anschaulichkeit oder des erzverschmitzten Laßwitz Kunst der Anspielung? Die Allusions-Artistik des letzteren braucht jedenfalls keinen Vergleich zu scheuen. Wer bloß bei den Stichworten ›intelligibel‹ und ›Noumenon‹ aufmerkt und sie als Kantische Termini in jenem Phaenomena-Noumena-Kapitel lokalisiert, hat den Ariadnefaden schon in der Hand, der ihn durch die vielfach verschlungenen Beziehungs-Gänge ins eigentliche Zentrum und in die gedankliche Keimzelle der Erzählung von *Apoikis* führt. Denn alle wesentlichen Merkworte, an denen sich der Poeticus Laßwitz imaginativ entzündete, sind hier bei Kant versammelt: Insel, Land des reinen Verstandes und der Wahrheit, in Augenschein nehmen, Ozean, Sitz des Scheins (Welt der Sinne), Eis (!), neue Länder lügen (»viel ja lügen die Dichter«, sang bereits Homer), auf Entdeckungen herumschwärmende Seefahrer, leere Hoffnungen (da das Land der Sehnsucht uns verschlossen bleibt), nicht zu bewältigende Abenteuer (des Geistes), sich anbauen (ansiedeln), Sicherung gegen feindselige Ansprüche![30]

Viermal kaprizierte sich Laßwitz innerhalb seines Erzählwerks nennenswert auf die nebenbei leicht schillerisch getönte ›Kantische Brille‹ zur Zukunftsschau. Zweimal scheiterte er damit; zweimal umschiffte er einigermaßen gekonnt die auftauchenden künstlerischen Klippen: Die Protagonisten der beiden elf und fünf Jahre vor *Apoikis* veröffentlichten *Bilder aus der Zukunft* leben einerseits in einer Zeit, in der »materieller Fortschritt den sittlichen und idealen zur Folge hat« und man auch (gelegentlich) »unabhängig von der schweren Welt der Sinne« ist[31], andererseits stürzen sie in derart dusselige ›sittliche‹ Konflikte, daß die strahlende Progreß-Kantilene, die Laßwitz anstimmte, verdammt unglaubwürdig (weil voller innerer Widersprüche) klingt. Beim tiefsinnigen *Apoikis*-Seemannsgarn lavierte er – wie gesehen – geschickter. Er verzichtete auch einfach darauf, die superioren Menschen konfligieren zu lassen. Hilfreich hinzu kamen außerdem die Kürze und das kunstvolle Konzert der dicht komponierten Allusions-Stimmen; beides überdeckt, zudem noch unterstützt von der Garnierung des Ganzen mit dem einen oder anderen technischen Wunderding, den Mangel an wirklich konkreter Beschaffenheitsschilderung des Lebens, Webens und Seins in Apoikis. Wieder anders suchte Laßwitz dieses Darstellungsproblem bei der großangelegten Neuaufnahme des *Apoikis*-Themas in *Auf zwei Plane-*

ten zu lösen. Aber Näheres dazu erst im übernächsten Kapitel. Zuvor zu:

L – wie Laßwitz (natürlich) und Leistung (auch und besonders von Apoikis)

L – auch wie Lob, großes; denn was Laßwitz mit *Apoikis* leistete, war nichts Geringes. Wäre die Erzählung in ihrer Wirkungsgeschichte nicht ihrer immanenten hermetischen Tendenz treu geblieben (so daß nur wenige, der Hermetik selbst beflissene Autoren verschlüsselt auf sie verwiesen, Arno Schmidt etwa in *Zettels Traum* auf Seite 244 rechts oben), hätten sie zahlreiche Theoretiker der Science-fiction als Kronzeugin ihrer Hypothesen und Konjekturen garantiert wieder und wieder benannt: Wie in einer Nußschale ist in ihr so ziemlich alles enthalten, was – nach dem Gemeinsamen der diversen Theorien – idealerweise Science-fiction auszeichnen soll.

Um ex negativo zu beginnen: In ihr ist keine einzige zu waghalsige wissenschaftliche Extrapolation aufzutreiben; in ihr ist kein metaphysisches Geschwafel zu finden; in ihr gibt es kein niederes Paktieren mit irrational-primitiven Lesergelüsten, und was dergleichen Seichtigkeits-Merkmale für (SF-)Literaturschlamm mehr sind.

Vielmehr tut sich mit ihr eine prallgefüllte Bonbonniere deliziösesten Inhalts auf. Selbst das umschließende Schleifenband wird zum Schmuckstück, bedenkt man den intuitiv-reflexiven Scharfsinn, mit dem der knapp 34jährige Laßwitz literarische Herkunftszusammenhänge durchschaute, in denen das, was er den Deutschen als neue Möglichkeit des (sagen wir ruhig) Dichtens zu liefern begann, wissenschaftliche Phantastik nämlich, seiner Meinung nach stehen mußte. Und seine in Poesie verwandelte Analyse stimmte und stimmt. Jeder Abriß der Gattungsgeschichte von Science-fiction beweist dies. Und Laßwitz lächelt dazu vom Parnaß auf die philologische Forschung herab, die sich erst zweieinhalb Menschenalter nach ihm anschickte, das von ihm stillschweigend, aber erkennbar bereits Aufgearbeitete noch einmal, unbewußt ihm nachtappend, aufzuarbeiten. Sein Blick geht weiter zu den Objekten der Schriftgelehrten, und Laßwitz grinst schwermütig und verschmitzt hinunter auf die massenweise Buchstaben absondernden Herrschaften, die in seine Fußstapfen treten wollten, obwohl sie weder seine literarische Schuhnummer bestimmt noch seine hermesmäßige Schrittlänge erfaßt hatten. Doch auch die trifft sein weises Grinsen, die unbeabsichtigt beim eigenen labbrigen Labern seine Spur übertrampelten und übertrampeln.

Öffnen wir also das Pralinenpaketchen. Einzigartiges erscheint (man kann's nicht häufig genug betonen): Die Geschichte einer voyage imaginaire, die zugleich, in poetisch ›pointillistisch‹ verdichteter Form, die Geschichte aller Geschichten um wundersame Reisen enthält. Es erscheint die Geschichte einer imaginären Fahrt durch utopiengeschichtlich Altes hin an die ›Umschlagstelle‹, wo die literarischen Traditionslinien aus allen Erewhon und Potu zusammenlaufen und, neu gebündelt, Richtung Science-fiction streben, zu einem Zeitpunkt verfaßt (und das ist das Ungeheure), zu dem die deutschsprachige Entwicklung der Gattung Utopie sich genau an dieser Umschlagstelle befand.

Herausgepicktes: *Apoikis* erfüllt als notwendig und hinreichend angesehene Bedingungen für Science-fiction. Erstens, weil die Erzählung sich um ein Novum dreht, d. h. um eine »erkenntnisträchtige Neuerung«, die »eine ganzheitliche (totalisierende) Erscheinung oder ein Verhältnis ⟨ist⟩, die von der Wirklichkeitsnorm des Autors und des impliziten Lesers abweichen«.[32] Zweitens, weil das Novum »durch die wissenschaftlich methodische Erkenntnis, zu der der Leser unweigerlich hingeführt wird«, legitimiert ist, wobei diese Erkenntnis »methodisch auf dem Hintergrund einer Gesamtheit bereits vorhandener Erkenntnisse oder zumindest als ein ›Gedankenexperiment‹, das der für gültig gehaltenen wissenschaftlichen Logik, d. h. der Erkenntnislogik folgt, entwickelt werden ⟨*kann*⟩«.[33] Drittens, weil Verfremdung und Erkenntnis aufeinanderwirken[34], dergestalt, daß ein wichtiges Kennzeichen der Zeitsituation zwar erkennbar, aber doch zugleich fremd in kritisch-satirischer Absicht abgebildet wird (Kolonialismus). (Mit kurzgreifender Kritik nur für den Tag und die Stunde hatte Laßwitz übrigens nicht allzu viel im Sinn. Seine mahnende Moralistik sollte von anderem Maß und anderem Wert sein. Ihm ging es um die Beförderung der Humanität allgemein. Besondere Tagesaktualitäten kamen ihm dabei als Aufhänger selbstverständlich sehr zupaß.) – *Apoikis* erfüllt weiterhin wesentliche Kriterien für Science-fiction. Wie etwa das der ausreichenden Plausibilität sowohl in der Rahmenerzählung, die teils in der empirischen, teils in der imaginären Welt spielt, als auch in der Binnenerzählung, der ›Geschichte‹ von Apoikis, einer strengen conte philosophique. Auch dem Kriterium, unterhaltend über (schwierige) wissenschaftliche Zusammenhänge aufzuklären, wird Genüge getan. – Eindrucksvoll die Antizipation SF-typischer Antizipationen. So die Idee eines kollektiv auf parapsychischem Wege errichteten (inselüberspannenden) Energieschirms. Oder die Idee, technische Innovationen nicht mittels Naturwissenschaft, sondern auf anderem, fremdem Wege zu erzielen. – Nicht minder eindrucksvoll die Vorwegnahme gewisser Standardthemen der SF wie das Überwechseln in eine Parallelwelt (sehr schön gestaltet auch in der Kurzgeschichte »Auf der Seifenblase« von 1887) oder wie das der alternativen Intelligenz, des Übermenschen (worüber zwei Kapitel weiter ein klein wenig mehr).

All dies von Laßwitz gewieft kalkuliert, instinktsicher erspürt und erzverschmitzt dargeboten. Seine Tragik: Er machte nicht Schule. Nach ihm ging's mit der deutschsprachigen wissenschaftlichen Phantastik nur noch bergab.

Die meisten poetischen wie poetologischen Erfindungen und Einsichten unseres SF-Lionardos wurden vergessen, von wenigen prominenten Ausnahmen abgesehen, und viel später, manchmal an einem ganz anderen Ende der Welt, ›entdeckt‹, mal zufällig, oft unter großen Mühen, mal schlechter, mal besser ausfabuliert, und dem technisch-utopisch-phantastischen Erzählrepertoire einverleibt.

Da standen durch das von Laßwitz vorgegebene wortkünstlerische Niveau die Chancen für das sich in Deutschland gerade aus der Urnebelmaterie der zahllosen Ausmalungen von ›Glückshausen auf Seligland‹ bildenden Genres Science-fiction so günstig wie nie, den langen Marsch nach oben, der Hochliteratur zu, erfolgreich zu unternehmen – doch keiner der nachfolgenden ›Zukunftsbilder‹-Autoren nahm sie wahr. Keiner dachte Laßwitz bewußt nach. Nicht zu seinen Lebzeiten, nicht während seines postumen Publikumserfolgs zwischen 1917 und 1933, nicht nach dem Zweiten Weltkrieg, als man an die Zeit vor dem Dritten Reich anknüpfen wollte, das sämtliche Werke von Laßwitz aus den Buchhandlungen verschwinden ließ, und erst recht nicht nach der Umorientierung auf US-amerikanische SF-Strickmuster ab den fünfziger Jahren. Ob Carl Grunert, ob Emil Sandt, die sich nach ihm nannten, ob der anspielungsreiche Robert Kraft, ob der nur als Junge im wortwörtlichen Sinn Schüler von Laßwitz gewesene

Hans Dominik, ob Bruno H. Bürgel, ob das Perry-Rhodan-Urteam, sie alle sahen an den »lieben Laßwitz-Werken« (Hans Lindau) allein das Vordergründige.

M – wie Marsroman

Daß es Verbindungen gibt zwischen *Apoikis* und dem fünfzehn Jahre später veröffentlichten belletristischen opus maximum von Laßwitz, *Auf zwei Planeten,* kam verhältnismäßig schnell durch den solideren Teil der damaligen Tageskritik zum Vorschein. So sprach beispielsweise Raimund Pissin 1905 in einer feuilletonistischen Würdigung des Romanciers Laßwitz davon, daß *Apoikis* »den Kern und die Urform des Romans darstellt«.[35] Und wie sieht dies im einzelnen aus?

Der Schauplatz, an dem alles beginnt, liegt erneut am Außenrand der bekannten Welt, diesmal jedoch nicht in der südlichen, sondern in der nördlichen Polarregion. Wieder gelangt man an eine topographische Anomalie, diesmal jedoch nicht auf dem Wasser-, sondern auf dem Luftwege. Von neuem ist eine kleine Gruppe von Menschen ›transporté‹ angesichts der ansaugenden Anderwelt auf Erden, die betäubend und zugleich sämtliche Sinne schärfend wirkt. Diesmal gelang die Verzahnung von Faktizität und Fiktion noch besser. Ein alter Menschheitstraum schien um 1895 kurz vor der Verwirklichung zu stehen: die Entdeckung des Nordpols. Nansens Polardrift mit der »Fram« und seine Schlittenexpedition, die bis knapp über 86° nördliche Breite vordrang, und Andrées Absicht, mit einem Freiballon den nördlichsten Erdpunkt zu erreichen, hatten die Erwartungen der zivilisierten Welt aufs herzklopfend-höchste gespannt; was würde am Pol sein?[36] Eine geradezu ideale ›Aufhänger‹-Situation für einen poetisch-potentialistigen ›Künder des Künftigen‹ wie Laßwitz, die er auch prompt nützte: Eine deutsch-österreichische Ballonexpedition fliegt von der Nordküste Spitzbergens aus (wie realiter der Schwede Andrée) gen Norden. Eine ›windige‹ Geschichte, denn den erfundenen Luftschiffern bläst unwahrscheinlich konstant der Wind aus Süden. Schon hat man den Pol greifbar nah vor Augen, überschwebt das Binnenmeer, das (so Laßwitzens Annahme in der Nachfolge Petermanns[37]) ihn umgibt, als man eine eisfreie, genau kreisförmige Insel entdeckt, ein künstliches Eiland, wie sich später herausstellt, auf dem sich, rätselhaft und geheimnisvoll, in perspektivischer Polarprojektion ein Großteil der nördlichen Erdhalbkugel in kolossalem Maßstab nachgebildet befindet. Der Sog weg aus der verbürgten Wirklichkeit wird spürbar und anschaulich gemacht; die drei Gondelinsassen ahnen die Gegenwart fremder, (über)mächtiger Lebewesen, die die Polinsel erbaut haben müssen; da gerät der Ballon in die Gewalt eines Luftmaelstroms, der ihn, den Gesetzen der Schwerkraft hohnsprechend, hochreißt, daß den Aëronauten Hören, Sehen und Bewußtsein vergeht – und zwei von ihnen erwachen auf der änigmatischen Insel im sozio-techno-kulturellen Fabelland (der dritte konnte sich per Fallschirm gerade noch in die gewohnte Welt zurückschwingen). Dies ein weiterer Faden im Geflecht der Beziehungen zwischen *Apoikis* und *Auf zwei Planeten*: Wie Ehbert den Schwupp aus dem Reich der Ideale nicht wach miterlebt, ›verpennen‹ die beiden Ballonfahrer das Eintauchen in die Alien-Sphäre. Wieder entpuppt sich die Insel als Kolonie, diesmal jedoch nicht von höherentwickelten Menschen, sondern von haushoch überlegenen Martiern, humanoiden Marsbewohnern. Damit griff Laßwitz einen zweiten alten Menschheits(alp)traum auf, den vom intelligenten außerirdischen Leben. Schiaparellis Wahrnehmung sogenannter Marskanäle (1877) hatte die langgehegte Spekulation, ob nicht doch Zivilisationen auf unseren Nachbarplaneten existieren, verstärkt Richtung roter Planet gelenkt. Um 1895 war mit ›News from Mars‹ bedrucktes Papier en masse auf dem Markt; vieles kreiste um die Frage, was sein würde, wenn die hypothetischen, unsere Rasse eventuell sogar bedrohenden Marsmenschen die Schranke des kosmischen Raums überwänden und (unbemerkt) auf die Erde gelängen.[38]

Als gewiefter Didaktiker und Popularisator transportierte Laßwitz im Zuge der episch breiten Antwort auf diese Leitfrage seines Romans reichhaltig aufklärerische Konterbande. Was er seinen Lesern ›unterjubelte‹, waren hauptsächlich Modifikationen bevorzugter, in mindestens einer seiner drei publizistischen Sparten früher schon behandelter Themen. Kolonialismuskritik (wie im *D*-Kapitel angedeutet): Erneut kommen sich wohl- und hochgemute Angehörige der westlichen Zivilisation plötzlich ziemlich unterentwickelt-barbarisch vor nach ersten, tastend-täppischen Versuchen, den immensen Kulturvorsprung der Fremden (und doch Verwandten) zu begreifen; diesmal jedoch geben die Fabelwesen ihre splendid isolation auf und suchen den Kontakt mit den törichten Erdlingen. Sie wollen kolonisieren. Sie wollen, im Austausch gegen Rohstoffe wie atmosphärische Luft und Sonnenstrahlung, an denen es den Martiern in ihrer Heimat mangelt, den Menschen die ›Segnungen‹ ihrer scientia wie ihrer sapientia bringen. Bei der Verwirklichung dieser Absichten zeigen sie sich ausgesprochen janusköpfig. Laßwitz brachte das Kunststück fertig, einerseits fürstenspiegelartig vorzuführen, was und wie man kulturell Unterlegenen durch Kolonisieren helfen kann, und andererseits dystopisch düster die Fehler anzuprangern, die im Verlauf der Umsetzung von Theorie in Praxis habituell von den irdischen Großmächten gemacht wurden. Das Unbehagen an der falschen Kulturbringerei durch die Teufelsseite der anfangs als engelgleich geschilderten Nume (wie die Nachbarn aus dem All sich selbst nennen) kontrastscharf sichtbar werden zu lassen, erreichte er mittels einer raffinierten Volte beim Mischen seiner Erzähl-Karten. Die Marsianer verkraften nämlich die auf Ba, der Erde, herrschende Gravitation nicht, die um zwei Drittel größer ist als die ihres Heimatplaneten, und werden dadurch sowohl äußerlich gebeugt als auch innerlich, was ihr Denken und Handeln betrifft, hinuntergedrückt in das irdische Bathos. Sie, die Nume, die Verstandeswesen, handeln hienieden nicht mehr, wie daheim, grundsätzlich aus reinen Motiven; ihre gloriose Ideal-Integrität gemäß sämtlicher »Kritiken«, »Prolegomena«, »Grundlegungen« und »Metaphysiken« des Königsberger Weltweisen verkommt. Von neuem also Ausrichtung der im Gegenwärtigen angesiedelten Zukunftsgesellschaft an Kants Philosophie; diesmal jedoch nicht auf der Vollendungsstufe dargestellt, sondern auf einem Platz im Vorderfeld des »fruchtbaren Bathos der Erfahrung«[39], einer Niederung, die Irrungen und Wirrungen genug parat hält, um einen zweibändigen Monumentalroman von einiger Dicke zu füllen.

Die Schilderung von Kontakt und Konflikt der Menschheit mit der fruchtbringenden Mars-Gesellschaft enthält aber auch ganz kurze und leise Echos auf die *Apoikis*-Vision. Hier ein paar Beispiele: Biblisches Wunder geschieht in *Auf zwei Planeten* ebenfalls: Die Nume vermögen Steine in Brot zu verwandeln.[40] Bulwer und Schnabel klingen nach, Bulwer Lyttons *Coming Race* zum einen in der Grundkonstellation, die der Marsroman behandelt, zum anderen im Namen einer Vril-ya und einer Martierin, die erschöpft in ihrem Feenreich angelangte Barbarische-Zivilisierte samariterisch pflegen: Zee und Se, zum dritten in der Sprache der Götterähnlichen: sie wird in beiden utopischen Entwürfen auffallend eingehend behandelt, ist überwiegend einsilbig und weist gemeinsame Partikel auf wie Glo, Hil, An oder Sila, und zum vierten in den Pik-Stäbchen der Nume[41]; Schnabel, der Dichter am Stolbergischen Hofe, erscheint im Zerrspiegel namentlich, offen und versteckt (wie Bulwer Lytton in *Apoikis*) als Möchtegern-Hofdichter (von) Schnabel.[42] Ein Filou, der Laßwitz!

N – wie Nietzsche

Nach diesem Ausblick auf das ›Coming Work‹ von Laßwitz nun ein Seitenblick auf das zeitgenössische utopische Gegen-Bild zu *Apoikis* in sieben Momenten. Erstes Moment:

> Auf den glückseligen Inseln
>
> Die Feigen fallen von den Bäumen, sie sind gut und süß; und indem sie fallen, reißt ihnen die rote Haut. Ein Nordwind bin ich reifen Feigen.
>
> Also, gleich Feigen, fallen euch diese Lehren zu, meine Freunde: nun trinkt ihren Saft und ihr süßes Fleisch! Herbst ist es umher und reiner Himmel und Nachmittag.
>
> Seht, welche Fülle ist um uns! Und aus dem Überflusse heraus ist es schön hinaus zu blicken auf ferne Meere.
>
> Einst sagte man Gott, wenn man auf ferne Meere blickte; nun aber lehrte ich euch sagen: Übermensch.[43]

Der dies schrieb, gehörte der gleichen Generation an wie Laßwitz. Auf die gleiche geistige Zeitsituation in Deutschland reagierte er mit dem Anvisieren (manchmal) gleicher Gedankenfluchtpunkte. Sie erfuhren freilich bei ihm, dem vier Jahre älteren Nietzsche (der die Laßwitz zeitlebens versagt gebliebene Hochschulprofessur schon mit 24 in der Tasche hatte, was ihm jedoch auch nicht gerade bestens bekam), eine ganz andere, ja entgegengesetzte Wertung – wie billig bei einem Umwerter aller Werte. Zweites Moment: Gleichzeitig betroffen und abgestoßen von der herrschenden Misere in litteris, der Stillosigkeit und dem Epigonentum, richteten beide, voller Weg aus der Gegenwart und Hin in die Zukunft, den Blick auf die insula amoena und den ›höheren Menschen‹. Diesen aber konzipierten Nietzsche und Laßwitz förmlich kontradiktorisch. Drittes Moment: »Wir sind nur Herren von uns selbst, Herren unseres Willens, Herren des Bewußtseins überhaupt, und darum sind wir frei.« Das sind die Übermenschen des braven Laßwitz. ›Wir haben den Willen, Herr über andere zu sein‹, gepaart mit der »*Lust an der Vernichtung des Edelsten* ...: als Lust am *Kommenden, Zukünftigen,* welches triumphiert über das *vorhandene noch so Gute*«.[44] Das sind die Übermenschen Nietzsches. Viertes Moment:

Die deutsche Philosophie als Ganzes – Leibniz, Kant, Hegel, Schopenhauer, um die Großen zu nennen – ist die gründlichste Art *Romantik* und Heimweh, die es bisher gab: das Verlangen nach dem Besten, was jemals war. Man ist nirgends mehr heimisch, man verlangt zuletzt nach dem zurück, wo man irgendwie heimisch sein kann, weil man dort allein heimisch sein möchte: und das ist die griechische Welt![45]

Touché! Ein Angelpunkt von *Apoikis* ist mit dieser Notiz Nietzsches aufgedeckt und zugleich seine eigene große Sehnsucht. Gleich Laßwitz wurde ihm jene Welt zum Kastalischen Springquell, mikrologisch abzulesen etwa an seinem Plan, »eine neue *griechische* Akademie« zu gründen, oder an der Geburt seines Elitegedankens aus dem Geiste der Griechen.[46]

Eigen war beiden – fünftes Moment – gleichermaßen der ans Maßlose grenzende erzieherische Impetus. Anheben des Kulturniveaus der Vielen: darauf zielte Laßwitz; Anheben des Kulturniveaus der wenigen ›Starken‹: darauf zielte Nietzsche. Seelenkunde – sechstes Moment – zog beider Aufmerksamkeit besonders kräftig an; experimentelle Psychologie den einen, Laßwitz (ausgelöst durch Fechners Untersuchungen), spekulative Psychologie den anderen, Nietzsche.

Der intellektuelle Zugriff der zwei auf Wissen und Welt unterschied sich dabei zweifellos extrem. Der eine – und ich brauche nicht zu sagen, wer – brachte herrliche, scheinbar unabgezirkelte Schnörkel wie weiland Corporal Trim zu Papier, während der andere schlicht (vielleicht zu schlicht) Geraden mit dem Lineal zog, um seine Wissenswelt und sein Weltwissen zu vermitteln: siebtes Moment.[47]

O – *wie Oxymoron*

Mit *Apoikis* zog Laßwitz einen Schlußstrich unter die herkömmliche Art, seine Feder an der (historisch variablen) Vorstellung vom besten Staat zu wetzen. Radikal ging er dabei vor; bis zur Wurzel der Sozialutopienschreibung, heißt dies, ging er zurück und kletterte hoch bis zur für ihn letztmöglichen, hegelisch alle Widersprüche als nur scheinbare aufhebenden Denk-Konsequenz, die die

Konstruktion einer idealen Gemeinschaft bot: Mehr ist, ›utopisierend‹, nicht auszudenken als
– Auflösung der Herrschaft von Menschen über Menschen,
– vollständiges Verschwinden institutioneller Hierarchien,
– Erreichen des absoluten Wissens,
– Identität von Sollen und Sein,
– Versöhnung von Natur und Geist.

Am Anfang der literarischen Gattungsentwicklung von Sciencefiction in Deutschland lag ihr Höhepunkt.

Anmerkungen

1 Auf den Zusammenhang zwischen *Apoikis* und Schnabels *Insel Felsenburg* wies ich bereits in meinem Nachwort zu *Auf zwei Planeten* von Kurd Laßwitz hin (Von Martiern und Menschen oder Die Welt, durch Vernunft dividiert, geht nicht auf. Hinweise zum Verständnis von *Auf zwei Planeten*, in: Kurd Laßwitz: *Auf zwei Planeten*. Roman in zwei Büchern. Mit Anmerkungen, Nachwort, Werkgeschichte und Bibliographie von Rudi Schweikert. – Frankfurt am Main: Zweitausendeins 1979 ([2]1984), S. 914–917). Dort auch stichwortartig einiges zu einigen Themen, die ich hier im folgenden ausbreite.

2 Wie mit der gekrönten Preisschrift – 1000 österreichische Gulden bekam er dafür – *Die Lehre Kants von der Idealität des Raumes und der Zeit, im Zusammenhange mit seiner Kritik des Erkennens allgemeinverständlich dargestellt* (1883) oder dem Preisessay »Galilei und Baco« (1883).

3 »Breslauer Zeitung« und »Gothaische Zeitung«, die am 21. und 22. März einen Teilabdruck brachten. (Weitere Daten bei Helmut Roob: *Kurd Laßwitz*. Handschriftlicher Nachlaß und Bibliographie seiner Werke. Mit einer Einleitung von Hans Schlösser. – Gotha: Forschungsbibliothek Gotha 1981 (=Veröffentlichungen der Forschungsbibliothek Gotha, Heft 19), S. 98.)

4 Man nimmt, schmunzelnd, die Wirkung von ›Vitamin B‹ wahr, zumal wenn man sieht, wie Kalbeck drei Jahre später zur »Neuen Freien Presse« überwechselt und Laßwitz 1885 ›nachzieht‹. – Zur Beziehung Laßwitz–Kalbeck und ihrer literarischen ›Parallelaktion‹ etwas mehr in der zweiten Auflage von Kurd Laßwitz: *Auf zwei Planeten*, a. a. O., S. 897.

5 Den Aspekt des Schelmischen im Hermetischen kultivieren nur Könner. Mit dieser Behauptung stelle ich den guten Laßwitz voller Bedacht in die Hermengalerie solcher Größen wie Jorge Luis Borges, Thomas

Mann oder Arno Schmidt. Alle drei erschnupperten besonders zielsicher ihresgleichen, und alle drei sind auf Laßwitz gestoßen, und alle drei sind an Geschichten von ihm produktiv geworden, und alle drei taten dies – ihre entsprechenden Werke zeigen's – hermetisch-schelmisch. – Zu Laßwitz–Borges: Franz Rottensteiner: Ordnungsliebend im Weltraum: Kurd Laßwitz, in: Franz Rottensteiner (Hg.): *Polaris 1*. Ein Science Fiction Almanach. – Frankfurt am Main: Insel 1973 (= insel taschenbuch 30), S. 154. Zu Laßwitz–Thomas Mann: Rudi Schweikert: Bei der Zigarre erzählt oder Wie der Teufel als Professor Adrian Leverkühn holte, in: Rudi Schweikert: *Beziehungszauber*. Vorträge, Essays, Rezensionen 1977–1984. – Frankfurt am Main: Bangert & Metzler (erscheint 1985). Zu Laßwitz–Arno Schmidt: Rudi Schweikert: »Ko Bate!« Kurd Laßwitz' Roman *Auf zwei Planeten* im Werk Arno Schmidts. Nebst einigen Anmerkungen zur Schmidtschen Zitierkunst und zu seinem Realitätsverständnis (= Bargfelder Bote. Materialien zum Werk Arno Schmidts, Lieferung 26/Dezember 1977). Siehe auch: Ders.: Von Martiern und Menschen, a. a. O., S. 954–964 und nochmals ders.: Von geraden und von schiefen Gedanken. Kurd Laßwitz – Gelehrter und Poet dazu, in: Kurd Laßwitz: *Auf zwei Planeten*, a. a. O., S. 992–994, 1035–1037 und 1045 f. (Seitenangaben nach ^{1}1979).

6 Dank der kleinen Laßwitz-Renaissance der letzten Jahre kann man diese Kurzgeschichte nachlesen in

- *Wie der Teufel den Professor holte*. Science-fiction-Erzählungen aus *Polaris 1*. – Frankfurt am Main: Suhrkamp 1979 (= suhrkamp taschenbuch 629/Phantastische Bibliothek 37), S. 61–71,
- Kurd Laßwitz: *Traumkristalle*. Herausgegeben und mit einem Nachwort von Hans Joachim Alpers. – München: Moewig 1981 (= Moewig Science Fiction 3535), S. 162–170,
- Kurd Laßwitz: *Traumkristalle*. Utopische Erzählungen, Märchen, Bekenntnisse. Herausgegeben von Ekkehard Redlin. – Berlin/DDR: Das Neue Berlin 1982, S. 58–68.

(Einen Überblick über das Anwachsen und die Auswüchse dieser ›Renaissance‹ gibt Rudi Schweikert: Laßwitz oder Die lange Nacht nimmt ein Ende. Eines Autors Renaissance und die Fiktionenfabrikation seiner vermeintlichen Kenner, in: *SF-Star* 4 (1983), S. 10–17.)

7 Kurd Laßwitz: Das Lächeln des Glücks, in: Kurd Laßwitz: *Traumkristalle*. Neue Märchen. – Leipzig: Elischer ^{2}1907 (= Kurd Laßwitz: *Nie und Immer*, Band 2), S. 22 (Ausgabe letzter Hand). – Mit Varianten, zum Teil in Form von Druckfehlern, zum Teil in Form von Auslassungen, bequemer erreichbar in Kurd Laßwitz: *Traumkristalle*. Herausgegeben und mit einem Nachwort von Hans Joachim Alpers, a. a. O., S. 241.

8 Das Verhältnis *Apoikis – Auf zwei Planeten* wird thematisiert im *M*-Kapitel.

9 Brief Hermann Hesses an Herbert Walz vom 20. 5. 1961 und Brief Hermann Hesses an Max Stefl, Anfang Juni 1961, in: Hermann Hesse: *Ausgewählte Briefe.* Zusammengestellt von Hermann Hesse und Ninon Hesse. – Frankfurt am Main: Suhrkamp 1974 (= suhrkamp taschenbuch 211), S. 538 und 539.

10 So in »Die Fernschule« und »Der gefangene Blitz«; auch im ersten Kapitel von »Gegen das Weltgesetz« spürt man ein bißchen was davon.

11 Er verfuhr also nach einem privaten ›Drei-Stadien-Gesetz‹. Verfolgt man Laßwitzens Gesamtwerk in seinen fachwissenschaftlichen, populärwissenschaftlichen und poetischen Einzelteilen, stellt man eine erstaunliche Themenkonstanz bei gleichzeitiger cleverer Detailvariation fest.

12 Siehe Edward Bulwer Lytton: *Das kommende Geschlecht.* Roman. – Frankfurt am Main: Suhrkamp 1980 (= suhrkamp taschenbuch 609/Phantastische Bibliothek 42), passim.

13 Vgl. Kurd Laßwitz: *Auf zwei Planeten,* a. a. O., etwa ab dem 30. Kapitel. Zu einigen Detailverbindungen siehe den *M*-Abschnitt.

14 Z. B. in Verbindung mit den Wettermachereien, den Triebwerkentwicklungen oder der ›Ododik‹.

15 Ideologisch-kritisch dazu Hans Schlösser: Einleitung, in: Helmut Roob: *Kurd Laßwitz.* Handschriftlicher Nachlaß und Bibliographie seiner Werke, a. a. O., S. 10–12. Ebenso Adolf Sckerl in seinem Nachwort zu Kurd Laßwitz: *Bis zum Nullpunkt des Seins.* Utopische Erzählungen. – Berlin/DDR: Das Neue Berlin 1979, S. 330–333.

16 Arno Schmidt ging in seiner Peilung der Lage von Felsenburg sogar so weit, »daß die ›Insel Felsenburg‹ identisch ist mit der Inselgruppe von Tristan da Cunha«. (Arno Schmidt: Herrn Schnabels Spur. Vom Gesetz der Tristaniten, in: Arno Schmidt: *Nachrichten von Büchern und Menschen,* Band 1. Zur Literatur des 18. Jahrhunderts. – Frankfurt am Main/Hamburg: Fischer Bücherei 1971 (= Fischer Taschenbuch 1164), S. 50–54.)

17 Von Schnabels Insel Felsenburg als einer »Schalenwelt« sprach bereits Arno Schmidt in seinem eine Anmerkung zuvor erwähnten Dialog-Essay (S. 51).

18 Siehe Johann Gottfried Schnabel {Gisander}: *Wunderliche Fata einiger See-Fahrer,* 4 Bände. – Hildesheim/New York: Olms 1973 (Fotomechanischer Nachdruck der Ausgabe Nordhausen 1731–1743), passim.

19 Eine »auffällige phonetische Ähnlichkeit« zwischen Ehbert und Eberhard (Julius) konstatierte schon Helmut Krohne, ohne allerdings Laßwitzens Methode zu erkennen. (Helmut Krohne: Kurd Laßwitz, in: *Science Fiction Almanach 1982.* Herausgegeben und mit einem Nachwort von Hans Joachim Alpers. – München: Moewig 1981 (= Moewig Science Fiction 3555), S. 321 f.) – In diesem Artikel hebt Krohne stolz kursivierend hervor: »*Apoikis ist offensichtlich in Anlehnung an*

Schnabels Insel Felsenburg – *dem wohl ersten entwickelten utopischen Unterhaltungsroman in Deutschland (vierteilig 1731/32/36/43) – verfaßt worden und weist damit auf eine Tradition utopischer Literatur in Deutschland hin.* Durch Sekundärliteratur läßt sich nach meiner Kenntnis die behauptete Verbindung zwischen Felsenburg und Apoikis nicht belegen, wohl aber durch Textvergleiche« (S. 321). – Seine Kenntnis ist – vgl. Anmerkung 1 – leider nicht die beste. Und das gilt für den ganzen Artikel und für fast sämtliche Belange. Aufgezeigt habe ich dies in meinem Beitrag »Laßwitz oder Die lange Nacht nimmt ein Ende«, a. a. O., S. 13.

20 Siehe Thomas Morus: Utopia, in: *Der utopische Staat.* Morus, Utopia, Campanella, Sonnenstaat, Bacon, Neu-Atlantis. Übersetzt und mit einem Essay ›Zum Verständnis der Werke‹, Bibliographie und Kommentar herausgegeben von Klaus J. Heinisch. – Reinbek bei Hamburg: Rowohlt (= Rowohlts Klassiker der Literatur und der Wissenschaft 68/Philosophie des Humanismus und der Renaissance 3), S. 18.

21 Thomas Mann: *Joseph und seine Brüder* 1, in: Thomas Mann: Gesammelte Werke in dreizehn Bänden, Band 4. – Frankfurt am Main: S. Fischer ^{2}1974, S. 8 und 123.

22 Vgl. etwa Kurd Laßwitz: *Bilder aus der Zukunft.* Zwei Erzählungen aus dem vierundzwanzigsten und neununddreißigsten Jahrhundert. – Breslau: Schottlaender ^{3}1879, passim. (Siehe dazu auch Klaus Günther Just: Über Kurd Laßwitz, in: Klaus Günther Just: *Marginalien.* Probleme und Gestalten der Literatur. – Bern/München: Francke 1976, S. 175–180.) Oder Kurd Laßwitz: Die poetische und die wissenschaftliche Betrachtung der Natur, in: *Nord und Süd* 10 (1887), Band 41, S. 270–289.

23 Daß seine Technik-Scherze sowohl in einer Tradition standen als auch eine Tradition begründeten, machten beispielsweise klar Edwin Kretzmann: German Technological Utopias of the Pre-War Period, in: *Annals of Science* 3 (1938), S. 421, sowie Klaus Günther Just, Franz Rottensteiner und Rudi Schweikert in den genannten Arbeiten.

24 Siehe Kurd Laßwitz: Psychotomie, in: Kurd Laßwitz: *Seifenblasen.* Moderne Märchen. – Hamburg: Voss 1890. (Enthalten in den Textsammlungen von Sckerl, Alpers und Redlin.)

25 Dies kann man, sofern man Laßwitzens ›Geistesbahnverlauf‹ kennt, mit einigem Amüsement nachvollziehen durch die Lektüre besonders der ersten Seiten seiner eigenen Fechner-Monographie.

26 Diese Problematik behandeln weiterführend die beiden erläuternden Essays in der genannten *Auf zwei Planeten*-Ausgabe.

27 Immanuel Kant: *Kritik der reinen Vernunft,* A 538/B 566.

28 Vgl. Immanuel Kant: *Kritik der reinen Vernunft,* B 307, A 255/B 310f., A 259f./B 315.

29 Immanuel Kant: *Kritik der reinen Vernunft,* A 235f./B 294f.

30 ›Im Schoße des philosophischen Hausgotts‹ könnte man, kommentierend, das *Apoikis*-Motto variieren, denn über Kants *Kritik der reinen Vernunft* scheint auch Platons Lehre, so wie sie in der Erzählung skizziert wird, vermittelt zu sein. »Ebenso verließ Plato die Sinnenwelt, weil die dem Verstande so *enge Schranken setzt,* und wagte sich jenseit derselben, auf den Flügeln der Ideen, in den leeren Raum des reinen Verstandes.« (B 9) – Mag sein, daß in der Rede von den am Feuer der Götterinsel versengten Flügeln der Psyche Ehberts diese Bemerkung Kants leise nachhallt.
Ein anderer Satz Kants, an dem sich Laßwitzens poetische Einbildungskraft ebenfalls entzündet haben dürfte: »Ich armer Erdensohn bin zu der Göttersprache der anschauenden Vernunft gar nicht organisiert.« (Briefliche Äußerung Kants; in der Ausgabe, an deren Edition Laßwitz mitwirkte, in der der Königlich Preußischen Akademie der Wissenschaften also, in Band 10 auf Seite 156.)

31 Kurd Laßwitz: *Bilder aus der Zukunft*, a. a. O., S. 111 und 134.

32 Ich picke aus der Forschungsliteratur nur eine Arbeit heraus, um *Apoikis* an der SF-Theorie zu messen, und zwar Darko Suvins *Poetik der Science Fiction.* (Zur Theorie und Geschichte einer literarischen Gattung. – Frankfurt am Main: Suhrkamp 1979 (= suhrkamp taschenbuch 539/Phantastische Bibliothek 31)) Das Zitat findet sich auf S. 94.

33 Darko Suvin: *Poetik der Science Fiction,* a. a. O., S. 96.

34 Ausführlich theoretisch erläutert bei Darko Suvin: *Poetik der Science Fiction,* a. a. O., S. 23–37.

35 Raimund Pissin: Phantasiespiele am Horizont der Naturwissenschaften, in: *Die Nation* 23 (1905/1906), Nr. 2, S. 29.

36 Eine schon seit langem die Phantasie der Herren Denker und Dichter auf Hochtouren bringende Frage. Namen wie Athanasius Kircher, Symmes, Poe oder Verne mögen stellvertretend für die ganze Dichter-Denker-Kette stehen.

37 August Petermann, der zwanzig Jahre lang bis zu seinem Tod 1878 in Laßwitz' zweiter Heimatstadt Gotha lebte, vertrat in Zusammenhang mit der von der zeitgenössischen geographischen Forschung aufgestellten Hypothese eines offenen Nordpolarmeers die Auffassung, daß ein warmer Golfstromarm diese Polarsee verursacht habe.

38 Hierzu auch heute noch – und nicht nur wegen ihres Materialreichtums – lesenswert die Arbeit von Karl Debus: Raumschiffahrtsdichtung und Bewohnbarkeitsphantasien seit der Renaissance bis heute, in: Willy Ley (Hg.): *Die Möglichkeit der Weltraumfahrt.* Allgemeinverständliche Beiträge zum Raumschiffahrtsproblem. – Leipzig: Hachmeister & Thal 1928, S. 67–105.

39 Immanuel Kant: *Prolegomena zu einer jeden künftigen Metaphysik, die als Wissenschaft wird auftreten können.* Herausgegeben von Karl Vorländer. – Hamburg: Meiner 1969 {Unveränderter Nachdruck der

5. Auflage} (=Philosophische Bibliothek 40), S. 144 – um auch mal aus einer wohlfeilen Ausgabe zu zitieren.

40 Siehe Kurd Laßwitz: *Auf zwei Planeten,* a. a. O., S. 412.

41 Funktion und Bedeutung der Sprachpartikel differieren freilich; so ist ›Hil‹ in der Sprache der Vril-ya ein Präfix, in der der Martier ein Eigenname; ›Sila‹ bezeichnet bei Bulwer einen Ton in der Musik, bei Laßwitz bedeutet es einen Hochruf: ›es lebe . . .‹. Es lebe der feine Unterschied: Bulwer setzt ›An‹ für Mensch allgemein; Laßwitz nimmt's als Eigenname. Das Gl-Präfix der Vril-ya (für ›Versammlung‹) kehrt verschleiert wieder in Kla, dem Sitz des Zentralrats der Martier. – Der Vril-Stab wird zum niedlichen Pik. Und so weiter.

42 Vgl. Kurd Laßwitz: *Auf zwei Planeten,* a. a. O., besonders S. 625–629.

43 Friedrich Nietzsche: *Also sprach Zarathustra.* Ein Buch für alle und keinen. Mit einem Nachwort von Alfred Baeumler. – Stuttgart: Kröner 1950 (= Kröners Taschenausgabe 75), S. 90.

44 Friedrich Nietzsche: *Der Wille zur Macht.* Versuch einer Umwertung aller Werte. Ausgewählt und geordnet von Peter Gast unter Mitwirkung von Elisabeth Förster-Nietzsche. Mit einem Nachwort von Alfred Baeumler. – Stuttgart: Kröner [12]1980 (= Kröners Taschenausgabe 78), S. 283.

45 Friedrich Nietzsche: *Der Wille zur Macht,* a. a. O., S. 284.

46 Brief Friedrich Nietzsches an Erwin Rohde vom 15. 12. 1870. (In der Schlechtaschen Ausgabe, [8]1977, Band 3, auf den Seiten 1034 bis 1036.) – Bei einem Gräzisten natürlich nicht sonderlich verwunderlich.

47 Laßwitz läßt Nietzsche in Gestalt des Igels aus seinem ›Tiermärchen aus der oberen Kreide‹ »Homchen« (1902) direkt – und doch maskiert – von seiner Übermenschen-Idee sprechen. – Nietzsche in Tiergestalt: auch so eine Erfindung von Laßwitz, die rund ein Halbjahrhundert später mal wieder ›nacherfunden‹ wird; siehe Pierre Klossowskis *Le Baphomet* (1965), worin Nietzsche als Ameisenbär herumtappt. (Pierre Klossowski: *Der Baphomet.* – Reinbek bei Hamburg: Rowohlt 1968, S. 140.)

Copyrightvermerke, Quellen- und Übersetzungshinweise

Helga Abret: »Liebe, Astronomie und Metaphysik: Camille Flammarion als Romancier.« Originalbeitrag. Copyright © 1985 by Helga Abret.

Dagmar Barnouw: »Die versuchte Realität: Utopie und Science-fiction.« Originalbeitrag. Copyright © 1985 by Dagmar Barnouw.

Lucian Boia: »Zwischen Wissenschaft und Science-fiction: Camille Flammarion.« Originalbeitrag. Copyright © 1985 by Lucian Boia. Aus dem Französischen von Helga Abret.

Tor Åge Bringsvaerd: »Haut« (»Hud«, aus T.Å. Bringsvaerd, *Probok*, Oslo: Gyldendal Norsk Forlag 1968. Copyright © by Tor Åge Bringsvaerd. Aus dem Norwegischen von Peter Haars.)

Tor Åge Bringsvaerd: »Das Potter-Paradox« (»Potter-paradoxet«, aus T.Å. Bringsvaerd, *Sesam 71*, Oslo: Gyldendal Norsk Forlag 1971. Copyright © 1971 by Tor Åge Bringsvaerd. Aus dem Norwegischen von Peter Haars.)

Marianne Gruber: »Die Falle.« Erstveröffentlichung. Copyright © 1985 by Marianne Gruber.

Kurd Laßwitz: »Apoikis«, aus Kurd Laßwitz, »Traumkristalle. Utopische Erzählungen, Märchen, Bekenntnisse«. Hg. von Ekkehard Redlin. Berlin, Verlag Das Neue Berlin, 1982.

Stanisław Lem: »Mein Leben.« Zuerst erschienen in *Neue Rundschau,* 94. Jahrgang 1983, Heft 4, S. 32–54. Copyright © 1983 by Stanisław Lem.

Stanisław Lem: »Vom Nutzen des Drachen« (»Pożytek ze smoka«, aus *Metall* Nr. 25–26, 16. Dezember 1983, S. 16–19. Copyright © 1983 by Stanisław Lem. Aus dem Polnischen von Hanna Rottensteiner).

Brigitte Pixner: »Verbrennung eines Modells.« Erstveröffentlichung. Copyright © 1985 by Brigitte Pixner.

Bernard Richter: »Pac Man Kazu.« Erstveröffentlichung. Copyright © 1985 by Bernard Richter.

Berthold Karl Schlüter: »Fünf Türen.« Erstveröffentlichung. Copyright © 1985 by Berthold Karl Schlüter.

Über die Autoren

Helga Abret (geb. 1939) lehrt Germanistik an der Universität Nancy. Sie veröffentlichte verschiedene Aufsätze zur utopischen Literatur im *Heyne SF-Magazin* und in *Polaris;* mit Louis Vax gab sie die Anthologie französischer Phantastik *Der König mit der Goldmaske* in der »Phantastischen Bibliothek« heraus (st 1124).

Dagmar Barnouw, Professorin in Comparative Literature and Judaic Studies, Brown University, Buchpublikationen über Eduard Mörike, Thomas Mann, Elias Canetti, Zeitschriftenbeiträge zur Science-fiction und Autorin eines bislang unveröffentlichten Buches über Sozialutopien in der angloamerikanischen Science-fiction.

Lucian Boia (geb. 1944 in Bukarest) ist Generalsekretär der Internationalen Kommission für die Geschichte der Geschichtsschreibung. In der SF ist er Mitglied der Jules-Verne-Gesellschaft und hat gemeinsam mit Helga Abret das Buch *Das Jahrhundert der Marsianer* (1984, Heyne Verlag, »Bibliothek der Science Fiction Literatur«) geschrieben, eine Studie des Marsmotivs in der Science-fiction.

Tor Åge Bringsvaerd (geb. 1939), norwegischer Schriftsteller, SF-Herausgeber und Übersetzer, gilt nicht bloß als SF-Autor, sondern als einer der wichtigsten zeitgenössischen Autoren Norwegens. Er schrieb viele satirische, groteske und surrealistische Texte, sowohl kürzere Erzählungen wie Romane und Dramen. In deutscher Sprache erschienen nur einige wenige Erzählungen in Anthologien.

Marianne Gruber (geb. 1944) veröffentlichte Essays, Gedichte, Funkerzählungen und wurde mit verschiedenen österreichischen Literaturpreisen ausgezeichnet. Ihr SF-Roman *Die gläserne Kugel* (1981, st 997) wurde in der »Phantastischen Bibliothek« neu aufgelegt. Ein Erzählungsband *Protokolle der Angst* erschien 1983.

Kurd Laßwitz (1848–1910), Lehrer, Philosoph und Schriftsteller, ist der wichtigste deutsche Vorläufer der Science-fiction. Sein Hauptwerk *Auf zwei Planeten* (1897) ist 1984 in der Sammlung »Haidnische Alterthümer« bei 2001 in zweiter Auflage erschienen, versehen mit umfangreichen biographischen, bibliographischen und kommentierenden Materialien von Rudi Schweikert. Viele seiner Erzählungen wurden in Taschenbuchausgaben neu aufgelegt.

Stanisław Lem (geb. 1921) ist der erfolgreichste und meistübersetzte Vertreter der modernen polnischen Literatur. Fast sein gesamtes Werk ist in Insel- und Suhrkamp-Ausgaben erhältlich. Zuletzt erschien *Also sprach Golem* (1984).

Brigitte Pixner, geboren in Wien, ist freie Schriftstellerin, sie schreibt Lyrik, Prosa, Hörspiele. Sie ist Redakteurin der »Zeitschrift für skurrile Texte« *Bakschisch*. Bücher: *Zeitflocken* (Gedichte, 1978), *Blau-Säure-Bilder* (Gedichte, 1980), *Posthuman* (Prosa, 1981).

Bernard Richter (geb. 1952) hat Slawistik studiert, eine Buchhändlerlehre absolviert und in einer »linken Buchhandlung« gearbeitet. Derzeit macht er Popmusik und schreibt Science-fiction; seine erste Erzählung wurde in *Phantastische Welten* (st 1068) veröffentlicht.

Berthold Karl Schlüter (geb. 1950), Prokurist einer bayerischen Großbank, schreibt seit 1980 Erzählungen. »Fünf Türen« ist seine erste SF-Geschichte.

Rudi Schweikert (geb. 1952). Wissenschaftlicher Mitarbeiter am Philosophischen Seminar der Universität Mannheim. Aufsätze vornehmlich zum Werk Arno Schmidts, Kurd Laßwitz' und Karl Mays. Essays über Raabe, Rilke, Thomas Mann, Cooper, Verne und Vian. Mitarbeit am *Bargfelder Boten*.

Darina Vejvoda (geb. 1957). Die gebürtige Pragerin lebt seit 1969 in der Bundesrepublik Deutschland; sie ist Diplom-Bibliothekarin.

Phantastische Bibliothek in den suhrkamp taschenbüchern

Eine Auswahl

Aldiss, Brian W.: Der unmögliche Stern. Science-fiction-Geschichten. Aus dem Englischen von Rudolf Hermstein. st 834

Ballard, J. G.: Das Katastrophengebiet. Science-fiction-Erzählungen. Aus dem Englischen von Alfred Scholz und Rudolf Hermstein. st 924

– Der tote Astronaut. Science-fiction-Erzählungen. Aus dem Englischen von Michael Walter. st 940

– Billennium. Science-fiction-Erzählungen. Aus dem Englischen von Alfred Scholz und Michael Walter. st 896

– Hallo Amerika! Science-fiction-Roman. Aus dem Englischen von Rudolf Hermstein. st 895

– Der ewige Tag und andere Science-fiction-Erzählungen. st 727

Becher, Martin Roda: An den Grenzen des Staunens. Aufsätze zur phantastischen Literatur. st 915

Bioy Casares, Adolfo: Morels Erfindung. Phantastischer Roman. Aus dem Spanischen von Karl August Horst. Mit einem Nachwort von Jorge Louis Borges. st 939

– Die fremde Dienerin. Phantastische Erzählungen. Aus dem Spanischen von Joachim A. Frank. st 962

Blackwood, Algernon: Besuch von Drüben. Gruselgeschichten. Deutsch von F. Polakovics. st 411

– Das leere Haus. Phantastische Geschichten. Deutsch von F. Polakovics. st 30

Blick vom anderen Ufer. Europäische Science-fiction. Hg. F. Rottensteiner. st 359

Braun, Johanna u. Günter: Conviva Ludibundus. Utopischer Roman. st 748

– Der Irrtum des Großen Zauberers. Phantastischer Roman. st 807

– Das kugeltranszendentale Vorhaben. Phantastischer Roman. st 948

Bulwer-Lytton, Edward: Das kommende Geschlecht. Roman. st 609

Dick, Philip K.: UBIK. Science-fiction-Roman. Deutsch von Renate Laux. st 440

Erckmann-Chatrian. Das Eulenohr und andere phantastische Erzählungen. Herausgegeben von Kalju Kirde. Aus dem Französischen von Hilde Linnert. st 989

Franke, Herbert W.: Transpluto. Science-fiction-Roman. st 841

– Einsteins Erben. Erzählungen. st 603

– Sirius Transit. Roman. st 535

52/1/8.84

Phantastische Bibliothek
in den suhrkamp taschenbüchern
Eine Auswahl

Franke, Herbert W.: Ypsilon minus. st 358

Hodgson, William Hope: Stimme in der Nacht. Unheimliche Seegeschichten. Deutsch von Wulf Teichmann. st 749

Lem, Stanisław: Die Astronauten. Utopischer Roman. Deutsch von R. Pabel. st 441

– Der futurologische Kongreß. Deutsch von I. Zimmermann-Göllheim. st 534

– Die Jagd. Neue Geschichten des Piloten Pirx. Deutsch von R. Buschmann, K. Kelm, B. Sparing. st 302

– Memoiren, gefunden in der Badewanne. Deutsch von W. Tiel. Mit einer Einleitung des Autors. st 508

– Nacht und Schimmel. Erzählungen. Deutsch von I. Zimmermann-Göllheim. st 356

– Die Ratte im Labyrinth. Ausgewählt von Franz Rottensteiner. Aus dem Polnischen von Roswitha Buschmann, Caesar Rymarowicz, Jens Reuter und Klaus Staemmler. st 806

– Robotermärchen. st 856

– Sterntagebücher. Deutsch von C. Rymarowicz. Mit Zeichnungen des Autors. st 459

– Die Untersuchung. Kriminalroman. Deutsch von J. Reuter und H. J. Mayer. st 453

Lexikon der phantastischen Literatur. Hrsg. Rein A. Zondergeld. st 880

Lovecraft, H. P.: Stadt ohne Namen. Deutsch von Charlotte Gräfin von Klinckowstroem. Mit einem Nachwort von Dirk Mosig. st 694

– Berge des Wahnsinns. st 220

– Cthulhu. Geistergeschichten. Deutsch von H. C. Artmann. Vorwort G. Manganelli. st 29

– Der Fall Charles Dexter Ward. Zwei Horrorgeschichten. Deutsch von R. Hermstein. st 391

Über H. P. Lovecraft. Hg. F. Rottensteiner. st 1027

Maupassant, Guy de: Die Totenhand und andere phantastische Erzählungen. Aus dem Französischen v. W. Widmer u. a. st 1040

Mercier, Louis-Sébastien: Das Jahr 2440. Ein Traum aller Träume. Deutsch von Christian Felix Weiße (1772). Herausgegeben, mit Erläuterungen und einem Nachwort versehen von Herbert Jaumann. st 676

Poe, Edgar Allan: Der Fall des Hauses Ascher. Deutsch von A. Schmidt und H. Wollschläger. st 517

52/2/8.84

Phantastische Bibliothek
in den suhrkamp taschenbüchern

Eine Auswahl

Ray, Jean: Die Gasse der Finsternis. Phantastische Erzählungen. Aus dem Französischen v. W. Thaler. st 1034

Schattschneider, Peter: Zeitstopp. Science-fiction-Geschichten. st 819

Smith, C. A.: Saat aus dem Grabe. Phantastische Geschichten. Aus dem Amerikanischen von Friedrich Polakovics. st 765

Strugatzki, Arkadi und Boris: Montag beginnt am Samstag. Aus dem Russischen von Hermann Buchner. st 780

– Picknick am Wegesrand. Aus dem Russischen von A. Möckel. st 670

– Die Schnecke am Hang. Deutsch von H. Földeak. Nachwort D. Suvin. st 434

Szilard, Leo: Die Stimme der Delphine. Utopische Science-fiction-Erzählungen. Mit einem Vorwort von Carl Friedrich von Weizsäcker. st 703

Weisser, Michael: DIGIT. Science-fiction-Roman. st 873

– SYN-CODE-7. Science-fiction-Roman. st 764

Die andere Zukunft. Phantastische Erzählungen aus der DDR. Herausgegeben von Franz Rottensteiner. st 757

Zulawski, Jerzy: Auf dem Silbermond. Science-fiction-Roman. Aus dem Polnischen von Edda Werfel. Mit einem Vorwort von Stanisław Lem. st 865

– Der Sieger. Ein klassischer Science-fiction-Roman. Aus dem Polnischen von Edda Werfel. st 916

– Die alte Erde. Science-fiction-Roman. Aus dem Polnischen von Edda Werfel. st 968

52/3/8.84